SOUPAPES & CIE

VICE CACHÉ

Helen DeWitt

SOUPAPES & CIE

Traduit de l'anglais (États-Unis) par Anne Le Bot

le cherche midi

Vous pouvez consulter notre catalogue général
et l'annonce de nos prochaines parutions sur notre site :
www.cherche-midi.com

Collection dirigée par Claro, Arnaud Hofmarcher
et Marie Misandeau

Direction éditoriale : Arnaud Hofmarcher
Relecture éditoriale : Julie Lebouc

Titre original : *Lightning Rods*
Éditeur original : New Directions
Couverture : © Rémi Pépin

92, avenue de France
75013 Paris

Conception graphique : Justine Dupré
Mise en pages par Nord Compo
Dépôt légal : janvier 2024
ISBN : 978-2-7491-7486-0

1.
L'échec est la meilleure façon d'apprendre

L'ouragan Edna

D'UNE CERTAINE FAÇON, tout cela n'était qu'une conséquence fâcheuse de l'ouragan Edna.

Quand on est dans la vente, on sait que la vie a des hauts et des bas. Il vivait à Eureka dans le Missouri, un secteur qu'on lui avait confié uniquement parce que personne d'autre n'en voulait, et pour cause. Il était censé vendre les trente volumes de l'*Encyclopædia Britannica* à des gens qui ne voyaient tout simplement pas comment l'accès instantané à la *Micropædia* et à la *Macropædia* pouvait changer leur existence. Cela faisait six mois qu'il était là et il n'en avait pas vendu un seul exemplaire.

Un jour, il se dit que le problème, c'était qu'il vendait une chose dont les gens pouvaient se passer. Mieux valait leur vendre une chose dont ils savaient qu'ils avaient besoin ! Une chose qui ne lui attirerait pas des regards de travers ! Comme un aspirateur, par exemple. Parce qu'il savait bien que le problème ne venait pas de lui. Le problème ne venait même pas du produit. Le problème, c'était les gens.

Il n'était pas du genre à remettre les choses au lendemain, alors il se rendit illico dans la succursale d'Electrolux la plus proche.

D'un point de vue géographique, ce n'était peut-être pas un endroit que la plupart des gens auraient qualifié de « proche ». Si on leur demande de citer un État proche du Missouri, peu de personnes répondent « La Floride », et même celles-là, une fois qu'elles regardent une carte, auront tendance à changer d'avis. Ce qui prouve à quel point il est facile d'être berné par ses *a priori*, de négliger l'évidence et de tirer des conclusions hâtives.

Les gens croient *a priori* qu'il suffit de regarder une carte pour répondre à ce genre de question. Et ils négligent le fait que quand on commence un nouveau travail, il est important de se donner à fond.

Il est important de se donner à cent un pour cent, vingt-cinq heures par jour, trois cent soixante-six jours par an. On ne peut pas se permettre la moindre distraction. Si la raison pour laquelle on a abandonné son ancien travail, c'est qu'il n'était pas suffisamment rémunérateur pour pouvoir honorer ses engagements, il y a des chances qu'on se retrouve avec quelques dettes susceptibles de nous distraire au mauvais moment. Il est absolument vital de commencer son nouveau travail dans une région où les difficultés auxquelles on a pu se heurter par le passé ne risquent pas d'occasionner ce genre de désagrément. Il choisit donc la succursale Electrolux la plus proche répondant à cette exigence et il s'y rendit illico.

Quand on est dans la vente, on a toujours une chose à vendre : soi-même. Il entra et commença à expliquer tout ce qu'il pouvait faire pour Electrolux, alors ils s'étonnèrent : Vous êtes si bon que ça ? Il dit : Tout ce que je demande, c'est qu'on me donne une chance de montrer ce que je sais faire. Alors ils répondirent : OK, champion, voyons ce que vous savez faire et ils lui confièrent un secteur.

Il se familiarisa avec le produit, déménagea à Eureka en Floride et loua un mobile home. Le lendemain, il se mit au boulot.

Dès la fin de la semaine, il se rendit compte que ce ne serait pas aussi facile que cela en avait eu l'air. Parce que dans chaque maison où il se rendait, c'était la même histoire. La cliente avait *déjà* un Electrolux, elle l'avait acheté juste après l'ouragan Edna, et c'était une des meilleures choses qu'elle ait jamais faites. Elle mettait ensuite un point d'honneur à sortir son fidèle aspirateur du placard et à chanter ses louanges. Oui, monsieur, disait-elle, je serai sûrement hors d'usage avant lui.

Pour tout dire, cet endroit était le cauchemar de tout vendeur : un marais putride de saturation du marché. Un VRP était passé et avait tout raflé dans le sillage de l'ouragan Edna et tous les articles qu'il avait vendus étaient encore en parfait état de marche.

Naturellement, il tenta de faire valoir que les temps changeaient, que des améliorations avaient été apportées, mais là encore, l'ouragan Edna torpilla ses efforts. Loyale, la cliente expliquait qu'il était hors de question de remplacer son ancien modèle, vous auriez dû voir à quoi on a dû faire face, expliquait-elle, l'Electrolux avait accompli des choses qu'on n'attendrait pas normalement d'un aspirateur.

Il réussit à en vendre un à quelqu'un qui venait d'emménager dans la région.

Résultat, il passa beaucoup de temps dans le mobile home à essayer de trouver l'énergie de sortir. Il traînait au lit avec un magazine, ou alors il regardait une vidéo, ou alors il faisait appel à ses propres fantasmes.

Son fantasme numéro un était une histoire de mur. Le haut du corps de la femme se trouvait d'un côté du mur. Le bas de son corps se trouvait de l'autre côté.

Parfois, à vrai dire la plupart du temps, le haut du corps était entièrement habillé. Rien ne laissait deviner ce qui se passait de l'autre côté du mur.

Parfois, la femme était nue sous la ceinture. La plupart du temps, elle portait une petite jupe moulante qu'on pouvait retrousser et une culotte qu'on pouvait baisser. Parfois, il avait du mal à décider si c'était mieux avec ou sans culotte. Le summum, c'était de remonter lentement la jupe pour révéler un cul ferme, étroit et ingénu. Ensuite, une bite s'introduisait et le point de vue changeait pour passer de l'autre côté du mur, où le haut du corps entièrement habillé de la femme ne laissait en rien deviner qu'une verge était vaillamment à l'œuvre de l'autre côté. Pour une raison ou une autre, il fallait qu'elle fasse comme si de rien n'était.

Le problème avec ce fantasme, c'était de trouver le mur adéquat. Est-ce que la femme pourrait se pencher par-dessus le comptoir d'une cuisine ouverte sur la salle à manger ? Mais alors, on verrait ce qui se passe derrière elle. Et s'il y avait un store roulant ? Mais pourquoi serait-il baissé ? Et on verrait quand même à travers. Est-ce que la femme pourrait se pencher à une fenêtre à l'étage ? Une fenêtre à guillotine dont le store serait baissé. Elle pointerait juste la tête pour parler, mettons, à une voisine. La fenêtre serait trop grippée pour s'ouvrir plus. Pendant ce temps, son locataire, mettons, arrive derrière elle, fait glisser ses mains vers le haut de ses cuisses, remonte sa jupe moulante et lui offre un bonus inattendu en plus du loyer. De l'extérieur, on la verrait en train de discuter gaiement avec une voisine – gaiement, mais avec une expression un peu figée.

C'est une solution qui semblait marcher sur le moment, mais ensuite, il se sentait insatisfait, comme si un ingrédient essentiel du fantasme avait été abandonné. Le problème provenait-il de la voisine ? Est-ce que cela aiderait si c'était son patron ? Un client important ? Ou bien le problème se situait-il de l'autre côté du mur ?

Il se levait et allait s'attaquer à une autre rue. Pour être honnête, personne ne semblait jamais mécontent de le voir. Il arrivait et sonnait à la porte. Quelqu'un venait ouvrir et manifestait l'hostilité habituelle à la vue d'un représentant de commerce. Mais dès qu'il prononçait le mot Electrolux, ce n'était plus la même histoire.

« Electrolux ! s'exclamait la cliente potentielle. Pourquoi ne le disiez-vous pas ? Entrez donc. Qu'est-ce que je vous offre ? Café ? Thé ? Soda ? Vous mangerez bien un petit quelque chose ? Que diriez-vous d'une part de tarte à la citrouille avec un peu de glace ? Sinon, j'ai du gâteau au chocolat. Quelques cookies, alors ? »

Une demi-heure plus tard, il s'échappait en tenant généralement d'une main moite un sachet Ziploc plein de cookies aux pépites de chocolat.

Petit, il aurait voulu que ce soit Halloween tous les jours. Comme dit un vieux proverbe chinois : Que les vœux de vos ennemis se réalisent.

Il se forçait à rendre visite à toutes les maisons de la rue. Des heures plus tard, gorgé de café, gavé de tarte à la citrouille, aux pommes, aux cerises, aux myrtilles, aux noix de pécan, au chocolat meringuée, au citron meringuée, à la banane et au caramel, les oreilles bourdonnantes d'éloges de l'Electrolux et de récits poignants de ses combats contre les ravages de l'ouragan Edna, il rentrait au mobile home, ne s'arrêtant en chemin que pour acheter un ou deux magazines.

De retour sur son lit, il les feuilletait rapidement.

Le problème, c'est que dans les magazines, il ne trouvait jamais vraiment ce qu'il cherchait. De temps à autre, il tombait sur la moitié inférieure dénudée d'une femme encadrée dans une fenêtre. Le problème, c'est qu'on ne voyait jamais la moitié supérieure habillée d'une femme encadrée dans une fenêtre.

C'est un domaine dans lequel on aurait pu s'attendre à ce que les vidéos fournissent un meilleur produit, mais en réalité, elles avaient elles aussi tendance à faire l'impasse sur les scènes où on pouvait voir la moitié de corps habillée. Ou alors, la femme surjouait tellement que ça gâchait tout.

Allongé sur le côté, agitant doucement la main, il essayait d'imaginer la fenêtre, la jupe, le cul, la partie supérieure entièrement vêtue d'une femme à l'expression figée.

Ce qui est drôle là-dedans, c'est qu'à l'époque tout ça le faisait se sentir vraiment coupable. Il n'arrêtait pas de se dire qu'il devrait se lever et aller vendre des aspirateurs.

Qu'il devrait se lever et aller faire quelque chose de sa vie. Allongé là, il avait l'impression de perdre son temps. Il n'arrêtait pas de le faire, mais il avait mauvaise conscience. Il avait trente-trois ans et qu'avait-il accompli ? Que dalle. Il était là, allongé sur son lit au beau milieu de la journée sans même se masturber pour de bon, se contentant de se tripoter jusqu'à ce que son fantasme soit parfaitement au point. Il n'était vraiment pas satisfait de tout ça.

À l'époque, il se disait que le mec qui avait tout raflé après l'ouragan Edna était sans doute d'un genre tout à fait différent. Le genre de mec qui sort acheter un magazine, rapporte le magazine chez lui, ouvre le magazine, mate les nichons du mois, se branle un coup, referme le magazine et part vendre des aspirateurs.

Parfois, il passait un quart d'heure à se tripoter en se préoccupant du store roulant, et alors il pensait à ce mec et se disait : Il faut que ça cesse, il faut que je tourne la page. Comment pouvait-il passer *un quart d'heure* à se préoccuper de ce putain de store à la con ? C'était répugnant. Alors il sortait le magazine, l'ouvrait sur une paire de nichons portés par Miss Avril et s'attelait à la besogne. Puis il sortait pour tenter de conclure une vente.

Ce qui montre à quel point nous pouvons être aveuglés par nos idées préconçues. Car quoi qu'il en pense, c'étaient les heures qu'il passait à tenter de vendre des aspirateurs qui constituaient une perte de temps, et dont il se souviendrait avec un sentiment de honte et de dégoût pour le restant de ses jours. De même, ses efforts bien intentionnés pour mettre au point un programme masturbatoire étaient parfaitement vains.

Ce qu'il ne comprenait pas, c'est qu'un génie diffère des autres gens. Un génie ne perd pas son temps comme les autres. Même quand il semble perdre son temps, il en fait peut-être l'usage le plus productif qui soit. En réalité, un génie ne perd son temps que quand il s'efforce de suivre les règles et d'agir comme les gens ordinaires.

Ce qu'il ne comprenait pas, c'est que tout ce temps passé à se tripoter en se préoccupant du store roulant déboucherait un jour sur une activité de plusieurs millions de dollars qui améliorerait la vie de millions d'Américains.

Un autre de ses fantasmes consistait en un jeu télévisé dans lequel trois concurrentes avaient le haut du corps qui dépassait d'un trou dans le mur. Pendant la première manche, de l'autre côté de la cloison, un pénis venait assaillir l'une d'entre elles. Les membres du jury devaient deviner laquelle. Les concurrentes marquaient des points s'ils se trompaient. Une image en médaillon dans un coin de l'écran montrait les fesses d'un homme en train de donner des coups de boutoir dignes d'une locomotive à vapeur. Pendant la deuxième manche, le nombre de concurrentes stimulées pouvait aller de zéro (bien que ce ne soit jamais arrivé depuis le temps qu'il regardait ce jeu) jusqu'à la totalité des participantes (ce qui était à vrai dire étonnamment courant). Les jurés devaient deviner combien et lesquelles.

Ces derniers avaient le droit de poser des questions aux participantes ou de les soumettre à des épreuves. Ils étudiaient leur comportement lors de cet interrogatoire pour se faire une opinion, puis chacun livrait sa réponse.

Au bout d'un certain temps, une des concurrentes commença à acquérir une personnalité. Elle remporta le jeu vingt fois d'affilée. Elle avait une veste rose, un impeccable maquillage rose et des cheveux bruns permanentés et laqués. En regardant les fesses qui s'activaient dans le médaillon, les gens avaient du mal à croire qu'une femme aussi impassible puisse être en train de se faire ramoner l'arrière-train. À chaque victoire, l'animateur lançait : Revoyons encore une fois cette extraordinaire performance.

Lors de la toute dernière phase, l'une des membres du jury, une vraie garce, leur demanda de se vernir les ongles. La championne prit un flacon de vernis rose et s'attela à la tâche. Tous les regards étaient braqués sur elle. Le résultat fut absolument parfait. Il s'avéra par la suite qu'à ce moment-là les trois concurrentes subissaient la redoutable « triple peine ». L'une d'elles s'en mit partout, l'autre fit tomber le flacon, mais Suzie continua tranquillement à se faire les ongles.

À la fin, l'animateur s'exclama : Je n'ai jamais rien vu de tel. Je vous tire mon chapeau. Revoyons cette séquence.

L'écran se divisa en deux : d'un côté, les fesses en pleine action, et de l'autre, Suzie en train de se vernir paisiblement les ongles.

Animateur : Ma foi, je n'arrive toujours pas à y croire. Quel est votre secret ?

Suzie : C'est mon secret.

Il l'aimait vraiment beaucoup. Et il était fair-play. Il s'accordait le droit de se repasser les temps forts de son parcours, mais elle avait gagné son million à la loyale ; elle n'avait pas besoin de rejouer, et il ne la fit jamais participer à de nouveaux épisodes. Parfois, il pensait à elle, se baladant dans son tailleur rose avec un million à claquer. Elle avait fait ce qu'elle avait à faire, et maintenant, elle faisait ce qu'elle voulait.

Il se demandait souvent si les autres hommes faisaient ça aussi. Leurs participantes finissaient-elles par acquérir une personnalité ? Avaient-elles le sens de l'humour ? Imaginaient-ils des histoires qui se développaient sur plusieurs épisodes ?

Et en tant que commercial, il ne pouvait s'empêcher d'analyser de façon obsessionnelle, à un niveau microscopique, les mécanismes de son excitation. L'important n'est pas ce qu'on voit, mais ce qu'on sait. Ce n'étaient pas les fesses à l'air ni la bite s'enfonçant dans une chatte étroite et humide, mais Suzie en train de se faire les ongles dans sa veste rose qui faisait chaque fois monter son fidèle compagnon au septième ciel.

Quoi qu'il en soit, il continua pendant quelque temps à se repasser ses épisodes préférés de la brillante carrière de Suzie, jetant parfois un œil aux épisodes du moment, juste pour voir où ça en était, avant de sortir faire un tour quand lui prenait l'envie d'une tarte à la citrouille avec une boule de glace.

Puis, un jour, il remarqua que le jeu était truqué.

Allez savoir pourquoi il ne l'avait pas remarqué auparavant, mais maintenant qu'il y prêtait attention, la supercherie lui sautait aux yeux. Les concurrentes variaient, mais il y avait toujours une blonde platine avec des lèvres roses et des gros nichons serrés dans un haut moulant qui ne faisait preuve d'aucun self-control. Un vrai canular. L'animateur lançait le jeu, et soudain, les yeux de la fille s'écarquillaient et sa bouche s'ouvrait avec une expression ostentatoire du genre : *Oh mon Dieu, il y a une bite dans ma chatte.*

Il y a quelque chose qui ne va pas ? demandait l'animateur d'une voix sirupeuse, et la fille répondait : Non, mais soudain, elle retenait son souffle ou se mordait la lèvre ou écarquillait encore plus les yeux, histoire que tout le monde sache ce qui se passait. On ne pouvait pas être plus clair.

L'animateur disait : Allez, l'heure est venue de jouer. Chers membres du jury, notre étalon du jour a été élu Monsieur Muscle de l'Arkansas quatre années d'affilée. Tandis que je vous parle, Clint est en train de soumettre l'une de nos concurrentes au genre d'exercice que seul un as du bodybuilding maîtrise à fond. Jetons un coup d'œil à la prestation assurée par Clint ! Et on voyait apparaître en médaillon une paire de fesses en action.

Eh bien, voilà un bodybuilder qui pense que tous les coups sont permis, poursuivait-il, et le public éclatait de rire. Mesdames et messieurs, votre tâche consiste à déterminer laquelle de ces charmantes demoiselles reçoit les honneurs de ce magnifique étalon. Heloise, à vous de poser la première question.

Alors la blonde gémissait ou s'écriait : Oh mon Dieu, et le jury s'esclaffait. Parfois, les jurés ne prenaient pas ça au sérieux. Bien que la réponse soit absolument évidente, ils riaient et faisaient exprès de se tromper.

Parfois, il appréciait tout de même le jeu, et parfois, c'était trop énervant. Ils ne faisaient que leur boulot, mais parfois, ça l'énervait quand même, et il regrettait l'époque où il ne se rendait pas compte que les dés étaient pipés.

Un jour, il était allongé de côté sur son lit et il y avait encore une de ces blondes parmi les concurrentes. Il se demandait où ils les trouvaient. Ce jour-là, les étalons étaient trois gars qui bossaient pour payer leurs études. Ils avaient appelé le numéro 0800 des studios de télé et laissé leurs noms après une soirée étudiante bien arrosée, et quand on les avait rappelés, ils s'étaient tous dit : *Merde*. Mais en fin de compte, ils avaient accepté de participer parce que ça changeait des jobs habituels, qu'on ne les verrait que de dos et qu'ils pourraient se vanter de l'avoir fait, pour l'argent bien sûr. Seraient-ils prêts à revenir ?

Jeff : Sûrement pas. Attention, je n'ai pas dit que je ne m'étais pas amusé aujourd'hui, c'est une expérience unique en son genre et que je ne suis pas près d'oublier, c'est clair, mais de là à en faire une activité régulière…

Shane (en riant) : C'est une proposition ?

Animateur (en riant) : Non.

Duane : Si vous voulez mon avis, Mike, il se cache bien plus derrière tout ça qu'il n'y paraît.

Animateur (en riant) : À qui le dites-vous ! (Le public s'esclaffe.)

Duane : Non, mais sérieux. D'un côté, on est là pour faire le job. À nous d'adopter une approche professionnelle. Mais de l'autre, c'est important de se faire plaisir. Alors, est-ce que je le referais ? Carrément. Parce qu'il est impossible de donner le meilleur de soi-même lors d'une première participation. Et j'aimerais remercier toutes les filles, ça a été un bonheur de travailler avec elles et elles ont fait de cette journée une expérience mémorable.

Joe était allongé la tête sur son bras. Dans sa main, il se rendit soudain compte qu'il tenait une bite molle et flétrie. *Putain*, se dit-il. *Putain*. C'était exactement *ça*, le problème. Ce qui n'allait pas chez lui ? Il était le genre de mec qui part vendre des aspirateurs et qui se retrouve à bouffer vingt parts de tarte à la citrouille. *Putain*.

Il sortit un magazine de sous le lit, l'ouvrit à la double page centrale, fixa d'un œil appliqué les nichons de la fille et se branla. *Putain*.

Puis il se leva, referma sa braguette et sortit s'asseoir sur le perron.

Dis donc, Joe, fit-il. Ça peut pas continuer comme ça. T'entends ce que je te dis ? Ça peut pas continuer.

Il soupira. Le soleil se couchait derrière les pins. Encore une journée de passée.

Écoute. Le jeu n'est pas truqué, OK ? La raison pour laquelle il est truqué, si c'est vraiment le cas, c'est que tu l'as imaginé ainsi. Personne n'a rien fait derrière ton dos. Tu as décidé, pour des raisons que tu es seul à connaître, de faire en sorte que le jeu soit truqué, alors il est truqué. Ce n'est pas une découverte. Il n'y avait rien à découvrir. Tu as tout inventé dans ta tête. Et maintenant, tu parles tout seul. Il faut vraiment que ça s'arrête.

Le ciel était d'un bleu sombre et limpide, hormis l'étroite bande orange embrasant l'horizon derrière les pins noirs.

Tout ce que je veux, c'est réussir, dit-il. C'est tout ce que je demande.

Le ciel noircit lentement, les étoiles apparurent, et il était toujours assis sur le perron.

Il avait touché le fond. Parce que, soyons clairs, le genre de mec qui va de l'avant, le genre de mec qui laisse une trace, le genre de mec qui fait la différence, c'est le genre de mec qui assouvit ses pulsions sexuelles et se remet au boulot. Ce n'est pas le genre de mec qui reste couché à se prendre la tête pour savoir si un jeu télé totalement imaginaire est truqué. Ce n'est pas le genre de mec qui se laisse dévier de son fantasme masturbatoire pour se retrouver dans un fantasme non masturbatoire avec trois étudiants nommés Jeff, Shane et Duane. *Duane*. Non mais d'où ça sort, ça ? *Putain*.

Ce qu'il comprit plus tard, c'est que c'était exactement l'erreur qu'il avait commise toute sa vie : croire que s'il était différent d'une manière ou d'une autre, c'était forcément en moins bien. Croire que tout irait bien s'il était juste comme tout le monde. Croire que ce qu'il devait faire, c'était se débarrasser de tout ce qui sortait du rang. Parce qu'après tout la matière première de ses fantasmes n'était sans doute pas très différente de celle de beaucoup de mecs. Les magazines et les vidéos comportaient par exemple des scénarios assez proches du sien, avec certains éléments similaires, ce qui voulait bien dire qu'on imaginait que ça plairait à pas mal d'hommes. Le truc, c'est que la plupart des mecs ne se repassaient pas leurs épisodes favoris de l'époque où Suzie participait au jeu, en se demandant ce qu'elle devenait maintenant qu'elle avait un million de dollars à flamber ; la plupart des mecs ne se préoccupaient pas des personnalités, n'avaient pas les boules parce que l'animateur était un connard et qu'ils auraient bien voulu le faire virer, ne s'étonnaient pas que le jeu soit truqué et ne décidaient pas que les fesses en mouvement derrière le mur appartenaient à trois étudiants nommés Jeff, Shane et Duane.

Ce qu'il aurait dû comprendre, c'est que si quelque chose vous différencie de tous les autres, il se peut que cette chose-là soit votre principal argument de vente.

Car, comme il allait s'en rendre compte par la suite, c'est sa tendance à voir peu à peu émerger des personnalités, à introduire toutes sortes de détails hors de propos, jusqu'à donner des noms aux personnages, qui s'avérerait être son atout secret. Peu à peu, les participants se révéleraient être des gens ordinaires comme vous et moi, mais confrontés à une situation très inédite pour des gens ordinaires. Et au lieu d'être obsédé par le sexe comme la plupart des mecs, il avait simplement tendance à voir le tableau dans son ensemble, le sexe n'étant qu'un élément parmi d'autres. Il était capable d'imaginer ce qui pourrait conduire des gens ordinaires à se retrouver dans une situation pareille.

Le ciel était d'un noir de velours. Les étoiles brillaient et la lune s'était levée.

Allez, Joe, dit-il. Tu peux faire mieux que ça.

Il commença à se demander ce qui posait problème dans le sexe. Parce que quand on y pense, la pornographie est quand même une industrie qui génère plusieurs milliards de dollars. Pour certains, bien sûr, ce n'est que le complément d'une relation sexuelle épanouissante, mais *quid* des autres ? Si on trouvait un moyen de fournir la chose en vrai, on tiendrait vraiment un truc. Un moyen de fournir la chose en vrai sans que les gens aient à se soucier de tomber dans la criminalité, de se faire arrêter ou simplement d'être reconnus.

Il se mit à considérer la question sous un autre angle. À bien y réfléchir, pourquoi n'était-ce pas un problème pour les homosexuels ? Deux mecs qui travaillaient dans le même bureau pouvaient très bien se donner rendez-vous au petit coin et ensuite se remettre au boulot. Beaucoup d'hommes n'auraient aucun problème à faire ce genre de chose avec une collègue. La difficulté tenait en partie au fait que les toilettes étaient séparées, et en partie au fait que beaucoup de femmes auraient un problème avec ça.

Tous les commerciaux le savent, il faut prendre les gens comme ils sont. Pas comme on voudrait qu'ils soient.

Dans les hautes herbes résonnait le chant des grillons.

Assis sur le perron, Joe faisait tinter la monnaie dans sa poche.

Allez, Joe, dit-il. Il doit bien y avoir quelque chose à faire.

Il se remit à penser au mec qui avait tout raflé après l'ouragan Edna. En gros, ce mec avait repéré une catastrophe qui avait frappé tout le monde et il avait identifié un problème auquel étaient confrontés tous ceux qui avaient été frappés par la catastrophe. Puis il était arrivé avec une solution à ce problème.

C'est aux alentours de minuit que l'idée lui vint.

Joe, dit-il, te voilà dans de beaux draps.

Special K

LE LENDEMAIN MATIN, le soleil brillait, les oiseaux chantaient, l'herbe était couverte de rosée. Les idées folles de la nuit précédente ne semblaient plus aussi terribles. Elles semblaient folles, mais pas le genre d'idées qu'il envisagerait sérieusement de mettre en pratique. Tout le monde a des idées folles de temps à autre, tout dépend de ce qu'on en fait.

Il était temps de tourner la page. Manger correctement. Faire de l'exercice. Par exemple, au lieu de prendre la voiture, pourquoi ne pas aller à l'épicerie à pied ?

Il marcha jusqu'au 7-Eleven et acheta une boîte de Special K et une brique de lait écrémé.

En revenant au parc de mobile homes, il vit un héron survoler le lac et disparaître dans les roseaux. Si tu avais pris la voiture, tu n'aurais pas vu ça, se dit-il. Le monde est merveilleux. Tu y as ta place, toi aussi. Alors rentrons à la maison, prenons un petit déj' et allons vendre des aspirateurs.

Après le petit déjeuner, il lava son bol et le laissa sécher dans l'égouttoir. Il ne lava pas le reste de la vaisselle de la semaine, car il est important de savoir établir des priorités. Il se rasa et s'habilla et chargea l'Electrolux dans la voiture.

« *Strangers in the night, exchanging glances, scoubidou bidou bidou bidou bi* », chantonna-t-il en démarrant la voiture. Il sortit du parc et prit la nationale en direction du quartier suivant sur sa liste.

La route longeait la plage. C'était une portion de plage où il ne se passait pas grand-chose en général, et qui était quasiment déserte à cette heure de la journée. La marée était basse. Le sable juste au bord de l'eau luisait d'un blanc étincelant au soleil matinal, et de petits bécasseaux allaient et venaient au pas de course au gré des vagues. Au large, une rangée de pélicans rasait les flots.

Le monde est merveilleux, répéta Joe. Tu y as ta place, toi aussi.

Il entonna « Everything is beautiful in its own way », une chanson qu'il n'aurait jamais pensé chanter de son plein gré, si bien qu'il n'en connaissait que la première phrase. « *Everything is beautiful in its own way*, fredonna Joe. *Scoubidou bidou, doubidou, doubidou, doubi doubi bidou…* » C'était peut-être lié au fait d'avoir commencé la journée avec des Special K.

Il roulait, souriant, une main sur le volant, en chantant la première phrase d'« Everything is beautiful in its own way » et en regardant la mer. Les pélicans n'étaient plus que de minuscules points au loin, mais les bécasseaux continuaient leur va-et-vient.

Des années plus tard, il parviendrait à faire rire le public chaque fois qu'il raconterait cette histoire. Car, voyez-vous, c'est un phénomène qui transcende les générations. Prenez un groupe de mecs. Pour certains, le roi c'était Elvis, pour d'autres, Jimi Hendrix, pour d'autres encore, Kurt Cobain. Mais ils ont tous un point commun, c'est qu'ils ne chanteraient jamais « Everything is beautiful in its own way » à moins qu'on leur mette un pistolet sur la tempe (et encore, ce n'est pas sûr). Pourtant, chacun de ces mecs saura ce que c'est de se lever à l'aube, de se retrouver dehors en ayant l'impression d'être seul au monde et d'avoir envie de chanter. Il arrivait à les faire rire en disant qu'il ne connaissait que la première phrase d'« Everything is beautiful in its own way », et aussi en racontant qu'il avait enchaîné sur « Oh what a beautiful morning », et que là, il connaissait la chanson par cœur, parce que sa mère le rendait dingue à force d'écouter ce disque quand il était gosse, mais qu'il ne pouvait pas citer les paroles dans son autobiographie, car ça lui aurait coûté beaucoup trop cher.

Bref, il arriva au bout d'« Oh what a beautiful morning » et se rendit compte qu'il avait levé le pied de l'accélérateur. La voiture ralentissait et il se rendit compte qu'il posait le pied sur le frein et qu'il quittait la route. Il s'arrêta sur le bas-côté sablonneux, se gara et éteignit le moteur. Il entendait le doux murmure des vagues et le cri aigu des bécasseaux.

Il y a des choses qu'on met en mots pour un public, mais auxquelles on ne donne pas de nom sur le moment. Dans son esprit, il voyait seulement le héron avec son long bec pointu et ses pattes grêles. Il voyait les bécasseaux aller et venir sur le sable mouillé. Il voyait les pélicans avec leur grand bec capable de contenir un poisson entier. S'ils volaient au ras des vagues, c'est parce qu'ils savaient où trouver les poissons qui tiendraient dedans.

Il ouvrit la portière et descendit de voiture. L'Electrolux, avec ses accessoires, était posé sur la banquette arrière.

Il referma la portière et, les bras croisés sur le toit de la voiture, il contempla la mer. « Je ne suis pas fait pour ça », dit-il. Il ne l'avait jamais dit auparavant, parce que le dire revenait à admettre qu'il n'était pas à la hauteur. Mais maintenant, il le disait et il ne s'en voulait pas. Est-ce qu'un héron se plaint de ne pas avoir le genre de bec dans lequel on peut mettre un poisson entier ? Est-ce qu'il dit « Quand on veut, on peut » et se met à voler au ras des vagues, bec de compète ou pas ? Ben non, évidemment.

Il y a des mecs capables de vous persuader que vous voulez un aspirateur même si vous venez juste d'en acheter un. Il y a des mecs capables de vous persuader que vous voulez un aspirateur même si le vôtre est plus un membre de la famille qu'un appareil ménager. Il est probable que la moitié des gens qui ont acheté un Electrolux après l'ouragan Edna possédaient un aspirateur en parfait état de marche qui avait miraculeusement survécu à la catastrophe. La raison pour laquelle ils avaient acheté un nouvel aspirateur, c'est qu'ils étaient tombés sur un mec qui était né pour vendre des aspirateurs. La raison pour laquelle ils ne voulaient pas acheter de nouvel aspirateur maintenant, c'est qu'ils tombaient sur un mec qui n'était pas fait pour vendre des aspirateurs.

Bref, si vous n'êtes pas fait pour ça, vous pouvez continuer à essayer de vendre des aspirateurs jusqu'à ce que les poules aient des dents. Et quand vous ferez le bilan de votre vie, vous vous rendrez compte que vous avez mangé beaucoup de tarte à la citrouille.

Quand on est commercial, il faut se prendre comme on est. Pas comme on voudrait être.

Si on n'est pas fait pour ça, on peut perdre beaucoup de temps à se demander : Comment faire pour y arriver ? Alors que la question qu'on devrait se poser, c'est : Y a-t-il une chose pour laquelle je sois fait ? Car si on trouve un domaine dans lequel on peut réussir en restant tel qu'on est, on ne perdra pas son temps à essayer de changer. Chose qu'on n'arrivera jamais à faire, de toute façon.

Si vous demandez aux gens ce qui leur paraît le plus dur dans le métier de représentant de commerce, la plupart répondent « Le rejet ». « On essaie toujours de se débarrasser de vous, disent-ils, c'est ce que je détesterais. » Ou alors, ils pensent que c'est le fait d'être tout le temps sur les routes qui leur taperait sur le système, toutes ces chambres d'hôtel et de motel qui se confondent, on doit vraiment se sentir seul. Parfois, ils pensent que ça les dérangerait de vendre aux gens des choses dont ils n'ont pas vraiment besoin, de les pousser à acheter des choses qu'ils ne peuvent pas vraiment se payer.

Bien sûr, tous les VRP ont sans doute ressenti tout ça à un moment ou à un autre. Mais le plus dur dans ce métier, c'est une chose qu'on ne peut laisser derrière soi, même en changeant de boulot : un commercial voit les gens comme ils sont.

C'est précisément ce que la plupart des gens passent leur vie à essayer d'éviter. La plupart des gens voient ce qu'ils veulent voir. Mais un commercial ne peut pas se permettre de voir les gens comme lui voudrait qu'ils soient. Il doit les voir tels qu'ils sont. Et il doit aussi les voir tels qu'ils voudraient être. Car même s'ils ont terriblement envie d'une chose, s'ils ne veulent pas être le genre de personne qui a envie de ce genre de chose, il aura un mal de chien à les persuader de l'acheter. Il doit voir ce qu'ils n'aiment pas dans leur façon d'être et les convaincre qu'il n'y a rien de mal à cela. Ou alors, il doit voir ce qu'ils n'aiment pas et les convaincre qu'il a exactement le produit qu'il faut pour y remédier. C'est ce qui est le plus dur dans ce métier.

Si on vend des encyclopédies, bien sûr, on vend aux gens l'idée qu'ils peuvent être ce qu'ils voudraient. Mais même si on vend des aspirateurs, on leur vend ce qu'ils pourraient être : des gens qui nettoient leurs escaliers, leurs meubles et leurs rideaux à l'aide des accessoires adéquats, plutôt que des gens qui économisent deux cents dollars en se contentant d'emprunter l'aspirateur du voisin pour Thanksgiving et pour Noël. On leur vend la possibilité de rectifier ce qui ne va pas. Ce qu'on vend, en fin de compte, c'est l'idée que le problème ne vient pas des clients ; ils n'en savent peut-être pas autant qu'ils devraient, ils vivent peut-être dans une maison crasseuse, mais c'est seulement parce qu'il leur manque *la* chose qui leur permettrait d'y remédier.

Ce qu'on vend aussi, évidemment, c'est l'idée que s'ils n'achètent pas cette chose, alors là, il y a vraiment un truc qui cloche chez eux. Ils pourraient rectifier ce qui ne va pas et ils choisissent de ne pas le faire.

La raison pour laquelle il faut un commercial pour régler ça, c'est que livrés à eux-mêmes, la plupart des gens se laissent aller en se disant : Il faudra vraiment que je m'en occupe un de ces jours. Les gens sont comme ça, il faut un commercial pour les faire sortir de l'ornière et se bouger un peu pour atteindre leurs objectifs. Il faut un commercial pour leur montrer que quelque chose qui ne leur apparaissait pas comme un objectif, comme lire régulièrement l'*Encyclopædia Britannica*, pourrait en réalité en être un. Un objectif réalisable. Les plus longs voyages commencent par un premier pas. En l'occurrence, le premier pas consiste à acheter l'*Encyclopædia Britannica*.

En d'autres termes, un commercial est constamment confronté à la capacité des humains à s'illusionner. Il doit reconnaître que la plupart des gens feraient n'importe quoi pour ne pas regarder la réalité en face. C'est ce qui est le plus dur dans ce métier.

Il contemplait la mer par-dessus le toit de sa voiture. Les vagues jetaient leur voile d'écume et se retiraient, et les bécasseaux se précipitaient en criant sur le sable luisant.

Il se dit : Un animal n'a pas honte.

Il chasse ce qu'il mange et il le mange.

Il chie quand il en a envie. Il pisse quand il en a envie. C'est pour ça que les voitures se retrouvent couvertes de fientes d'oiseaux. L'oiseau n'attend pas de trouver des toilettes. Il ne comprend pas le concept de toilettes. Il le fait quand il en a envie.

Mais soudain, il se dit : N'empêche, quand un chien ou un chat essaie de chier alors qu'on le regarde, il a l'air un peu embarrassé. Et ensuite, le chat gratte la terre pour recouvrir ses besoins. Est-ce que c'est seulement un souvenir du temps où l'animal était vulnérable face à un prédateur, où un prédateur pouvait suivre sa trace, ou quoi ?

Et ce qui est intéressant, c'est qu'au lieu de s'égarer comme il le faisait d'habitude, il se dit seulement : On s'en fout.

En d'autres termes, quand la question était réellement importante, il ne s'égarait pas. Il avait en lui la capacité de déterminer si une question était réellement importante.

La question importante, c'est que les animaux ont l'instinct de s'accoupler et qu'ils le font sans honte.

Il se dit : Les humains ne font rien sans honte.

Même manger est honteux, parce que ça fait grossir. Et certaines choses sont tellement honteuses qu'il n'y a pas de mots polis pour les dire. On dit « aller aux toilettes » et « coucher avec » parce que les mots exacts sont considérés comme grossiers.

En contemplant la mer et les oiseaux, il se dit : Pourtant, regarde comme la pulsion est forte ! Car on peut vendre à peu près n'importe quoi aux gens si on arrive à les convaincre que ça améliorera leurs chances d'avoir des relations sexuelles. On peut vendre à peu près n'importe quoi aux gens si on arrive à les convaincre que c'est un substitut des relations sexuelles. La seule chose qu'on ne peut pas vendre, c'est la chose en elle-même. Enfin, on la vend, évidemment, mais on ne peut pas le faire sans honte.

Du coup, regarde un peu le temps que les gens perdent parce qu'ils ne peuvent pas l'obtenir sans honte ! Regarde le temps que les gens perdent à faire la conversation, à interroger l'autre sur ses centres d'intérêt. Regarde le temps que les gens perdent à fantasmer. Et regarde les risques qu'ils prennent ! Il avait en effet lu l'histoire d'un homme accusé de harcèlement pour avoir glissé des M&M's dans la poche du chemisier d'une femme avant d'aller les y repêcher, et dont l'entreprise avait dû payer un million de dollars à la victime. Ou peut-être même plus.

Bref, si les gens sont prêts à prendre de tels risques, on peut être sûr qu'il y a de l'argent à se faire. Et s'ils sont capables d'agir de la sorte, en faisant peser de tels risques sur leur entreprise, il y a de l'argent à se faire. Sans compter que si on donnait aux gens la possibilité de se soulager un bon coup, ils seraient beaucoup plus productifs. Ils se sentiraient mieux dans leur peau. Car il devait y avoir beaucoup de mecs comme lui, des mecs qui ne voulaient pas passer autant de temps à penser au sexe et qui, si on leur en donnait la possibilité, préféreraient se soulager un bon coup et concentrer leur énergie sur la poursuite de leurs objectifs.

À première vue, les homos semblaient capables de se soulager sans trop de difficulté. Leur seul problème était de ne pas être très nombreux. En revanche, les hommes normaux pouvaient bosser dans un bureau rempli de femmes sans trouver d'exutoire. Il faut prendre les gens comme ils sont, pas comme on voudrait qu'ils soient, et malheureusement, la plupart des femmes ne semblaient pas avoir les mêmes pulsions. Ou alors, si elles les avaient, elles ne voulaient pas l'avouer. Mais elles ne les avaient probablement pas. Et si elles les avaient, elles ne voulaient pas l'avouer.

Car il faut prendre les gens comme ils sont, pas comme on voudrait qu'ils soient et, malheureusement, la plupart des hommes ont tendance à ne pas respecter les femmes qui ont les mêmes pulsions qu'eux. Et même si une femme n'a pas les mêmes pulsions, mais leur offre juste un exutoire, les hommes ont tendance à ne pas la respecter. Car si on prend les gens comme ils sont, la plupart des hommes ont tendance à considérer le fait de planter leur bite dans quelqu'un comme une forme de domination. Pour être honnête, si on prend les gens comme ils sont, c'est ce qui leur plaît là-dedans. Ce n'est pas seulement la sensation physique. C'est pour ça que la masturbation est si peu satisfaisante. La sensation physique est plus ou moins la même. Mais la domination n'est que dans la tête.

Donc, à supposer qu'une femme ait envie de la sensation physique, juste comme exutoire, elle ne l'avouerait sans doute pas pour éviter toutes ces emmerdes.

Mais il ne faut pas oublier que certaines femmes sont prêtes à offrir un exutoire en dépit des emmerdes, si on les paye assez pour ça. Et beaucoup d'hommes sont prêts à payer en dépit des emmerdes. Et les emmerdes, si on y réfléchit, se résument en fin de compte à la honte d'être identifié comme la personne qui a fait *ça*. Voilà pourquoi la prostitution est si dégradante. Une prostituée sait que quelqu'un sait qu'elle se prostitue. Quoi qu'elle fasse par ailleurs de sa vie, il y a toujours un risque que ça revienne la hanter. Pareillement, même si personne d'autre n'est au courant, l'homme sait qu'une prostituée sait qu'il est allé voir une prostituée.

Et donc, si on arrivait à trouver un moyen d'assurer leur anonymat, on apporterait la solution à un fléau qui faisait ressembler l'ouragan Edna à une brise légère.

Assis sur le perron, la veille au soir, il avait songé à un moyen d'assurer cet anonymat et s'était dit qu'il était fou.

Maintenant, il pensait : Un animal ne connaît pas la honte.

En d'autres termes, la raison pour laquelle il s'était dit qu'il était fou, c'est qu'il était humain. Un commercial sait qu'il faut se prendre comme on est, et cela inclut la tendance à avoir honte de vendre des choses que la société considère comme honteuses.

Mais alors, la question se pose : A-t-elle raison ? Et dans ce cas, la réponse est clairement non. Une pulsion physique est une pulsion physique. Ce qui est honteux, c'est de détourner les yeux et d'abandonner chacun à son sort au lieu de traiter le sujet de manière responsable. Car le fait est que ces pulsions inassouvies engendrent un énorme gâchis et d'incroyables souffrances. Des femmes se font agresser sur leur lieu de travail, juste parce que leurs collègues n'ont pas d'exutoire légitime pour des pulsions qu'ils ne peuvent maîtriser. Des hommes qui travaillent dur et qui ont une précieuse contribution à apporter courent des risques, alors que ce n'est pas leur faute. Et c'est la honte, une honte hypocrite, qui empêche les gens de régler le problème de manière efficace.

Les humains sont des animaux, se dit-il. Tous ces instincts, ces instincts extraordinairement puissants, sont contrecarrés par tous ces tabous. Si on parvient à briser certains de ces tabous, il y a sûrement de l'argent à se faire. *Beaucoup* d'argent. Mais s'il y a beaucoup d'argent à se faire, c'est parce que ces tabous sont tenaces. As-tu le cran de les briser, Joe ? As-tu le cran de regarder quelqu'un dans les yeux quand il est juste en train de se dire que c'est dégoûtant ? Car vois-tu, Joe, une grande idée est toujours en avance sur son temps. C'est pour ça qu'il y a de l'argent à se faire. Il faudra très, très longtemps avant que les mentalités évoluent. Si jamais elles évoluent. Tu dois être sûr d'avoir raison, parce que tu seras bien le seul. On t'en fera baver. Et pas qu'un peu. Donc si tu ne peux pas encaisser, Joe, mieux vaut jeter l'éponge tout de suite.

Il se dit : Je ne sais pas si j'ai le cran. Je n'ai jamais vraiment été mis à l'épreuve. Je n'ai jamais vraiment eu l'occasion de savoir de quoi je suis capable. Mais il y a un truc que je sais. C'est une chose de tenter sa chance, de faire de son mieux et d'échouer – on a beau faire le maximum, parfois ça ne suffit pas –, et c'en est une autre de ne même pas essayer. C'est la première fois que j'ai l'occasion de voir grand. Si je me dégonfle, au fond, qu'est-ce que ça dit de moi ?

Écoute, Joe. Ne nous prenons pas trop au sérieux. Je ne dis pas que ça ne va pas être dur. Mais ça devrait aussi être marrant. Est-ce que tu t'éclates vraiment à vendre des aspirateurs ? D'accord, on risque de te regarder de travers. Mais essaie de voir le côté drôle du truc. Et en fin de compte, tu rendras service à tout le monde. Il y a de quoi être content de soi. Alors fais de ton mieux et, souviens-toi, si ça tourne à la catastrophe, tu peux toujours te tirer une balle.

Il souriait de toutes ses dents. Il retira ses chaussures et ses chaussettes, retroussa son pantalon, gravit le sable moelleux du petit talus qui bordait la route et descendit sur la plage. En haut, le sable était bosselé, chaud au soleil, frais dans les creux ombragés. Puis il devenait ferme et ondulé, et enfin plat et mouillé.

La rangée de pélicans revenait au ras des vagues. Il les observa en se protégeant les yeux du soleil.

Regarde ces magnifiques oiseaux. Ont-ils le moindre défaut, Joe ? Y a-t-il la moindre chose dont un pélican doive avoir honte ?

Il marchait le long de la plage dans l'eau peu profonde. Il se tourna vers la mer et mit ses mains en porte-voix.

« JE M'APPELLE JOOOOOOOOE ! s'écria-t-il. Cha-bada-ba DOOOOOOOOO ! »

Bye bye Electrolux

LA PREMIÈRE CHOSE qu'il fit fut de rendre l'Electrolux et ses accessoires.

« Tiens, voilà le champion ! » Le responsable des commerciaux était en réunion. Dérangée au milieu d'un roman de Danielle Steel, sa secrétaire n'était guère enchantée de devoir s'interrompre pour réceptionner l'aspirateur.

« Peut-être pas si champion que ça, finalement », dit-il.

La fille le regardait d'un air moqueur.

« Je ne dois pas être fait pour ça. »

Il dit ça avec une tranquille conviction qui était rare chez les commerciaux.

« Ne soyez pas si dur envers vous-même », dit la fille. Elle le regardait toujours d'un air moqueur, mais sous lequel affleurait une touche de compassion.

« Le type qui était là avant moi, lui, pour le coup, c'était un as, dit Joe.

— J'en sais quelque chose, dit la fille.

— S'il vous faut des avis positifs sur le produit, vous devriez parler à ces gens, là-bas. Ils racontent tous comment il leur a sauvé la vie après l'ouragan Edna.

— Ouais, ils continuent à nous écrire. C'est pour ça que je dis : Ne soyez pas trop dur envers vous-même. Personne, pas même le révérend Billy Graham, n'aurait pu vendre un seul aspirateur à Eureka. Il aurait pu aller de porte en porte en disant aux gens que ses aspirateurs étaient recommandés par Jésus-Christ, il n'en aurait pas vendu un seul. Ed a un humour un peu taquin, c'est tout. S'il vous avait donné une chance de montrer de quoi vous étiez capable sur un autre secteur, ça se serait peut-être passé autrement.

— En fait, il m'a peut-être rendu service », dit Joe.

Il regardait la fille. Il avait les yeux constamment attirés par ses seins, mais il les balayait du regard sans s'arrêter, comme s'il passait là par hasard en cherchant le taille-crayon. Il faut dire que Joe était resté longtemps seul. Ça devait souvent arriver quand les commerciaux revenaient après avoir passé beaucoup de temps sur les routes.

« Est-ce que vous avez beaucoup d'histoires de harcèlement sexuel dans votre travail ? demanda-t-il.

— Quoi ? dit la fille.

— Avec les commerciaux, peut-être ? Ils sont tout le temps sur les routes et je me demandais si vous aviez parfois des problèmes.

— Ben, c'est pas un job pour les oies blanches, si c'est ce que vous voulez dire. Mais sans vouloir vous manquer de respect, m'est avis qu'il faut un certain genre de personnalité pour réussir dans la vente. Et il faut un certain genre de personnalité pour arriver à gérer ce genre de personnalité. Si on s'en tient aux compétences, il y en a plein qui pourraient faire mon travail. Mais en fin de compte, l'essentiel est de savoir gérer les gens. Il faut savoir rendre les coups. Il y a des choses dans ce boulot qui en dérangeraient plus d'une. Mais c'est pris en compte dans le salaire. M'est avis que moi, je suis quelqu'un de plutôt solide. Alors si je peux toucher un salaire qui tient compte de cette force, pourquoi je me contenterais d'un job où on n'en a pas besoin ? »

S'il y a un phénomène absolument fascinant dans le monde, c'est les argumentaires que les gens déploient pour se convaincre de quelque chose. Quand les gens éprouvent le besoin de se vendre une chose à eux-mêmes, c'est qu'il y a anguille sous roche.

« C'est très intéressant, dit Joe. Mais ça ne vous tape jamais sur le système ? Je veux dire, supposons de façon purement hypothétique qu'un mec comme moi, un mec dont vous savez très bien qu'il ne va jamais réussir, s'approche de vous à la photocopieuse et ait un geste déplacé. Glisse des M&M's dans la poche de votre chemisier et essaie de les repêcher. Quelle serait votre réaction ?

— Ben, si vous avez toujours eu l'ambition secrète de chanter avec les sopranos, je vous suggère d'essayer, pour voir.

— Mais supposons qu'un commercial haut placé, disons le commercial le plus haut placé, fasse ce genre de chose. Vous ne vous sentiriez peut-être pas aussi libre d'exprimer ce que vous ressentez. Pas comme avec un mec situé plus bas dans l'échelle.

— Je vois ce que vous voulez dire, répondit-elle. Mais que voulez-vous, tous les jobs ont leurs inconvénients. On peut se lamenter et ressasser tout ça en se disant qu'ailleurs on trouverait le job parfait. En fait, il n'y a pas de job parfait. Le job parfait n'existe pas. Les gens sont comme ils sont. Et dans n'importe quel job, il y aura toujours des gens. Mais à mon avis, si quelqu'un dépasse les bornes, il faut remettre les choses à leur place. Je me fous de ce qu'il gagne, je me fous de combien d'aspirateurs il refourgue, il ne peut pas me forcer à faire ce que je ne veux pas. Tant qu'on est ici pendant les heures de bureau, je n'ai pas à faire quoi que ce soit qui n'entre pas dans ma fiche de poste. Et dès que je quitte le taf, je fais ce que je veux de mon temps.

— Hmm, c'est intéressant, ce que vous dites », fit Joe.

En réalité, voilà ce qu'il se disait. Un mec peut bien être le cador de la boîte et posséder la maison et la voiture qui vont avec, lorsqu'on en vient à la chose que nos instincts nous ont programmés à désirer plus que tout au monde, il n'est pas mieux loti que Joe Duchmol.

S'il cherche un exutoire à ses pulsions sexuelles, il devra prendre le temps d'interroger une femme sur ses centres d'intérêt, sans garantie de succès, ou bien rentrer chez lui et se branler sur un magazine ou une vidéo, ou alors payer quelqu'un, avec tous les risques que cela comporte. Mais franchement, le cador de la boîte a-t-il le temps d'interroger une femme sur ses centres d'intérêt ? Et s'il la paye, un mec dans sa position a beaucoup à perdre. Ça peut nuire à sa réputation. Quelles options s'offrent à lui ? Au bureau, il ne peut même pas glisser des M&M's dans le chemisier d'une collègue. Alors ne parlons pas d'obtenir de réelle satisfaction sexuelle. Et ce genre de mec passe beaucoup de temps au boulot. Il se casse le cul à longueur de journée et, le soir, il en est réduit à rentrer chez lui avec un magazine. Exactement comme Joe Duchmol, qui reste toute la journée vautré dans son mobile home.

Quand on est Joe Duchmol dans son mobile home, on se dit que si on se bougeait le cul et qu'on se prenait en main, on pourrait avoir de vraies filles comme celles des magazines. On n'aurait pas à lever le petit doigt. Elles seraient à notre disposition. Sauf que si c'était vraiment le cas, les mecs n'essaieraient pas de prendre leur pied en ayant des comportements suggestifs au bureau.

Bref, quand même le type le plus performant de la boîte ne peut pas obtenir ce qu'il veut, quand il est capable de mettre sa carrière en péril pour essayer d'obtenir ce qu'il veut, en mettant les profits de l'entreprise en péril par la même occasion, croyez-moi, il y a de l'argent à se faire.

« Bon, ça m'a fait plaisir de vous parler, dit Joe.

— Quels sont vos projets ? » demanda la fille.

Joe se tenait debout devant son bureau. Derrière elle, le mur était recouvert d'un miroir du sol au plafond, devant lequel étaient disposés des caoutchoucs en pot. Dans le miroir, entre les plantes, il voyait un type vêtu d'un costume marron en polyester défraîchi. Il n'était pas froissé ni chiffonné, puisque c'est toute l'idée du polyester. Mais il n'était pas non plus impeccable, puisque le polyester ne peut pas l'être. Le type était là au milieu des plantes avec son costume flétri sur les épaules. Si un type comme celui-là venait vous vendre un aspirateur, vous auriez peut-être pitié de lui et vous lui offririez une part de tarte à la citrouille, mais vous ne lui achèteriez pas d'aspirateur. Si un type comme celui-là venait vous faire une proposition innovante pour récompenser les employés les plus performants de l'entreprise, vous la balaieriez d'un revers de main. Il était exactement le genre de mec dont vous pouviez vous attendre à ce qu'il débarque avec une idée salace totalement inconvenante pour votre entreprise.

« Je vais m'acheter un nouveau costume. »

2.
Une question de probabilité

Premières impressions

RÉTROSPECTIVEMENT, Joe fut le premier à reconnaître qu'il avait commis beaucoup d'erreurs au départ. Il ne se préoccupait pas des bonnes questions. Au début, il était parti du principe qu'il fallait y aller doucement, monter en puissance progressivement. La première chose qu'il décida donc de tester, aussi incroyable que cela puisse paraître, était une sorte de version professionnelle du jeu de la bouteille.

Mais il y a un point sur lequel il avait vu juste : l'importance de faire bonne impression. Dans son mobile home, il se voyait uniquement dans le miroir de la salle de bains, en se rasant. Se découvrir dans le miroir du bureau lui avait fait un choc. Pour tout dire, il s'était même demandé ce qui avait bien pu lui prendre d'acheter un costume pareil. Qui aurait l'idée d'acheter un costume couleur caca ? Comment cela avait-il pu – même momentanément – lui paraître judicieux ? D'accord, il était en solde. Initialement proposé à 99,99 $, il avait été soldé à 49,99 $ avec une cravate au choix. Mais à sa place, ne vous seriez-vous pas au moins demandé pourquoi ils n'avaient pas réussi à le vendre à 99,99 $? En le regardant, ne vous seriez-vous pas dit : Ah, je parie que s'ils n'ont pas pu le vendre à 99,99 $, c'est parce que personne n'a envie d'un costume assorti à ses étrons. Mais non, il était entré dans le magasin et s'était juste dit : Hé ! 49,99 $! Et il me va ! Et il est cent pour cent polyester, donc il ne se froissera pas ! *Putain.*

Bref, maintenant qu'il était revenu à la raison, il se rendit compte que pour ce qu'il essayait d'entreprendre, rien n'était trop beau.

Il acheta un costume à mille dollars moyennant un paiement échelonné. Il était d'un gris anthracite soyeux, si foncé qu'il semblait presque noir dans certaines lumières. Il acheta une cravate en soie d'un rouge profond. Il acheta dix chemises blanches et une paire de boutons de manchettes en argent massif. Il acheta dix paires de chaussettes en soie noire. Il acheta une paire de chaussures anglaises à trois cents dollars. Il acheta dix caleçons et dix tricots de corps, car c'est important d'être propre. Il acheta une boîte d'impeccables mouchoirs blancs. Il ne faut pas seulement avoir l'air d'un homme riche, il faut se sentir comme un homme riche dans ses vêtements.

Puis il fit imprimer du papier à en-tête. Il écrivit à une centaine d'entreprises des environs en expliquant qu'il effectuait des recherches sur les interactions personnelles en psychologie du travail, et en demandant si certains de leurs employés seraient prêts à participer à une simple étude.

Soixante-quinze entreprises ne se donnèrent pas la peine de répondre. Quinze répondirent qu'elles n'étaient pas intéressées. Dix demandèrent des informations complémentaires. Il alla voir la quatre-vingt-onzième et expliqua :

« Comme vous le savez, les interactions personnelles inter- et intra-genres constituent un terrain miné au sein de l'entreprise moderne. Des études réalisées en Allemagne ont montré que les tensions générées par un environnement où la dimension sexuelle est taboue peuvent être atténuées par ce que j'appelle une soupape.

— Une quoi ? fit le DRH.

— Un dispositif arbitraire permettant des interactions interpersonnelles tout en les encadrant. Prenez l'exemple du gui. Les personnes qui passent dessous peuvent être embrassées. Celles qui l'évitent sont exemptées. Les études réalisées en Allemagne ont montré qu'un dispositif similaire, installé au sein de l'environnement professionnel, réduisait grandement le malaise induit d'une part par des avances malvenues, et d'autre part par des rejets imprévus. »

Il expliqua que son étude visait à examiner les effets d'un tel dispositif dans un environnement professionnel américain.

Neuf des dix entreprises déclinèrent l'offre. Une seule accepta de participer à l'étude.

Le système qu'il avait mis sur pied – et qui était très loin du trou dans le mur – était le suivant. Les participants seraient soumis à une procédure de sélection aléatoire par le biais d'un programme informatique. Pendant la phase un, la sélection aurait lieu une fois par jour à dix-sept heures. Pendant la phase deux, une sélection aurait également lieu à l'heure du déjeuner. Pendant la phase trois, il y aurait une sélection toutes les heures. Deux noms seraient tirés au sort, un homme, une femme. Ces deux personnes devraient ensuite s'embrasser sous les yeux de tous leurs collègues, mettons sous l'horloge centrale. En d'autres termes, le jeu de la bouteille.

Tout le monde accepta de jouer.

Intéressant.

Le jeu de la bouteille

« **BON, DIT JOE,** c'est le Jour J. Je vais activer le programme pour générer notre premier tirage au sort, et nous verrons qui sont les heureux gagnants. »

Il se tenait sous l'horloge d'un bureau en open space. Certains des employés le regardaient, d'autres pas. Il y eut quelques rires, pas assez. Il portait son costume à mille dollars, mais cela ne semblait guère faire de différence.

Il se tourna vers l'ordinateur mis à sa disposition et cliqua sur l'icône du programme qu'il avait écrit. C'était le moment délicat. Joe était le premier à admettre qu'il ne connaissait rien à l'écriture de logiciels. Mais quand on veut, on peut. Et de toute façon, il n'avait absolument pas les moyens de payer quelqu'un pour l'écrire à sa place. Alors il avait acheté un livre intitulé *La Programmation pour les nuls*, et il s'était attelé à la tâche.

Ce boulot dépassait de loin le cadre de ses attributions, car normalement ce n'est pas au commercial d'inventer le produit. D'autres personnes sont chargées de créer le meilleur produit possible pour un budget donné. Le travail du commercial est de persuader les clients qu'elles y sont arrivées. Ça aide, évidemment, si ces personnes ont au moins en partie rempli leur mission. Mais si ce n'est pas le cas, ce n'est pas la faute du commercial.

Il y a beaucoup d'avantages à savoir qu'on n'est pas pleinement responsable. À l'inverse, quand on a soi-même créé le produit, on le connaît forcément sur le bout des doigts. Et puis un des aspects frustrants du métier de commercial, c'est que si quelque chose ne va pas dans le produit, on n'y peut fichtre rien. Alors que si on l'a créé soi-même, on peut toujours revoir sa copie.

Bon, il est tout de même rare qu'un commercial allume un aspirateur en se disant qu'il s'en remet à Dieu.

N'empêche, ça avait servi à quelque chose, car même si le projet échouait, il aurait au moins acquis de nouvelles compétences.

Le petit sablier qui s'affichait à l'écran tourna encore et encore, puis une boîte de dialogue apparut. Elle disait : « Les personnes sélectionnées lors du tirage au sort sont Sharon Blake et Jeff Smith. »

Joe s'efforça de faire comme s'il avait toujours su que ça marcherait. Il regarda du coin de l'œil l'écran posé sur le bureau le plus proche, et celui-là aussi disait : « Les personnes sélectionnées lors du tirage au sort sont Sharon Blake et Jeff Smith. »

Maintenant qu'il était à peu près assuré de la réponse, il pouvait demander en circulant dans l'open space :

« Bon, tout le monde a vu le résultat du tirage s'afficher sur son écran ? Parfait. Nous sommes prêts.

— Est-ce qu'on est censés le faire tout de suite ? » s'enquit une brune aux cheveux mi-longs en levant vers lui ses yeux marron.

Un mug posé sur son bureau portait l'inscription SHARON.

« En effet, dit Joe. Dès que le résultat du tirage est donné, les deux personnes sélectionnées sont censées se diriger vers l'horloge.

— Bon, quand faut y aller… », dit la fille.

Elle se leva et alla se planter sous l'horloge. Un grand garçon dégingandé à la pomme d'Adam proéminente et au visage couvert d'acné se dirigea vers elle et lui planta un bisou sur la bouche. Il y eut quelques applaudissements et des rires épars. Puis ils retournèrent s'asseoir à leur bureau.

Est-ce que je perds mon temps ? se demanda Joe. Quelque chose lui disait qu'il se trompait de cible.

Pourtant, il lança : « Merci. À demain, même lieu, même heure. »

Écoute, Joe, se dit-il ce soir-là. Arrête d'être aussi négatif. Regarde ce que tu as accompli. Pour commencer, tu as écrit un programme qui fonctionne ! Ensuite, tu as réussi à faire faire à des gens une chose à laquelle ils n'auraient pas forcément pensé et qui était un peu gênante. Personne ne t'a demandé tes références. Personne n'a même remis en cause ton droit à proposer ce genre d'idée. Et on n'en est qu'au premier jour.

Je sais, répondit-il. Je sais que j'ai pris un bon départ. C'est juste que je ne vois pas comment ça peut rapporter gros si on s'en tient à ça. Et si je veux aller plus loin, il reste encore un sacré chemin à parcourir.

Oui, c'est vrai, dans une certaine mesure. Mais d'un autre côté, là, tu ne t'es sans doute pas attaqué au plus facile. Parce qu'avec ce dispositif les gens peuvent *voir* ce qui les attend. Ils y vont les yeux grands ouverts. Les filles savent qu'il y a un mec au bureau qui a la gueule du Vésuve, et il faut les convaincre d'envisager une éventuelle interaction, aussi superficielle soit-elle, avec un mec qui a cette tête. Alors qu'à plus long terme il s'agira d'un dispositif dans lequel personne n'aura à *voir* quoi que ce soit de déplaisant. La seule chose qu'il faudra surmonter, ce sera la réticence initiale à avoir des rapports sexuels dans un cadre inhabituel.

N'empêche, soupira-t-il, c'était carrément décevant.

Il passa donc beaucoup de temps à faire s'embrasser des individus sélectionnés de façon arbitraire. Plus ça allait, plus il avait l'impression de faire fausse route. Il songea qu'il pouvait sans doute ajouter une sélection aléatoire pour des baisers avec la langue, mais il ne voyait pas comment aller de là jusqu'au trou dans le mur. Il finirait peut-être par y arriver, mais ça serait long.

Cependant, il prenait des notes et l'expérience n'était pas inintéressante. Sur les dix femmes que comptait le bureau, trois étaient séduisantes. Sur les dix hommes, un était beau et deux autres passables. On voyait bien l'intérêt qu'avaient les collaborateurs les moins séduisants à prendre part au jeu. Mais même les plus beaux étaient prêts à jouer, du moment qu'ils avaient une chance sur trois de tomber sur quelqu'un d'attirant. Pour cela, ils étaient prêts à avoir deux chances sur trois de tomber sur les moins plaisants. Au bout de trois semaines, ils dirent tous que ça leur avait plu, mais qu'une fois par heure, ça les dérangeait trop.

Il se dit : Attends voir.

Et si ça fonctionnait comme ça ?

On sélectionne au hasard deux membres du personnel qui peuvent s'embrasser à leur convenance. Avant la fin de la journée ! Dès qu'ils se sont embrassés, ils déclenchent à nouveau le programme de sélection. Et là encore, les personnes sélectionnées peuvent agir quand bon leur semble ! Dans un délai de vingt-quatre heures !

Il organisa une réunion au sein de l'entreprise afin de soumettre sa proposition, et celle-ci fut accueillie avec enthousiasme. Cela lui valut un nouveau tête-à-tête avec *La Programmation pour les nuls*, mais ce qui sépare le bon grain de l'ivraie, c'est la capacité à se dépasser. Les employés testèrent le système pendant une semaine et se déclarèrent pleinement satisfaits. Il leur semblait que la direction avait répondu à leurs attentes. Après tout, disaient-ils, on n'était pas obligé de participer. Tous s'accordèrent à dire que c'était très amusant.

Le dirigeant de l'entreprise émit le souhait de conserver le logiciel de sélection aléatoire, car il semblait avoir un effet positif sur le moral des troupes.

« Vous imaginez bien la quantité de travail que cela a nécessité, répondit Joe. D'ailleurs, il ne s'agit que d'un prototype et je ne voudrais pas le mettre trop tôt sur le marché. Mais je vous remercie de m'avoir laissé l'expérimenter sur vos collaborateurs. Ils m'ont été d'une grande aide et cela a été un vrai plaisir de travailler avec eux. Je peux vous le laisser pour mille dollars. »

Le type accepta.

Intéressant.

Cherche professionnelles hautement qualifiées

JUSQUE-LÀ, Joe s'était contenté de faire durer toute l'année l'esprit de la fête de Noël. Il n'avait brisé aucun tabou, ou du moins pas de façon radicale. Mais il avait retrouvé sa confiance. Le seul fait d'avoir réussi une vente, de surcroît la vente d'un produit qui n'allait pas de soi comme un aspirateur, avait boosté son assurance au point qu'il se sentait capable de se lancer dans un projet plus audacieux.

Alors il se jeta à l'eau.

Il loua un bureau dans un immeuble chic pour un mois seulement.

Puis il publia des offres d'emploi auxquelles des femmes seraient susceptibles de postuler. Celles-ci exigeaient de bonnes qualifications et proposaient des salaires attrayants. En gros, il avait plagié les petites annonces d'entreprises classiques.

Une femme répondit à l'annonce et il lui donna rendez-vous. Elle n'était pas difforme, mais ce ne serait pas la fin du monde si elle partait en claquant la porte. Ce serait un bon entraînement.

Il dit : « Je crains que le poste pour lequel vous postulez ait déjà été pourvu. Cependant, j'en ai un autre qui correspond à vos qualifications. Le salaire est attractif, soixante mille dollars par an, mais je ne suis pas sûr qu'il soit judicieux de vous le proposer. »

La femme dit : « Je vous écoute. »

Il dit : « Il implique un éventail de responsabilités qui sortent un peu de l'ordinaire. »

Elle dit : « Je vous écoute. »

Il dit : « Vous n'ignorez sans doute pas le dilemme que la question du harcèlement sexuel pose à de nombreux employeurs. C'est, à juste titre, un grave sujet de préoccupation. Une femme est en droit de se rendre sur son lieu de travail sans faire l'objet d'une attention malvenue à cet égard. Par exemple, une femme est en droit d'être évaluée purement sur la base des qualifications requises pour son poste, et non sur sa disponibilité sexuelle. »

Elle dit : « Voulez-vous dire qu'il s'agit d'une espèce de poste de responsable du harcèlement sexuel ? »

Il dit : « Pas exactement. »

Il dit : « Comme vous le savez, de nombreuses entreprises ont établi des codes de conduite en vue d'éliminer les comportements pouvant entraîner des litiges. Hélas, ils sont d'une efficacité limitée. Les manquements ne sont pas signalés. Ils ne protègent pas les personnes qu'ils sont censés protéger. Dans le même temps, cela empoisonne l'atmosphère du bureau. Un climat de suspicion pèse sur les échanges les plus innocents. »

Il ajouta : « Par ailleurs, il faut hélas bien reconnaître que certains des pires contrevenants comptent parmi les plus performants sur le plan purement professionnel. Les employeurs rechignent à se priver des services de ces précieux collaborateurs. »

Elle dit : « Je ne comprends pas. »

Il dit : « De nombreuses organisations complètent désormais leur politique de lutte contre le harcèlement sexuel par ce qu'on appelle des soupapes. »

Elle dit : « Des soupapes ? »

Il dit : « Laissez-moi vous expliquer. Typiquement, une entreprise propose un certain nombre de postes pour lesquels ce sont typiquement des femmes qui postulent. Elle peut recruter ces personnes pour accomplir un éventail de tâches – traitement de texte, photocopies, etc. Mais elle peut également leur verser une prime substantielle – typiquement le montant du salaire de départ – pour non seulement accomplir ces tâches, mais également jouer le rôle de soupape. Dans ce cas, les personnes concernées seraient sélectionnées au hasard deux ou trois fois par semaine pour offrir des contacts de nature sexuelle à certains membres du personnel. »

Elle dit : « *Quoi !* »

Il dit : « Ce n'est pas à la portée de tout le monde. C'est pour cela que j'hésitais à vous en parler. Je pense que nous serions tous d'accord pour dire qu'être payé le double pour tenir quelqu'un par la main deux ou trois fois par semaine constitue une bonne affaire. Eh bien, peut-être une femme sur mille ne trouverait pas *ça* plus choquant que de tenir la main de quelqu'un. Nous sommes à la recherche de cette femme. Inutile de préciser que la difficulté à la trouver se reflète dans le salaire proposé. »

Elle le regardait avec des yeux ronds. Elle dit : « Je n'ai jamais rien entendu de tel. »

Elle dit : « Vous voulez dire qu'en plus du travail de l'annonce il faudrait coucher avec des gens ?

— Non non non non non ! » s'exclama Joe, horrifié qu'elle ait pu penser une chose pareille.

Il expliqua : « Il est d'une importance cruciale d'éviter quoi que ce soit qui ressemble à un contact personnel. Il est essentiel de garantir une confidentialité absolue. L'homme ne doit jamais savoir quelle collaboratrice a été sélectionnée. La femme ne doit jamais savoir à quel membre du personnel elle a eu affaire. Typiquement, l'opération se déroule dans un box spécialement aménagé donnant sur les toilettes des hommes et des femmes. L'homme n'est en contact qu'avec la partie du corps située en dessous de la taille. »

La femme ne semblait pas convaincue.

Joe poursuivit : « Je précise que cette confidentialité vaut jusqu'au plus haut niveau. La désignation des soupapes ne relève pas des ressources humaines ; cela n'apparaît jamais dans le dossier des collaboratrices. Elles sont gérées par un organisme extérieur. Aux yeux de la DRH, elles sont des membres du personnel comme les autres. »

La femme déclara d'un ton dégoûté que ça ressemblait trop à de la prostitution et qu'elle n'aurait pas envie de travailler dans un endroit où il se passait ce genre de chose.

Il dit : « Nous ne cherchons pas des prostituées. Nous cherchons des professionnelles hautement qualifiées. »

Il dit : « Je suis très sensible au problème du harcèlement sexuel. Une organisation correctement gérée protège ses employés. Mieux vaut travailler dans un bureau doté d'un système de soupapes que dans un environnement qui ne s'efforce pas de gérer de façon réaliste les pulsions sexuelles de ses collaborateurs. »

Soudain, la femme dit : « Comment le poste que vous proposiez peut-il être déjà pourvu ? L'annonce est parue dans le journal hier. »

Il dit : « En réalité, nous effectuons une enquête d'opinion. »

Il dit : « Je vous remercie de votre coopération. Seriez-vous disposée à me consacrer encore quelques minutes pour répondre à un questionnaire ? »

La femme répondit d'un air furieux qu'il lui avait déjà fait perdre assez de temps comme ça.

Tout cela était très utile. Il laissa passer quelques jours avant de fixer d'autres rendez-vous, afin de pouvoir dire qu'ils avaient trouvé ce qu'ils cherchaient le premier jour.

La candidate suivante était plus jeune et blonde. Il l'installa devant l'ordinateur pour un test de traitement de texte et regarda de son bureau l'étoffe de sa jupe se tendre lorsqu'elle s'assit.

Elle tapait soixante-dix mots par minute.

Joe lui expliqua le dilemme face auquel se trouvaient désormais de nombreuses entreprises.

Il ajouta d'un ton persuasif : « Ce n'est pas à moi de dire aux gens quels sont leurs buts. »

Il dit : « Je suis persuadé que les femmes savent fort bien identifier leurs objectifs. La preuve, je pourrais vous raconter pas mal d'histoires… Nous avons eu cette jeune femme, une fille très intelligente, qui avait à cœur de faire des études de droit. Elle en avait pour cinq ou six ans de cours du soir. Quand je lui ai indiqué le salaire que nous proposions, elle a dit : "Voilà qui règle mon problème. En deux ans, je mettrai assez d'argent de côté pour pouvoir étudier à plein temps." Mais ça ne s'adresse pas seulement à celles qui veulent faire carrière. De nos jours, beaucoup de femmes se retrouvent à élever seules leurs enfants. Une mère qui a de jeunes bouches à nourrir en vient souvent à cumuler les jobs, à travailler le soir, le week-end. Bien malgré elle, elle n'est pas là pour les maintenir dans le droit chemin. Ses enfants sombrent dans la drogue, dans la délinquance. Si je peux offrir à une femme l'opportunité de prendre son destin en main, croyez-moi, je le ferai. »

Elle dit : « Je ne sais pas. »

Il dit : « Ce n'est pas à la portée de tout le monde. Nous cherchons le genre de femme qui a confiance en elle. Le genre de femme qui s'est fixé des buts à atteindre. Quelqu'un qui fait preuve de maturité. Quelqu'un qui souhaite apporter une réelle contribution à l'entreprise et s'attend à être rémunéré en conséquence. »

Elle dit : « Je ne sais pas quoi dire. »

Il dit : « Êtes-vous en couple ? »

Elle dit : « Euh, non. »

Vous voulez entendre un truc flippant ?

Vous voulez entendre un truc vraiment flippant ?

La fille accepta.

Une atmosphère de respect mutuel

L'UNE DES ERREURS que Joe commit au début fut de penser que la plus grande difficulté serait de trouver des femmes prêtes à accepter le job. Il se disait qu'il y avait plein de raisons pour qu'une personne dotée des compétences requises pour occuper un emploi de bureau normal n'ait pas envie de se diversifier ainsi, quelle que soit la rétribution. Il pensait au contraire qu'il serait relativement aisé de trouver des entreprises prêtes à installer ce dispositif. Chacun sait que le harcèlement sexuel constitue un problème majeur ; chacun sait que diffuser des consignes et des directives qui restent la plupart du temps au fond des corbeilles à courrier n'est pas la solution au problème. Surtout que les battants qui ont tendance à transgresser les limites sont les moins susceptibles de perdre leur temps à lire des mémos sur le harcèlement sexuel. À vrai dire, quelqu'un qui a le temps de lire ce genre de foutaises n'est sans doute pas le type d'individu qu'on souhaite compter parmi ses collaborateurs. Et le jour où on devra réduire les effectifs, ce sera l'un des premiers à partir, ce qui diminuera encore le nombre de personnes de la boîte au fait de la politique de lutte contre le harcèlement sexuel.

Résultat : Joe sous-estima grandement le temps qu'il lui faudrait pour faire décoller le projet.

Après avoir convaincu dix-neuf femmes en à peine deux semaines qu'elles pouvaient être « la femme sur mille », il commença à se sentir invincible. Tous les doutes qui l'avaient assailli du temps où il vendait des encyclopédies et des aspirateurs se dissipèrent. S'il était capable de vendre ça, il était capable de tout. Tous les commerciaux connaissent la sensation d'euphorie incrédule qu'on éprouve quand on a par miracle réussi à fourguer un produit qu'aucune personne saine d'esprit n'aurait acheté. Tous les commerciaux connaissent la sensation de stupéfaction béate qu'on éprouve quand on a débité l'argumentaire élaboré pour ce produit infourgable et que quelqu'un l'a effectivement gobé.

Multipliez cette sensation par dix-neuf, et le sentiment d'infaillibilité de Joe ne vous semblera pas si exagéré. Mais comme le savent tous les commerciaux, c'est un sentiment dangereux, uniquement fondé sur la dernière vente réussie. Or, ce qui fonctionne dans un contexte ne marche pas forcément dans un autre. Si on pense être capable de vendre des choses en faisant le poirier une main dans le dos, tôt ou tard, un client va se demander : Pourquoi achèterais-je quelque chose à un imbécile qui fait le poirier sur une seule main ?

Si on avait demandé à Joe, quand il avait loué son bureau, s'il pensait sincèrement que ça pouvait marcher, il aurait sans doute répondu : « Franchement, je n'en sais rien. » Mais après avoir recruté dix-neuf femmes qui avaient toutes pris ce qu'il disait pour parole d'Évangile, il ne voyait absolument plus aucune raison pour que tout ne se passe pas exactement comme il l'avait prévu. Tout ce qu'il fallait, c'était trouver des gens prêts à embaucher ces dix-neuf femmes, et l'affaire était dans le sac.

Le moment était venu de démarcher les entreprises.

Il mit un point d'honneur à s'adresser directement au sommet de la hiérarchie. D'après lui, les gens ayant travaillé un certain nombre d'années dans les RH avaient tendance à penser en termes de clichés et à être réfractaires aux idées neuves.

Il présenta son produit comme une solution au problème du harcèlement sexuel. Sans trop entrer dans les détails dans sa lettre de prise de contact, naturellement.

Il écrivit à un millier d'entreprises. Huit cents ne se donnèrent pas la peine de répondre.

Beaucoup prétendirent avoir la situation bien en main.

Une vingtaine acceptèrent de le rencontrer.

Le premier rendez-vous fut le plus difficile. Il avait réfléchi un million de fois à son projet, mais il n'était jamais entré dans le bureau de quelqu'un pour l'exposer à haute voix. Et comme il s'était directement adressé au sommet de la hiérarchie, il parlait à un type qui avait montré toutes les qualités pour s'imposer dans un secteur concurrentiel et qui était parvenu au sommet. Le type portait un costume aussi cher que celui de Joe. Il se leva et lui serra la main quand il entra, puis il l'invita à s'asseoir et à lui détailler son offre.

Joe déroula son argumentaire. Le type avait la cinquantaine. Il l'écoutait d'un air impassible, en posant çà et là une ou deux questions. Quand il fut sûr d'avoir compris de quoi il retournait, il dit : « Je crains que vous n'ayez pas frappé à la bonne porte. Je ne vous retiendrai pas plus longtemps. » Et il sonna sa secrétaire pour lui demander de raccompagner ce monsieur.

C'était le seul rendez-vous de la journée. Joe rentra chez lui, retira son costume à mille dollars et le suspendit. Il retira sa cravate en soie rouge et déboutonna son col.

Puis il s'allongea sur le lit. Cette fois, il fantasma sur une équipe de football américain qui avait percé un trou dans le mur du vestiaire. Celui-ci donnait sur le vestiaire des pom-pom girls. Soit les pom-pom girls se dévoueraient à tour de rôle pour servir d'exutoire aux joueurs, soit les pom-pom girls et les joueurs passeraient chacun à leur tour. Ou alors, à titre de rite initiatique, chaque nouvelle pom-pom girl se ferait monter par l'ensemble de l'équipe. Lors des sélections, les filles se casseraient le cul pour se qualifier, et la cheffe, une vraie garce, ferait s'agenouiller les nouvelles recrues sur une sorte de mécanisme qui s'enfoncerait dans le trou. Soit le trou serait situé directement dans les vestiaires, et les joueurs feraient la queue en attendant leur tour, soit il se trouverait dans une sorte de cabinet semblable à des toilettes.

Ou alors, il y aurait une rangée de trous dans le mur, toutes les filles seraient alignées, et toute l'équipe pourrait s'y attaquer en même temps. Il pourrait y avoir deux séries. Attaque et défense.

C'est ainsi que les joueurs seraient récompensés en cas de victoire. Mais en cas de défaite ? En cas de défaite vraiment majeure ?

L'entraîneur aurait sacrément les boules.

Êtes-vous une bande de botteurs de culs ou de brouteurs de minous ? crierait-il, et une fois les pom-pom girls alignées, il ordonnerait à l'équipe d'y aller avec la langue.

Oh non, pitié !

Et que ça saute ! crierait l'entraîneur. Tous ceux qui n'y seront pas dans les cinq secondes seront virés de l'équipe, à commencer par toi, Jerkovsky !

De l'autre côté du mur, une expression d'extase incrédule se dessinerait peu à peu sur le visage des filles.

Ou alors, un seul joueur aurait royalement merdé. Lâché le ballon. Raté une passe.

Bon, les gars, vous pouvez y aller, dirait l'entraîneur. Jackson, tu ne sortiras pas d'ici tant que chacune de ces filles n'aura pas eu ses dix minutes montre en main.

Oh non, pitié !

Et que ça saute.

Et s'il y en a une qui a ses règles ?

Au boulot.

Jackson s'attellerait à la tâche, et chaque fois qu'il reprendrait son souffle, l'entraîneur lui remettrait le nez dedans. Un bon entraîneur sait que qui aime bien châtie bien. Car au match suivant, Jackson ne jouerait plus dans la même catégorie. Il serait repéré par un dénicheur de talents, et quelques années plus tard, il participerait au Super Bowl. Et tout ça parce que, tout au long du match, l'entraîneur aurait obtenu des pom-pom girls qu'elles montrent leur culotte dans une chorégraphie gavée de triples saltos arrière. C'était une sacrée motivation pour le reste de l'équipe aussi.

Joe s'allongea sur le côté et se rendit compte qu'il s'était encore une fois égaré. Au lieu de s'autoflageller comme il l'aurait fait d'ordinaire, il envoya l'équipe victorieuse chercher sa récompense dans les vestiaires.

Après, il se redressa et posa les pieds par terre. Il se dit soudain : Attends une seconde.

Quelque chose le dérangeait.

Il lui fallut un moment pour mettre le doigt dessus. Le truc qui le dérangeait, c'était de savoir si ça pouvait réellement se passer comme ça. Compte tenu de la position de départ des pom-pom girls. Car dans son esprit, ces jupettes arrivaient forcément fesses les premières à travers le mur, permettant ainsi à l'équipe de réaliser une rapide passe en avant. Mais il ne semblait guère réaliste d'effectuer un cunnilingus par-derrière ; était-ce seulement possible ?

Parfois, en matière de fantasmes, le mieux à faire est de se contenter d'accepter que certains détails soient quelque peu irréalistes. Autrefois, avant de commencer à reprendre sa vie en main, il aurait tout fait pour résoudre le problème, au cas où il aurait voulu réutiliser ce fantasme ultérieurement. Mais il n'en était plus là. L'essentiel, c'était d'être parvenu à se soulager d'un poids, quel qu'il soit. Le fantasme, avec tous ses indubitables défauts, avait au moins servi à ça.

Il y avait une leçon à tirer de tout ça.

En tant que commercial, quand on fait quoi que ce soit, la question qu'on doit se poser est : Pourquoi ai-je fait ça ? Si on trouve la réponse, on comprendra beaucoup mieux ce qui motive les gens.

Il avait cru être capable d'encaisser les rejets, mais en réalité, il s'était senti humilié. Le type n'avait rien dit. Il en était juste arrivé à la conclusion qu'un mec capable d'imaginer un truc pareil était un genre de cancrelat. On n'explique pas à un cafard qu'il n'est pas le bienvenu, on veut juste s'en débarrasser sans dégueulasser le carrelage de la cuisine.

Bref, l'une des caractéristiques de la psyché humaine est qu'après avoir subi une humiliation nous avons tendance à chercher quelqu'un d'autre à humilier, ne serait-ce qu'en pensée.

Laisse-moi te poser une question, Joe. Tu crois vraiment qu'il n'y a personne d'autre dans cette boîte qui se fait humilier ? Tu crois que les gens n'échouent jamais ? Tu crois qu'on ne les fait jamais se sentir incompétents ? Bien sûr que si, et tu le sais.

Il contempla le costume à mille dollars sur son cintre.

La seule différence, c'est que les gens qui font partie d'une organisation ont tendance à reporter leur humiliation sur quelqu'un de moins haut placé. Une personne se fait rabaisser, et en moins de temps qu'il n'en faut pour le dire, ce sentiment se répand, empoisonnant l'atmosphère de la boîte. C'est ce que font les babouins en captivité. Le bureau *est* une forme de captivité. La différence, c'est qu'un babouin n'essaie pas d'accomplir quoi que ce soit. Tandis que dans le monde de l'entreprise, les gens ont un travail à faire. Mais quand certains se mettent à déverser leur frustration sur leurs subordonnés, ça a un impact négatif sur la façon dont ils font leur job. Pour commencer, ça sape leur estime d'eux-mêmes. Ils se retrouvent sur la défensive, réticents à prendre des risques. Ou alors ils deviennent téméraires, et ils prennent des risques inutiles. Mettons qu'un collègue refuse toutes leurs suggestions, un jour ils décident de le mettre devant le fait accompli. Alors que si les gens disposaient d'un moyen d'évacuer toute cette hostilité, ils pourraient regagner leur bureau et se remettre au boulot. C'est exactement la possibilité qu'offre notre système de soupapes.

Alors la leçon qu'on peut en tirer, c'est que proposer un exutoire sans danger pour les pulsions sexuelles n'est que le sommet de l'iceberg. Ce que nous offrons aux gens, c'est la possibilité de mettre à distance leurs émotions négatives au lieu de diriger leur agressivité et leur hostilité vers leurs collègues. C'est un précieux service. N'oublie jamais ça.

Il se rendit compte que c'était le fait même de *pouvoir* être humilié qui lui permettait d'appréhender la réaction du mec ordinaire dans un environnement de travail classique. Il y a des gens qui ne se laissent pas atteindre par les événements, mais ce sont des exceptions. C'est en comprenant et en tentant de résoudre les problèmes du mec ordinaire qu'on peut apporter une réelle contribution à la société.

Dans la deuxième entreprise où il se rendit, le type qui le reçut portait un jean et un pull troué aux coudes et n'avait pas de chaussures.

Joe déroula son argumentaire et le type se mit à rire.

Il dit : « Ah, je dois reconnaître que c'est une idée très originale. »

Et il se remit à rire.

Il ajouta : « Et le pire, c'est que vous pourriez avoir mis le doigt sur un truc. Je serais curieux de voir ça. »

Quand Joe ressortit, il faisait un temps doux et ensoleillé et le vent arrachait les feuilles des saules. Un chien passa en trottinant, leva la patte et poursuivit son chemin.

Au milieu de la place se dressait une statue du général Lafayette. Son tricorne en bronze vert-de-gris et les épaules de son manteau en bronze vert-de-gris étaient blancs de fientes de pigeon.

Sur le trottoir, à côté d'une bouche d'incendie, il y avait quelques crottes de chien racornies.

Il se dit : Si les gens faisaient la même chose, ce serait vraiment dégoûtant. Si un mec s'accroupissait à côté de la bouche d'incendie et lâchait quelques crottes, ce serait carrément à gerber. Et tu imagines si tout le monde s'y mettait ? Il descendit les marches jusqu'au trottoir. Le vent ébouriffait l'herbe de la pelouse comme la fourrure luisante d'un animal vert.

Il se dit : Ce n'est peut-être pas une si bonne idée.

Autrefois, à l'époque où il vendait – ou, plus exactement, tentait de vendre – des aspirateurs, il se serait dit que douter ainsi de soi était un signe de faiblesse. Il se serait dit que son problème, c'était d'avoir constamment des doutes, et que la meilleure façon de le résoudre, c'était de faire comme s'ils n'existaient pas, en espérant qu'ils allaient disparaître. Il se serait dit qu'il aurait été un meilleur commercial s'il ne doutait pas. Il se serait dit que c'était précisément parce qu'il était le genre de mec qui doute qu'il avait relativement peu de succès en tant que commercial.

En réalité, tous les bons commerciaux ont des doutes. Pour tout dire, un bon commercial doute plus que quiconque. Car ces doutes sont les questions que les *autres* vont lui poser. Un bon commercial est capable d'anticiper un plus large éventail de questions que quiconque. Et au lieu de se contenter d'espérer qu'ils disparaissent, il se sert de ces doutes pour apprendre à aborder ces questions de front. C'est pour ça qu'un bon commercial n'est jamais pris de court.

Cette fois, en tout cas, au lieu de les ignorer, il se demanda : Alors, si ce n'est pas une bonne idée, *pourquoi* n'est-ce pas une bonne idée ?

Et le simple fait de considérer la question lui permit de trouver la réponse.

Bien sûr que ce serait dégoûtant si les gens déposaient des étrons dans la rue. C'est pour ça qu'on a des toilettes. Personne n'a envie de voir ça, alors on le fait à l'abri des regards.

C'est *exactement* ce que le système de soupapes était censé faire. Au lieu qu'une jeune fille se mette en danger en se postant sur le trottoir dans un quartier mal famé, qu'elle s'expose à des risques et se fasse probablement exploiter par un mac, on lui donne la possibilité de travailler dans l'environnement sécurisé d'un bureau. Au lieu de se retrouver avec un casier judiciaire, elle peut accomplir des tâches administratives, classer des dossiers et améliorer ainsi ses compétences. Son salaire reflète le fait qu'elle offre un exutoire à des hommes qui, sans cela, s'exposeraient *eux-mêmes* à des risques. Mais toute l'affaire se déroule dans l'intimité d'un cabinet. Aux yeux de ses collègues, elle ne diffère en rien des autres. Et lui, aux yeux de ses collègues, il va simplement au petit coin. Tout l'intérêt du dispositif est d'éviter à chacun de subir la moindre offense.

Alors Joe se remit à démarcher les autres entreprises de sa liste.

Une fois qu'il avait réussi à mettre le pied dans la porte, il expliquait : « Ce n'est pas à moi de porter un jugement moral. Je suis un homme d'affaires. Je prends les gens comme ils sont, pas comme ils devraient être. »

« En tant qu'homme d'affaires, poursuivait-il, je sais que ce sont souvent les éléments les plus précieux pour l'entreprise qui se montrent les plus vulnérables face aux problèmes liés au harcèlement sexuel. Nous savons qu'un taux élevé de testostérone est indissociable de l'énergie motrice qui engendre des résultats. Considérant les gens comme ils sont et non comme ils devraient être, je sais qu'un individu doté d'un fort taux de testostérone est plus susceptible d'avoir un comportement sexuel agressif ; s'il travaille vingt heures par jour, comme c'est souvent le cas des battants, cette agressivité sexuelle trouvera un exutoire au bureau.

— Certes.

— Vous investissez dans la formation. Un collaborateur vous rapporte cent millions de dollars de chiffre d'affaires. Allez-vous prendre le risque de le laisser s'oublier un instant auprès d'une petite secrétaire à vingt-cinq mille dollars par an ?

— Certes…

— Une entreprise correctement gérée protège ses employés.

— Bien sûr, mais…

— J'attache une grande importance à la question du harcèlement sexuel. J'estime que les personnes qui n'apprécient pas les avances sexuelles sur le lieu de travail ne doivent pas en subir. J'estime également qu'un homme qui produit des résultats sur le marché très concurrentiel que nous connaissons aujourd'hui a le droit d'être protégé des effets secondaires potentiellement indésirables de sa constitution physique, constitution qui lui permet d'apporter une précieuse contribution à l'entreprise. »

À ce stade, il arrivait qu'on lui demande : « Est-ce que vous suggérez que nous embauchions des prostituées ?! » ou : « Vous ne suggérez tout de même pas… ?!

— Certainement pas, protestait-il, la prostitution est dégradante pour toutes les parties concernées. Une atmosphère de respect mutuel est indispensable dans un cadre professionnel moderne.

— Je ne comprends pas », répondait-on alors.

Le concept était tellement révolutionnaire à l'époque que la prostitution était la seule chose qui venait à l'esprit des gens. C'est dire si l'idée était originale. Il fallait leur expliquer toute l'affaire de A à Z.

Il expliquait le concept de soupape en bravant leur scepticisme.

Il expliquait l'importance de la confidentialité.

Il disait : « Nous ne voulons surtout pas ghettoïser une certaine catégorie de femmes. Ce que nous voulons, c'est faire entrer des professionnelles hautement qualifiées sur le lieu de travail. Ce sont des femmes qui, compte tenu de leurs références, seraient recrutées à des postes plus conventionnels sans la moindre hésitation, des femmes qui poursuivent des objectifs et sont disposées à apporter une réelle contribution à l'entreprise. »

Il disait : « En moyenne, l'homme pense au sexe toutes les cinq secondes. »

Il ajoutait : « En moyenne, un employé passe deux minutes dans l'année à lire les directives en matière de harcèlement. Et encore. Ce n'est pas selon moi le niveau de protection qui convient à un battant doté d'un fort taux de testostérone. »

Parfois, il ajoutait que l'accès aux soupapes pouvait être limité aux éléments les plus performants, afin de stimuler les individus moins motivés.

Il citait également, si l'occasion s'y prêtait, une étude sur l'orang-outan ou le babouin. En captivité, expliquait-il, les primates forment des sociétés hiérarchisées dans lesquelles la place de chacun est déterminée par des humiliations et des comportements sexuels agressifs. Les humains sont des primates. Le bureau est une forme de captivité. Toutes les précautions doivent être prises pour éviter de stigmatiser les personnes qui offrent ce service inestimable. Ceux qui en bénéficient ne doivent jamais voir leur visage. On ne doit pas pouvoir les distinguer de leurs collègues.

Il inventait généralement les recherches relatives au babouin, car les véritables études n'allaient pas forcément dans le sens de la démonstration qu'il voulait faire.

Pareil avec les statistiques. Un bon commercial *sent* quelles statistiques pèseront dans la balance dans un contexte particulier, et il aura tendance à se fier à son instinct plutôt qu'à ce que des scientifiques ont découvert dans un contexte totalement différent.

Un type dit qu'il ne contestait pas réellement les arguments avancés, mais qu'il ne se voyait pas récompenser ses employés les plus performants en leur offrant des femmes sans nichons.

Un autre dit : « Et si l'homme veut être nu sous la ceinture et se faire fouetter ?

— Pour quoi faire ? demanda Joe tout en se disant : *Quel tordu.*

— Ben, il y a des gens qui aiment ça », répondit le type.

Joe songea : Et s'il s'avérait que la plupart des battants aiment se faire fouetter les fesses à l'air ? Voilà un spectacle qui mériterait le détour.

Un type dit qu'il voulait bien tenter le coup.

Anonymat garanti

JOE ÉTAIT CONVAINCU qu'à long terme une entreprise désireuse d'intégrer des soupapes dans son équipe pour entrer dans le vingt et unième siècle n'avait qu'une seule option : sous-traiter *toutes* les ressources humaines. Sinon, comment garantir l'anonymat ? Si on ne sous-traite que les soupapes, quelqu'un dans l'entreprise saura quels employés sont gérés par les RH et lesquels sont gérés par une firme extérieure, et si cette personne sait pourquoi on a fait appel à cette firme, elle sera en mesure d'identifier les membres du personnel qui fournissent un service supplémentaire à l'entreprise.

Le hic, c'est qu'il ne voyait vraiment pas comment persuader une entreprise de confier l'ensemble de ses ressources humaines à une entité extérieure. Le service qu'il proposait était déjà assez radical sans qu'il remette en cause les idées reçues sur les RH.

L'important n'est pas nécessairement de convaincre d'emblée les gens de faire les choses de façon totalement différente ; l'important, c'est de garder en tête son objectif ultime.

Ce que fit Joe, par conséquent, c'est qu'il laissa la question des RH entièrement en dehors de tout ça. Il se contenta d'expliquer que, compte tenu de l'importance de l'anonymat, son entreprise devrait gérer tous les besoins en personnel *temporaire*. Certaines des intérimaires seraient des soupapes, d'autres non. Au terme d'une période d'essai de six mois, ils évalueraient le degré de réussite du programme.

Évidemment, le client ne se laissa pas faire. Il dit que cela avait des répercussions bien plus vastes que ce qu'il avait imaginé au départ.

Joe dit : « Écoutez, Steve. Je ne vais même pas essayer de vous convaincre. Je vais juste vous demander de réfléchir une minute. Je l'ai dit et je le répète, ces femmes ne sont pas des prostituées. Réfléchissez simplement à ce que ça signifie. Ce sont des professionnelles qualifiées qui pourraient candidater à n'importe quel poste et être grassement payées. Il va de soi qu'on leur demande d'accepter une part de risque. Elles n'ont que ma parole que leur anonymat sera respecté, que le choix qu'elles ont fait ne franchira pas la porte de mon bureau. Je ne vais pas faire quoi que ce soit qui puisse compromettre cet engagement pour un gain à court terme. Je ne veux pas avoir sur la conscience le fait qu'une fille qui aurait, en toute bonne foi, apporté une énorme contribution à l'entreprise se retrouve stigmatisée à cause d'arrangements à courte vue. Pas question. Il est d'une importance cruciale que les dispositions administratives relatives à la gestion des employées bifonctionnelles ne semblent différer en rien de celles des autres membres du personnel.

— Je comprends ce que vous dites, répondit Steve. Mais vous m'accorderez que ça représente un sacré chamboulement. Et pour quelque chose qui n'est après tout qu'un ballon d'essai.

— J'entends bien, Steve, reprit Joe. Mais quand on y pense, ça permet de réaliser des économies substantielles à plus long terme. Ai-je besoin de vous rappeler ce que ça coûte d'embaucher en CDI quelqu'un qui a d'abord travaillé comme intérimaire ? Ce n'est pas ma conception des affaires. Si, au terme de la période d'essai de six mois, vous décidez de ne pas poursuivre la fourniture de soupapes, pas de problème. Si vous décidez d'embaucher une ou plusieurs des personnes que nous aurons missionnées au sein de votre entreprise, pas de problème non plus. Pas d'engagement. Pas de commission. Vous cesserez juste de bénéficier du service de soupapes. Si vous continuez à utiliser ce service, vous devrez uniquement vous acquitter d'une somme forfaitaire pour un nombre donné de soupapes, sans que ce soit associé d'aucune manière à une personne ou une autre. Mon agence distribuera les rémunérations en fonction des services fournis ; vous n'aurez pas besoin de savoir quelles personnes les fournissent.

— Euh…, fit Steve. Je crois qu'il faut que je réfléchisse », ajouta-t-il au bout d'un instant.

Tous les commerciaux vous le diront : s'il y a bien une chose qu'il ne faut pas, c'est que le client réfléchisse.

« Vous savez quoi ? dit Joe. Allons jeter un œil aux WC pour handicapés. »

Ils empruntèrent le couloir jusqu'aux toilettes des hommes. À l'extrémité de la pièce se trouvait un grand cabinet destiné aux utilisateurs handicapés. Les toilettes des dames étaient situées de l'autre côté. Ils n'y entrèrent pas, mais Steve expliqua qu'elles contenaient également un grand cabinet pour les personnes handicapées.

Bien que l'appellation « Dames » soit totalement passée de mode, Steve était agacé chaque fois qu'il voyait un panneau « Femmes » sur une porte de WC. En tant que chef d'entreprise, il avait donc exigé qu'on se contente d'un pictogramme. Par conséquent, on avait fait de même pour les toilettes des hommes et pour celles des handicapés, ornées du symbole d'un fauteuil roulant.

Steve et Joe pénétrèrent dans ce cabinet pour y jeter un coup d'œil.

« Vous savez, dit Steve, nous offrons de meilleurs sanitaires à une catégorie d'employés qui seraient minoritaires de toute façon – si nous en avions – qu'aux centaines d'employés valides que nous avons bel et bien.

— Précisément, dit Joe. Il n'y a absolument aucune raison pour que cet espace ne soit pas utilisé pour promouvoir le bien-être du personnel existant. En ce qui me concerne, j'ai la plus grande compassion pour les individus qui ont la malchance de souffrir d'infirmités ou de malformations qui interfèrent avec une utilisation normale des toilettes, c'est sûrement la croix et la bannière, et je trouve qu'ils ont du courage. Beaucoup de courage. Personnellement, je n'aimerais pas avoir à m'extirper d'un fauteuil roulant chaque fois que je dois aller au petit coin, et j'estime que c'est notre devoir, à nous autres plus chanceux, de veiller à ne pas mettre d'obstacles inutiles sur leur chemin. D'un autre côté, tout bien considéré, je pense qu'on peut aussi tomber dans l'excès inverse.

— Si ça continue comme ça, ils voudront que je leur mette un jacuzzi, renchérit Steve. Je ne suis pas insensible, mais ces conneries politiquement correctes me tapent sur le système. Si ça continue comme ça, on va me traîner en justice pour ne pas avoir installé de sauna.

— À qui le dites-vous, répondit Joe en balayant les lieux du regard. Si vous voulez mon avis, ces WC pourraient être réaménagés à notre idée pour un coût très raisonnable. Vous m'avez dit qu'ils sont attenants aux toilettes pour handicapés côté femmes, c'est parfait. On perce une ouverture dans le mur entre les deux cabinets et on installe un convoyeur discret pour déplacer la fille, une sorte de chariot roulant. On installe aussi un distributeur de préservatifs et de lubrifiant déguisé en réserve de papier WC et un réceptacle spécial.

— Je crois qu'il faut que je réfléchisse, dit Steve.

— Bien sûr, fit Joe, puis il mit les mains dans ses poches. Vous savez, je tiens à vous féliciter, dit-il en regardant autour de lui. Vous disposez d'équipements vraiment irréprochables. Croyez-moi, tous les WC pour handicapés ne possèdent pas un lavabo à la bonne hauteur.

— Sans blague, dit Steve.

— Naturellement, la présence d'un lavabo serait très utile du point de vue de l'hygiène lorsque le cabinet serait utilisé à d'autres fins que celles pour lesquelles il a été conçu. On peut espérer que les individus concernés prendraient soin de nettoyer après eux, afin de ne pas incommoder ou offenser les utilisateurs légitimes de ces sanitaires.

— Ben, mon salaud, dit Steve en riant. Franchement, je sais pas. »

Il sortit du cabinet pour faire les cent pas le long des urinoirs.

« Vous n'avez sans doute pas tort », dit-il. Le fait qu'il ait déjà accepté n'était pas la question ; c'est souvent après avoir accepté d'acheter quelque chose qu'un client commence à se rendre compte à quel point il aimerait ne pas l'acheter.

« Vous devriez voir les cracks qu'on récupère de nos jours, poursuivit-il. Frais émoulus de la fac et déjà à cent mille dollars par an. De mon temps, on n'avait pas ce genre de revenus avant trente ans. De mon temps, on pensait qu'il fallait faire ses preuves. Bref, on pourrait croire que le bon côté de la chose, c'est qu'on va avoir des mecs qui savent comment se comporter avec des femmes libérées. Moi, je sais que je suis trop vieux pour apprendre, mais à leur âge, ils devraient avoir grandi avec des femmes qui s'attendent à être traitées en égales. Au lieu de ça, on voit des comportements qui nous auraient valu les pires emmerdes il y a trente ans, et ça, c'était avant qu'on commence à vous traîner en justice pour avoir tenu la porte ou que sais-je. »

Un bon commercial sait quand laisser la parole au client. Joe attendit patiemment à l'entrée des WC pour handicapés.

« Je vous le dis franchement, j'ai vu des choses qui m'ont fait froid dans le dos. C'est un vrai champ de mines. J'ai expliqué à ceux qui ont commis les infractions les plus flagrantes qu'il ne fallait être sûr de rien, que ce n'est pas parce qu'une jeune femme porte des talons hauts que cela vous garantit qu'elle ne va pas porter plainte. Je peux bien vous le dire, certains de ces hommes sont des procès en puissance. Votre idée n'est peut-être pas du meilleur goût, mais à vrai dire, elle répond mieux que tout ce j'ai pu voir à un véritable problème qui prend des proportions cauchemardesques. Pour être honnête, un homme de ma génération a un peu de mal avec ça, mais les jeunes ne sont pas faits du même bois. On ne peut pas se passer d'eux au risque de perdre notre avantage concurrentiel ; mais je dois dire que j'en ai marre de me demander à quel moment une fille va obtenir un million de dollars de dommages-intérêts parce que la boîte ne l'a pas protégée contre leurs manigances graveleuses. Comment est-on censé la protéger, nom de Dieu ? Elles veulent une protection ? Elles vont l'avoir ! Envoyez-moi un contrat et je lance les travaux. »

3.
Ballons d'essai

Cherche (d'autres) professionnelles hautement qualifiées

JOE AVAIT DÉCLARÉ disposer de personnes extrêmement qualifiées prêtes à prendre leurs fonctions, ce qui, avec le recul, était peut-être légèrement exagéré. C'était le genre de chose qu'un commercial est *obligé* de dire. On sent ce que les gens veulent entendre, et on sait parfois d'instinct ce qui va permettre de conclure une vente. On dit ce qu'on doit dire, et ensuite, on règle ça avec la direction. Si on est *soi-même* la direction, ça simplifie les choses dans une certaine mesure, car on ne va évidemment pas se passer un savon à soi-même ; mais d'un autre côté, ça permet de voir sous un autre angle ce que la direction est obligée d'endurer. Car on ne peut plus refiler le bébé. Ce qu'on s'est engagé à faire, on va devoir l'assumer personnellement.

Bref, il fallait qu'il recrute du personnel, et vite.

S'il n'était pas tout à fait faux qu'il disposait de personnes extrêmement qualifiées prêtes à prendre leurs fonctions, les personnes en question avaient répondu à des offres de CDI. La plupart d'entre elles n'avaient pas l'intention de quitter leur emploi pour un CDD de six mois renouvelable.

Heureusement, l'une des candidates les mieux qualifiées, une fille très intelligente, bien mise, compétente, imperturbable – elle n'avait pas bronché quand il lui avait expliqué la nature du poste –, se dit prête à accepter une mission de six mois, mais à une condition.

« Si, au bout de six mois, ils décident de ne pas poursuivre le programme, dit Lucille, je veux avoir la possibilité de rester en poste six mois supplémentaires à un salaire de trente pour cent supérieur au salaire de référence ou, à défaut, toucher une indemnité de départ équivalente à trente pour cent du salaire perçu sur six mois *plus* un mois de salaire, en compensation du désagrément d'avoir à chercher un emploi pour la deuxième fois de l'année. »

Joe fut contraint de reconnaître que c'était une sacrée dure à cuire. Mais tant que les autres filles n'étaient pas au courant, ça ne lui faisait ni chaud ni froid.

« Marché conclu, dit-il.

— Naturellement, j'aimerais avoir ça par écrit, dit Lucille.

— Marché conclu », fit Joe.

Une chose qu'on comprend vite en affaires, c'est qu'il faut apprendre de ses erreurs et arrêter de se blâmer. Faire des erreurs est la meilleure façon d'apprendre. Si on ne fait pas d'erreurs, c'est sans doute qu'on ne prend pas assez de risques, et ne pas prendre de risques est parfois la plus grande erreur qu'on puisse commettre.

C'est ce que Joe se dit en découvrant que tout le mal qu'il s'était donné pour recruter dix-huit autres femmes convaincues qu'elles pouvaient être « la femme sur mille » n'avait servi à rien, car elles avaient toutes répondu à des offres d'emploi en CDI. Rétrospectivement, c'était une erreur. Certes. Mais ce qui est fait est fait.

Alors il se ressaisit et recommença à recruter, et en l'espace d'une semaine, il trouva cinq filles prêtes à tenter l'expérience pendant six mois, plus cinq autres en guise de couverture. Il mit au point un autre logiciel pour l'occasion. Et il se prépara à la dernière épreuve : une série d'entretiens de motivation avec les individus destinés à bénéficier du service.

Joe savait qu'il devrait s'adresser lui-même aux premiers bénéficiaires du programme. Il devrait leur parler en tête à tête et faire très attention aux mots qu'il choisirait. Ce qui était sûr, c'est que s'il s'adressait à eux collectivement, le programme ne décollerait jamais. Tout le monde épierait les réactions des autres et ce ne serait pas gagné.

Il organisa donc une journée de brefs entretiens avec les hommes en question. Il énonça les risques du harcèlement sexuel commis par inadvertance dans un environnement de travail moderne. Il expliqua que selon des études, les individus hautement performants étaient souvent les plus exposés à ces risques. Il reconnut que l'énergie motrice est une chose qu'on a ou qu'on n'a pas et qu'on ne peut pas couper en appuyant sur un bouton. Il conclut en disant qu'au vu de ces études l'entreprise avait décidé, à titre expérimental, de mettre un service à la disposition de ses collaborateurs les plus performants.

Deux à cinq fois par semaine, les participants se verraient offrir la possibilité de soulager leurs besoins physiologiques réprimés. Le bénéficiaire, désigné de façon aléatoire, serait averti par une notification s'affichant sur son écran d'ordinateur. Libre à chaque participant d'en profiter ou pas. Les administrateurs du programme n'en seraient pas informés. La participation ou non resterait entièrement confidentielle.

Tandis que Joe parlait, l'employé gardait généralement le silence au cas où cela s'avérerait une blague. Alors Joe étoffait son argumentaire avec l'étude sur les babouins en captivité, complétant si nécessaire par d'autres recherches en primatologie. Il soulignait que la position ventro-ventrale, dite « du missionnaire », était quasiment inexistante chez les autres primates, que la position ventro-dorsale, dite « en levrette » était celle privilégiée par la quasi-totalité des primates, et qu'il est dangereux d'ignorer les lois de la nature.

Tandis que l'employé digérait ces informations insolites, Joe poursuivait en abordant la logistique. Un participant ayant reçu une notification aurait le droit d'utiliser le service à l'heure qui lui conviendrait avant la fin de la journée, après quoi l'offre ne serait plus valable. Si le participant décidait de profiter de l'offre, il pouvait soit l'accepter immédiatement, soit sélectionner l'option PLUS TARD dans le menu, auquel cas il pouvait soit indiquer une heure, soit simplement attendre que le moment opportun se présente et cliquer alors sur l'icône JE SUIS PRÊT.

Toute forme d'acceptation activerait une notification auprès d'une soupape. Si le moment lui convenait, celle-ci irait prendre son service ; s'il ne lui convenait pas, elle refuserait la mission qui reviendrait alors à une autre. L'identité des soupapes demeurerait absolument confidentielle.

Quelqu'un comme Bill Gates pourrait sûrement programmer ce genre de logiciel les doigts dans le nez, mais pour Joe, ça représentait un réel défi. Il aurait apprécié que ses interlocuteurs se montrent un tant soit peu impressionnés par la sophistication du produit. Mais ils semblaient pour la plupart se focaliser sur autre chose.

À vrai dire, dès l'instant où il avait posé les yeux sur eux, il avait su que ces mecs étaient une bande de connards. Ils réagissaient tous de la même façon parfaitement stupide.

« Si je comprends bien, disaient-ils, la boîte nous offre ça pour lutter contre le harcèlement sexuel ? Ben, mon cochon ! »

Il devait garder à l'esprit que c'étaient ces gens-là qui le faisaient vivre. C'est précisément parce que c'étaient des connards que le PDG d'une entreprise compétitive ne savait plus à quel saint se vouer pour les gérer. S'ils n'avaient pas été des connards de première classe, le PDG n'aurait sans doute pas fait ce grand pas pour l'humanité en étant le premier patron américain à introduire un système de soupapes sur le lieu de travail.

De plus, il ne fallait pas oublier que ce n'était pas leur faute s'ils étaient des connards. Ils n'étaient pas responsables de leur éducation. Il suffisait d'échanger quelques mots pour voir que ces gens-là n'avaient aucune classe. Ils n'y étaient pour rien, ils avaient été élevés comme ça. Vu sous cet angle, si un type, bien malgré lui, n'a pas appris à traiter les femmes avec respect, est-il juste que toute sa carrière puisse être mise en péril ? Est-il juste qu'en plus du désavantage qu'il a déjà face à des mecs sortis de Harvard et Yale, il ait le handicap supplémentaire de mettre sa carrière en danger chaque fois qu'il se retrouve à proximité du personnel féminin ?

Non. Ce n'est pas juste. Et un employeur égalitariste attaché à la démocratie fera tout ce qui est en son pouvoir pour éliminer les obstacles qui se dressent sur le chemin des collaborateurs les moins avantagés. Bon sang, il est dans l'obligation légale de fournir des toilettes pour handicapés ! Eh bien, ce n'est pas parce que la loi ne l'oblige pas à répondre aux besoins des employés socialement désavantagés qu'un employeur éclairé ne peut pas être en avance sur son temps.

Voilà comment Joe parvenait à ses fins en s'adressant l'un après l'autre à tous ces parfaits connards.

C'était du boulot, disons-le tout net, mais ça valait le coup.

Et puis ce n'était rien à côté de la gigantesque prise de tête qu'était l'écriture d'un nouveau logiciel.

Un truc qui cloche

AUTREFOIS, Joe n'avait pas réussi à vendre un seul exemplaire de l'*Encyclopædia Britannica* en six mois. Autrefois, il avait vendu un malheureux Electrolux et mangé cent vingt-six parts de gâteaux en un laps de temps qui aurait suffi à la plupart des commerciaux pour inverser le ratio aspirateurs/gâteaux. Et voilà qu'aujourd'hui, après des débuts peu prometteurs, il avait persévéré encore et encore et avait fini par vendre un système novateur de prévention du harcèlement sexuel pour une période d'essai de six mois.

Tous les voyants étaient au vert. C'était un produit en lequel il croyait. Tous ses soucis d'argent étaient réglés pour l'instant. Ça aurait dû être le meilleur moment de sa vie. Mais quelque chose n'allait pas. Tout au fond de lui, il y avait un truc qui clochait.

Dans le monde du show-biz, il y a un dicton : N'épouse jamais ta maîtresse.

Il signifie que si on fait une chose pour le plaisir, il ne faut pas que ça devienne une obligation. Si cette chose se transforme en travail rémunéré, si bien qu'il faut la faire qu'on le veuille ou non afin d'être payé, il y a de fortes chances que ça cesse d'être un plaisir.

C'est un fait avéré, y compris pour les fantasmes sexuels. Si une chose vous excite, elle n'aura peut-être plus le même effet si vous êtes obligé de le faire même quand vous n'êtes pas d'humeur.

Après avoir lancé son business de soupapes, il ne fallut pas longtemps à Joe pour se rendre compte que l'adage visait juste.

On pourrait croire qu'il n'y a rien de tel que de réaliser un fantasme qu'on a imaginé des centaines de fois sous différentes formes. On pourrait croire que vivre pour de vrai la situation fantasmée constitue le summum de l'érotisme.

Eh bien, ce n'est pas forcément le cas.

Après tout, ce n'est peut-être pas si surprenant. Pourquoi le goût du café n'est-il jamais aussi délicieux que son arôme ? Pourquoi l'odeur du bacon ne tient-elle jamais ses promesses ? Pourquoi le pain grillé sent-il si bon alors que c'est juste du pain sec ? Pourquoi les oignons frits nous chatouillent-ils si agréablement les narines, alors qu'il n'y a pas de quoi en faire un plat quand on les a dans la bouche ?

Personne ne détient la réponse, mais ce sont des phénomènes universellement reconnus. Alors il n'est peut-être pas très étonnant que d'autres choses ne soient pas à la hauteur de nos attentes.

Une fois le dispositif installé, Joe dut naturellement s'assurer qu'il fonctionnait correctement. Il avait cru que ce serait très excitant de réaliser son fantasme avec une vraie fille en chair et en os, mais pour être honnête, ce n'était pas aussi bien que dans son imagination, car il s'était senti coincé d'un côté, le nez collé sur le mur des toilettes pour handicapés.

Le problème venait en partie du fait que tout était manifestement organisé d'avance. Il n'avait jamais pris le temps d'y réfléchir auparavant, mais l'une des choses qui faisaient le piquant de ce fantasme, c'était son caractère inattendu. La fille qui avait passé la tête par la fenêtre, par exemple, ne s'attendait pas à ce qu'il arrive quoi que ce soit. Mais toute l'idée du système de soupapes, c'était que cette fille avait signé un contrat, c'était que les utilisateurs pouvaient trouver un exutoire auprès d'une fille qui *s'attendait* à ce qu'il se passe quelque chose à même de les libérer du spectre d'un procès pour harcèlement sexuel.

Le problème tenait aussi à un élément clé du fantasme : l'expression de la fille réalisant soudain ce qui lui arrivait au moment de l'impact, et qui n'était évidemment pas visible de derrière. S'il avait pu voir son visage de l'autre côté du mur, ç'aurait été une autre histoire. Mais c'était impossible, puisque c'était contraire au but même de l'opération. Il avait activé la sélection aléatoire pour que même lui ne sache pas sur quelle fille de l'équipe il effectuait son galop d'essai ; c'était la moindre des choses. Si bien que pendant toute l'affaire, il avait eu l'impression que le plus intéressant se passait de l'autre côté du mur. Étonnant.

Bref, il se rappela qu'il n'était pas là pour s'amuser mais pour bosser. L'important, c'était que le dispositif permette bien aux utilisateurs de se faire plaisir. Tout était en place conformément aux spécifications et cela lui procura un sentiment de satisfaction ; il avait dû travailler dur pour arriver à ce stade. Mais le dispositif aurait-il l'effet escompté sur les hommes qui l'utiliseraient au quotidien ?

Quand on est dans la vente, on sait que la confiance engendre la confiance. Si vous faites sentir au client que vous êtes convaincu d'avoir un produit hors pair, neuf fois sur dix, le client verra le produit de la même façon que vous.

En plus, n'oublie pas un truc, se dit Joe. Pour l'instant, ces mecs n'obtiennent rien du tout. Ils sont mal placés pour critiquer.

Il jeta son préservatif dans le réceptacle prévu à cet effet en ravalant sa déception. Peut-être aurait-il mieux valu que la fille porte des vêtements en dessous de la taille pour qu'il puisse retrousser sa jupe, songea-t-il. Mais n'importe quel vêtement aurait compromis son anonymat. C'est sans doute pour ça que la situation lui avait semblé un peu clinique, trop impersonnelle.

Nous vivons dans un monde imparfait. Les choses ne sont pas toujours telles que nous le souhaitons. Il est important de savoir faire des concessions.

Et comme on dit dans le show-biz : N'épouse jamais ta maîtresse.

En d'autres termes, il s'efforça de gérer sa déception en essayant d'être philosophe et de tourner ça à la plaisanterie, ce que nous faisons tous quand la vie n'est pas à la hauteur de ce que nous avions imaginé.

Le convoyeur repartit de l'autre côté du mur et le panneau se referma. Joe se retrouva seul dans le cabinet pour handicapés.

Il se dit : Non. Je ne vais pas esquiver le problème. Quelque chose ne va pas. C'est *maintenant* qu'il faut trouver ce que c'est. Avant qu'il soit trop tard.

Il se mit à tournicoter dans le cabinet. Quelque chose n'allait pas. Il y avait un truc qui clochait.

En tant que commercial, il savait que si on met la tête dans le sable, tôt ou tard, quelqu'un va vous donner un grand coup de pied au cul. Un bon commercial sait qu'on ne peut pas se permettre de faire l'autruche. S'il y a quelque chose qui cloche dans le produit, il est clair qu'il vaut mieux le savoir.

Ça ne va pas, se dit Joe en continuant à tournicoter. Il y a un truc qui ne va pas.

Soudain, il eut un déclic.

Il faut se débarrasser de ce WC.

Joe sortit du cabinet et, morose, il fit les cent pas le long de la rangée d'urinoirs. Avait-il momentanément perdu la tête quand il avait conçu le projet ? Car on aurait pu s'attendre à ce qu'il remarque un détail évident : depuis le temps qu'il jouait avec ce fantasme, pas une seule fois il n'avait situé la scène dans des toilettes. Il y avait une raison à cela. C'était que même dans un fantasme, il n'y a rien d'un tant soit peu érotique dans une cuvette de WC. Pour tout dire, plantée dans le décor d'un rapport sexuel, une cuvette de WC est un vrai tue-l'amour.

Le problème, c'est que la vie est bien différente des fantasmes. Dans un fantasme, on peut essayer d'intégrer un WC dans le tableau, et si ça ne marche pas, il suffit de se déplacer dans la cuisine. Dans la vraie vie, si on fait un trou dans le mur des toilettes pour handicapés, le trou restera là jusqu'à ce qu'on le referme. S'il y a un WC qui vous dérange, quelqu'un va devoir le démonter pour vous en débarrasser.

Écoute, Joe, se dit-il. Que ça te plaise ou non, ce WC doit rester. Ils ont l'obligation légale d'avoir des toilettes pour handicapés. Si tu le retires, tu enfreins la loi.

Les cobayes

PENDANT CE TEMPS, dans l'entreprise pilote, vingt battants se disaient : J'y crois pas.

Quinze d'entre eux songeaient avec une pointe de culpabilité qu'ils savaient pourquoi l'entreprise avait décidé de faire ça.

Parmi ceux-là, quatorze se disaient soudain : Bon, OK, j'ai peut-être un peu dépassé les bornes, mais c'est rien comparé à Ed Wilson.

Cinq seulement avaient la conscience tranquille. Ils se disaient : Tout ça, c'est à cause d'Ed Wilson.

Et Ed Wilson se disait : Tout ça, c'est à cause de moi.

Une des caractéristiques des battants, c'est qu'ils sont toujours dans la compétition, et donc perpétuellement à l'affût de la possibilité qu'un autre obtienne de meilleurs résultats qu'eux. La conclusion que tout le monde en tira, c'est qu'Ed Wilson devait être un vrai crack. Ils savaient qu'il était bon, mais pas à ce point-là. Sinon, pourquoi Steve Jackson aurait-il raqué pour un truc pareil ? Si quelqu'un avait un comportement assez scandaleux pour nécessiter une telle initiative sans pour autant se faire virer... Ben, mon cochon.

Les débuts

PAR LA SUITE, quand le phénomène prit vraiment de l'ampleur, il y a une chose que les observateurs n'arrivèrent pas à saisir : comment le projet avait pu décoller au départ, compte tenu de ce que Joe proposait dans les premiers temps. Sous la forme que cela avait fini par prendre, bien sûr, on comprenait à peu près ce qui pouvait séduire les gens, quoi qu'on pense de la légitimité d'un service de cette nature. Disons qu'on comprenait ce qui pouvait séduire les gens prêts à recourir à ce genre de service. Mais si on essayait de visualiser la scène d'alors, l'installation avec le WC juste à côté, car après tout ça se passait dans les toilettes, si on essayait d'imaginer le type entrer là-dedans pour tester le dispositif, on restait pantois. Et encore, si le décor avait été le seul problème, on aurait pu concevoir qu'il soit possible de faire abstraction. Mais on avait beau se triturer les méninges, ce qui laissait vraiment perplexe, c'était ces trois premières semaines, avant que Joe résolve le problème du packaging.

À son heure de gloire, l'émission *The Bob Newhart Show* sortait une blague récurrente au sujet d'un déodorant baptisé Aisselle, et il y avait quelque chose dans le service initialement proposé par Joe qui rappelait cette vieille blague. Comment pouvait-on entrer dans des toilettes et attendre qu'une moitié dénudée de femme sorte les fesses les premières à travers un trou dans le mur ? Il était incompréhensible qu'une telle idée n'ait pas tué le projet dans l'œuf. Pour commencer, c'était une insulte envers ceux qui étaient censés l'utiliser. Le message que cela envoyait, c'était : « Tu es tellement en manque que tu prendrais *n'importe quoi*. Vraiment *n'importe quoi*. Alors va te faire foutre, Ducon. »

En réalité, on s'était tellement habitué à tous les perfectionnements qui semblaient désormais aller de soi qu'on n'arrivait plus à se figurer la nouveauté de la situation. C'était comme tenter d'imaginer l'époque où les toilettes avec chasse d'eau étaient un luxe auquel on aspirait.

Mike Newsome fut l'un des premiers cobayes, et comme il le confia plus tard, il était quelque peu sceptique. Quand on est dans la comptabilité, on est payé pour être méfiant, ce n'est pas un trait dont on se débarrasse d'un claquement de doigts. Au départ, il avait vu ça comme un gadget destiné à les détourner de revendications salariales légitimes. Ou alors, c'était une idée tordue imaginée par un gourou de la motivation en entreprise. Encore un peu, et on les enverrait dans les bois taper sur des tambours. À moins que quelqu'un ait jugé qu'il fallait apaiser les féministes et que ce soit tout ce qu'ils aient trouvé.

Enfin bon, quand le message s'afficha sur son écran pour la première fois, il se rendit dans les toilettes pour handicapés, ne serait-ce que pour satisfaire sa curiosité.

Parce que franchement, il n'arrivait pas à croire que ce soit sérieux. Depuis le temps, il avait vu pas mal d'initiatives débiles, mais ça, c'était le pompon.

Bref, il alla dans les toilettes pour handicapés, ferma la porte, et là, à côté du papier WC, se trouvait effectivement un distributeur de préservatifs. Puis un panneau s'ouvrit dans la cloison.

Pas de doute, c'était bien vrai. Et sa réaction fut exactement telle que certains l'auraient prédite, pariant que le projet ferait un flop dès le premier jour. L'absence totale de packaging avait de quoi vous refroidir. Mike eut envie de donner à la fille une petite tape sur le derrière et de lui dire de rentrer chez elle, sauf qu'il était impossible de communiquer avec elle. D'ailleurs, d'où est-ce qu'ils les sortaient ? Alors il resta planté là les mains dans les poches. Bizarrement, le fait d'être face à un mur, là où on aurait normalement dû trouver la tête et les épaules de la personne, vous faisait prendre conscience que de l'autre côté se trouvaient la tête et les épaules de quelqu'un, quelqu'un que vous aviez probablement déjà croisé au bureau. De l'autre côté du mur se trouvait quelqu'un qui attendait que vous vous décidiez. Allez savoir pourquoi, peut-être à cause du carrelage, du box, de cet environnement nu et utilitaire, mais quelque chose lui faisait penser à un genre de camp de concentration. Ça lui fit froid dans le dos.

Comme on aurait également pu le prévoir, il se dit que ce service était destiné à des gens tellement en manque qu'ils sauteraient sur tout ce qui bouge, sans trop se soucier de la façon dont ça bouge. Autrement dit, Ed Wilson. C'était un système mis au point par un rustre à l'intention d'un rustre. Autrement dit, Ed Wilson. À vrai dire, Mike n'aurait guère été surpris d'apprendre que la direction laissait dix-neuf autres types utiliser ce service dans le seul but de camoufler une tentative d'endiguement d'Ed Wilson.

Bref, il était planté là, conscient qu'il allait falloir faire quelque chose mais que la seule chose qu'il ne pouvait pas faire, c'était se rendre jusqu'aux toilettes des dames pour dire que la séance était annulée. Autant qu'il puisse en juger, c'était symptomatique de tout le dispositif, apparemment mal ficelé. Il ne semblait être venu à l'esprit de personne que si, pour une raison ou une autre, les choses ne se passaient pas comme prévu, il pouvait s'avérer nécessaire de transmettre un message de l'autre côté. Il aurait suffi d'installer un interrupteur actionnant des signaux lumineux convenus d'avance, ou une fente où glisser des messages préimprimés, mais non, ç'aurait été trop simple. C'était aussi ça, le problème, et ça l'emmerdait au plus haut point de ne pas avoir d'autre option. Et puis, alors qu'il se demandait pourquoi il trouvait ça glaçant, il se rendit compte que c'était une réaction instinctive, sans réelle justification. Après tout, on était en démocratie. Personne ne forçait personne à faire quoi que ce soit contre son gré ; d'ailleurs, l'entreprise leur versait sans doute un bon pactole à titre de compensation. En plus, des experts avaient prouvé que ça contribuait à accroître la productivité et la satisfaction au travail des employés masculins. Se pouvait-il que ces types aient mis le doigt sur quelque chose ?

Parce que, quoi qu'on pense du personnage, il fallait bien admettre que Joe avait potassé son sujet. Ce mec savait de quoi il parlait. Toutes ces études sur les babouins en captivité, on ne pouvait pas balayer ça d'un revers de main. Et il vint soudain à l'esprit de Mike – évidemment, il se rendit compte après qu'il accordait trop de crédit à Joe, mais c'est ce qu'il se dit sur le moment – que si le cadre était clinique et dépouillé, ce n'était peut-être pas par hasard. Peut-être n'était-ce pas *censé* être érotique. L'idée n'était pas de se lancer dans je ne sais quel délire psychique, mais d'offrir un exutoire physique à des besoins physiques.

Et c'est alors qu'il se dit : Bon, puisque c'est là…

Il mit donc sa méfiance de côté un instant et profita du dispositif. C'était une expérience assez étrange, mais somme toute plutôt agréable.

En tout cas, il éprouva presque aussitôt après une sensation de bien-être inhabituelle. Il ne lui avait jamais semblé que son esprit s'égarait dans des pensées érotiques ou autres tandis qu'il essayait de se focaliser sur son travail, mais pendant un bon moment, il se sentit plus concentré sur sa tâche qu'il ne l'avait été depuis longtemps.

En outre, au lieu de quitter précipitamment le bureau pour se rendre à la gym, il fit une heure supplémentaire pour terminer un dossier qui traînait.

Manifestement, il y en avait qui savaient ce qu'ils faisaient. Ils avaient compris que le mâle humain est un animal qui a besoin d'un exutoire. Même s'il n'en a pas réellement conscience, se soulager va lui permettre d'améliorer ses performances. Il fallait saluer leur audace pour avoir lancé un projet que beaucoup auraient trouvé peu orthodoxe. Ils s'étaient sans doute heurtés à beaucoup de scepticisme avant que des gens puissent se rendre compte par eux-mêmes à quel point cela pouvait être utile.

Il s'avéra par la suite que dix-sept des vingt premiers cobayes réagirent exactement de la même manière.

Ils entrèrent dans le cabinet en s'attendant à une expérience torride et découvrirent une réalité largement en deçà de leurs attentes. Mais il était impossible de dire à la fille de s'en aller. Et tandis qu'ils cogitaient en se disant que seul Ed Wilson pourrait apprécier un cadre aussi sommaire, ils se souvenaient soudain de toutes les informations qu'on leur avait données sur les babouins en captivité. Ils se rendaient compte que ce n'était pas un hasard si le cadre était clinique et désérotisé. Et ils se souvenaient que des experts avaient prouvé que le mâle se montre plus performant si certains de ses besoins physiques sont soulagés.

En tant que battants ayant l'esprit de compétition, ils adoptèrent une approche professionnelle : si quelque chose permet d'accroître tes performances, n'hésite pas.

Et les trois autres ?

Eh bien, deux d'entre eux ne voulurent rien avoir à faire avec ça.

Le troisième était Ed Wilson.

Le décollage

PETE ÉTAIT L'UN DE CEUX qui ne voulaient rien avoir à faire avec ça. Il y a toutes sortes de tarés ici-bas ; mais qui, au sein de la hiérarchie, avait été assez cinglé pour les écouter ? D'ailleurs, peu importait. La vraie question à se poser, c'était : Ai-je envie d'être mêlé à tout ça ? Ai-je envie d'être ne serait-ce que potentiellement associé à l'idée de sauter une fille par-derrière dans les WC pour handicapés ? Rien que le fait de dire que c'était une question à se poser supposait qu'il y ait une chance sur un million qu'on puisse être aussi bête. Mais il avait gardé ses réflexions pour lui, car dans ce genre de situation, si certains sautent le pas, on ne peut pas se permettre d'avoir l'air de désapprouver.

Il se contenta de dire qu'il était en couple. Le fait est que, en dehors des autres raisons pour lesquelles c'était une idée stupide, ce n'était vraiment pas une bonne idée pour une personne en couple. Apparemment, ça n'avait pas arrêté certains de ses collègues. Mais quand on est en couple, il vaut mieux ne rien faire qu'on préfère cacher à sa compagne, car tôt ou tard, elle sentira qu'il se passe quelque chose. Sans compter qu'il est vain d'attendre d'une femme qu'elle voie les choses sous le même angle que vous.

Car d'après lui, c'était une prestation purement physique, à laquelle on pouvait recourir dans l'esprit visé par ses concepteurs. La question de la fidélité ne s'appliquait pas réellement à ce genre de situation. Mais essayer d'expliquer ça à une fille avec qui c'est du sérieux reviendrait à perdre son temps. Tout ce que vous pourriez dire pour prouver que ce n'est *pas* de l'infidélité ne ferait qu'aggraver les choses. On pourrait croire qu'elle vous en voudrait de tomber amoureux d'une autre, et qu'il serait parfaitement évident que baiser quelqu'un à travers un trou dans le mur reste sans conséquence de ce point de vue. Malheureusement, ce n'est pas comme ça que ça marche. Si vous voulez éviter les ennuis, vous feriez mieux de vous abstenir.

Sans compter que si vous êtes en couple, il est important de pouvoir satisfaire les besoins de l'autre.

Il aurait bien aimé essayer juste une fois, pour voir, mais il ne voulait pas prendre de risques. De nos jours, on ne sait jamais où il peut y avoir une caméra cachée. On n'est jamais trop prudent.

Les faits lui donnèrent raison au bout d'une semaine seulement.

Il était presque onze heures du matin et tout semblait normal, c'était un jour comme les autres, quand, soudain, l'alarme incendie retentit. Ce n'était pas l'heure à laquelle ils effectuaient habituellement les exercices, et au début, ils pensèrent que c'était une erreur, mais ça continuait, et finalement, il y eut une annonce demandant à tout le monde de quitter les locaux. Alors ils sortirent tous et se retrouvèrent sur la pelouse, et au bout d'un quart d'heure, une voiture arriva, le type qui leur avait expliqué le dispositif en descendit et il entra dans le bâtiment. Il y resta une dizaine de minutes, puis il ressortit et leur dit qu'ils pouvaient retourner travailler.

Par la suite, le bruit commença à courir. Ce qui s'était passé, c'est qu'un connard avait voulu faire du hors-piste. Se débarrasser du préservatif. Ou tenter une sodomie, que sais-je. Et la soupape avait déclenché l'alarme. Dès lors, le cabinet ne pouvait apparemment plus s'ouvrir que de l'extérieur. L'anonymat du fautif était préservé par l'évacuation du reste du personnel, tandis qu'un représentant de l'entreprise de soupapes venait le réprimander et l'informer de la suspension de ses privilèges.

Au début, tout le monde avait présumé que c'était Ed Wilson, mais il s'avéra que ce dernier était en déplacement, si bien que personne ne savait qui était le gars. De fait, on pouvait dire que l'anonymat était bel et bien protégé. Mais pour Pete, c'était une situation dans laquelle on ne voulait même pas potentiellement se retrouver. Évidemment, il fallait bien prévoir quelque chose de ce genre pour assurer la protection des filles, mais le risque d'être démasqué était tel que, personnellement, il ne voulait rien avoir à faire avec ça.

Au départ, Bill était méfiant. Il avait déjà eu du mal à cacher le fait qu'il était gay ; il soupçonnait que c'était en réalité un stratagème pour débusquer les homos parmi les membres du personnel, sous couvert de ne rien chercher d'autre que de juguler Ed Wilson. Malgré ses soupçons, il ne pouvait s'empêcher de trouver ça drôle. C'était tellement typique de la façon dont les hétéros récupéraient une pratique lancée par la communauté gay en la dépouillant de tout ce qui en avait fait l'intérêt. À vrai dire, ça ne faisait que démontrer à quel point leur vie sexuelle était pathétique, il fallait vraiment être en manque. S'il avait fallu en arriver là, il aurait peut-être réussi à utiliser le dispositif, mais il constata qu'un ou deux autres mecs avaient déclaré être en couple. Alors il fit de même. Ensuite, il put en rire avec Luke.

Ed Wilson se dit qu'on avait fait tout un plat de quelques incidents qui avaient été montés en épingle. Il avait seulement commis l'erreur de croire que ses collègues avaient le sens de l'humour. Mais après tout, s'ils prenaient ça comme ça, il n'allait pas faire la fine bouche !

Eurêka !

DEUX SEMAINES S'ÉCOULÈRENT. Personne ne s'était plaint de la présence du WC. Personne ne s'était plaint du fait qu'il n'y avait aucun élément de surprise. Mais ça continuait à tracasser Joe. Il essaya de ne pas se tourmenter. Il continua à vendre son produit avec toute la force et l'éloquence dont il disposait, comme s'il avait une confiance inébranlable en un système à côté duquel se trouvait un WC pour handicapés. Et pourtant, c'était toujours là dans un coin de son esprit. Quelque chose n'allait pas.

Un bon commercial sait écouter son instinct. Même si un produit se vend, même si le client semble satisfait, si *vous* êtes insatisfait d'un aspect du produit, le public finira tôt ou tard par vous donner raison. Ou, pour dire les choses autrement, un concurrent va débarquer et lui aura comblé cette faille. Si vous êtes le premier à repérer la faille, en vous appuyant sur la fidélité normalement acquise à votre marque, vous aurez une belle longueur d'avance.

D'ordinaire, un commercial peut seulement faire part de ses inquiétudes à la direction dans l'espoir qu'elles soient transmises à la R&D. Joe étant à la fois la direction, la

R&D et le service commercial, il lui suffisait de laisser son instinct de vendeur mener une guerre d'usure au niveau inconscient. Un jour, il n'y tint plus. Obligation légale ou pas, il fallait faire quelque chose.

Pour une fois, Joe s'astreignit à ne pas rapporter de paperasse à la maison. Il allait prendre sa soirée et faire un petit brainstorming pour voir ce qu'il en sortait.

Il décida de s'atteler à un problème à la fois. Le premier était toute cette nudité. Étrangement, un corps déjà nu n'est pas aussi excitant qu'un corps qu'il faut encore en partie dénuder. L'éternel attrait du strip-tease repose sur cette réalité même. Bon, pour des raisons d'anonymat, il était évidemment essentiel que les femmes ne laissent pas voir leurs propres vêtements. Il en avait bêtement conclu au départ qu'elles ne devaient donc pas laisser voir le moindre vêtement. Alors qu'il n'y avait absolument aucune raison qu'elles ne portent pas une petite jupe moulante comme dans ses fantasmes ; le genre de jupe qu'on ne porte pas habituellement au bureau, pour éviter tout malencontreux quiproquo. Il suffisait d'acheter un stock de petites jupes moulantes en imprimé léopard qui seraient conservées dans un rangement quelconque dans les toilettes pour handicapées, et les filles n'auraient qu'à en passer une avant de prendre leur service.

Après avoir résolu ce problème, il s'en voulut de ne pas s'y être attelé plus tôt. Car le WC était une autre paire de manches.

Il avait beau réfléchir encore et encore et encore, la solution lui échappait.

Entre-temps, les cobayes avaient fini d'essuyer les plâtres et s'étaient plus ou moins habitués. Ce qu'ils se disaient, c'est qu'on n'attend pas de la vitamine C qu'elle ait le goût d'une orange. On la prend parce que c'est bon pour la santé. Après avoir essayé plusieurs fois, ils ne remarquaient plus vraiment les aspects qui leur avaient paru étranges au début.

C'est alors que Joe introduisit les minijupes et les talons hauts, et là, le projet décolla.

Ce qui suscita des commentaires par la suite, c'est le peu d'efforts déployés pour préparer psychologiquement les gens aux conséquences d'un tel projet. Dans les premiers temps, on ne savait à peu près rien des effets de l'utilisation de soupapes sur les individus que ce dispositif était censé protéger. Beaucoup estimèrent que Joe aurait au moins pu effectuer un suivi des participants afin d'identifier d'éventuels effets indésirables. L'une des nombreuses choses que les gens ne parvinrent pas à saisir, c'est que Joe ait pu se lancer après *une seule étude* où il avait embarqué des employés de bureau dans une version informatisée du jeu de la bouteille. Et franchement, « étude » était un bien grand mot. En gros, il s'était contenté de vérifier jusqu'où il pouvait se permettre d'aller. On était bien loin de la responsabilité sociale de l'entreprise.

Dans ces circonstances, il n'est guère surprenant que certains des cobayes de Joe aient connu quelques désagréments. Ce qui est surprenant, c'est que ça ait pu surprendre qui ce soit.

Déception

CHRIS FUT L'UN DES PREMIERS à découvrir que ce traitement préventif contre le harcèlement sexuel, en apparence si simple, pouvait avoir des conséquences imprévues et tragiques.

Le plus drôle, c'est qu'au début il avait juste trouvé ça marrant. Il n'avait pas d'opinion tranchée dans un sens ou dans l'autre. Ça serait peut-être utile pour des mecs qui n'obtenaient pas satisfaction ailleurs. Ce n'était pas vraiment un problème pour lui, et quand il était au bureau, il aimait se consacrer à cent pour cent à son boulot, si bien qu'il ne pensait pas vraiment faire grand usage de ce service.

Ce qu'il pensa en son for intérieur, c'est que c'était typiquement le genre d'idée qui viendrait à quelqu'un dont les désirs ne sont pas satisfaits. Mais à quoi bon se mettre à dos inutilement un mec qui a reçu le feu vert de la hiérarchie ? Alors quand on lui expliqua la chose, il se contenta de dire : Ben, mon cochon, et garda ses opinions pour lui.

Mais il se produisit un phénomène étrange. Il essaya deux ou trois fois le dispositif pour voir comment c'était, et ce qu'il remarqua soudain, c'est à quel point l'envie d'obtenir une satisfaction immédiate avait dominé ses relations avec le sexe opposé. Par exemple, il se rendait dans le genre de lieux où on peut s'attendre à trouver des femmes cherchant également une satisfaction immédiate. La plupart des femmes fonctionnent selon une échelle de temps différente de celle des hommes, mais pas toutes, et il cherchait de préférence celles qui ne s'offusqueraient pas s'il faisait les choses à son rythme.

Par conséquent, l'éventail de femmes qu'il rencontrait était en réalité très restreint. Le marketing n'est pas un domaine qui vous laisse beaucoup de temps pour réfléchir, c'est une course effrénée, mais de temps à autre, il songeait vaguement qu'il lui faudrait un jour faire la connaissance d'un autre genre de fille. Car on ne veut évidemment pas que ses gosses, le moment venu, soient élevés par le genre de fille qui rentre avec un parfait inconnu tout juste rencontré dans un bar. Et puis, de temps à autre, sa mère lui arrangeait un rendez-vous avec une fille qui ressemblait à s'y méprendre à un teckel. À choisir, il s'était toujours dit qu'il aimerait mieux que ses enfants n'aient pas cinquante pour cent de gènes de teckel. Il avait donc toujours été vaguement conscient qu'il lui faudrait un jour prendre les choses en main, mais l'énergie motrice à laquelle il devait sa réussite dans le marketing continuait à le faire courir après le genre de fille immédiatement sensible à cette énergie.

Bref, après une de ses séances d'essai, il se rendit dans un bar comme à son habitude et remarqua une tablée de filles. Sauf que cette fois, celle qu'il remarqua était la plus réservée. Il s'approcha et entama la conversation. Lorsque deux des filles plus exubérantes furent invitées à danser, il proposa à la plus discrète d'en faire autant, mais elle refusa. Alors il dit : Et si nous allions sur la terrasse ? Ils sortirent et trouvèrent une table surplombant le lac. C'était un soir de pleine lune et les canards cancanaient doucement dans les roseaux. Il s'avéra qu'elle était bibliothécaire. Les autres filles à sa table vivaient dans le même immeuble et l'avaient convaincue de sortir avec elles, mais ce n'était pas le genre de chose qu'elle faisait d'ordinaire.

Ils bavardèrent un moment et, s'étant découvert un intérêt commun pour l'écrivain Philip K. Dick, se lancèrent dans une longue discussion. Quand ils retournèrent à l'intérieur, les autres filles étaient parties en la laissant là, sans moyen de rentrer. Il lui offrit de la ramener et la raccompagna chez elle sans même essayer de l'embrasser.

Ce dont il prit conscience après coup, c'est que, contrairement à la façon dont il abordait habituellement les choses, il n'avait pas mentalement calculé ses chances à un niveau subliminal, puis géré les événements de manière à les orienter dans une certaine direction, en interprétant tout sous l'angle des progrès réalisés dans l'accomplissement du résultat escompté. Cette fois, il avait réussi à s'écarter de ces préoccupations et à se rendre compte que Louise ne percevait pas les événements sous cet angle. S'il parvint à le faire, ce n'est pas seulement parce que ses besoins avaient été satisfaits le jour même, mais parce qu'il avait la certitude de pouvoir les satisfaire de nouveau le lendemain s'il le souhaitait, sans se compliquer la vie à convaincre une fille de rentrer avec lui, à la persuader qu'ils étaient tous deux adultes, puis à se débarrasser d'elle le matin sans trop de tracas. Le dispositif des toilettes était dépourvu de nombreux éléments normalement recherchés dans le sexe : les seins, par exemple, ou la possibilité de s'orienter vers un rapport de type oral. Mais ce n'était pas si mal pour ce que c'était. Et d'une certaine manière, ça lui avait permis de faire la connaissance de Louise sans paraître odieux. Quand on est dans le marketing, on a tendance à être assez direct, et ça peut déteindre sur des pans de la vie où ce n'est guère adapté. Pour une fois, il avait en quelque sorte évité cet écueil.

S'il y a un truc qu'on comprend vite dans le marketing, c'est qu'il se passe plein de choses dans la tête des gens dont ils ne sont pas forcément conscients. Ça s'applique à soi-même aussi bien qu'aux autres. Après avoir pris conscience de l'influence que ses pulsions avaient sur sa vie, il se rendit compte qu'il allait devoir y remédier pour qu'elles ne nuisent pas à sa relation naissante avec Louise.

Après cela, Chris se fit un devoir de fréquenter les WC handicapés, et lorsqu'il commença à sortir avec Louise – restaurant, cinéma, concerts –, il put lui laisser le temps dont elle avait besoin sans s'impatienter comme il l'aurait fait d'ordinaire.

Ce qu'il faut bien comprendre, c'est que Louise n'était certes pas du genre à rentrer avec un inconnu rencontré dans un bar, mais ce n'était pas non plus un teckel. Elle n'était pas ce qu'on appelle une bombe, mais ça ne veut pas dire qu'elle n'était pas jolie. Plus ils faisaient connaissance, plus elle se détendait, et plus elle devenait attirante.

Ils se découvrirent beaucoup d'autres points communs, comme leur goût pour REM et les westerns spaghetti. Leur relation s'approfondit peu à peu. Un samedi qu'il passait prendre Louise à la bibliothèque, Chris la trouva en train de faire la lecture aux tout petits dans la section jeunesse. Il était évident qu'elle prendrait grand soin de ses propres enfants. Chris avait dû se battre d'arrache-pied pour se construire, sans l'aide de sa famille, et il s'était toujours promis que s'il avait un jour des gamins, ça se passerait autrement pour eux.

Il décida qu'il était prêt à se caser ; il demanda à Louise de l'épouser et elle dit oui. C'est drôle comment les choses se goupillent parfois, car tout ça ne serait jamais arrivé s'il n'avait pas pu la laisser prendre son temps. Quand ils furent fiancés, il n'eut plus besoin d'avoir recours au dispositif, celui-ci avait rempli son rôle. Pendant ces quelques semaines cruciales, ce dernier l'avait aidé à maîtriser des pulsions dont il n'avait pas pleinement conscience.

Mais un jour, alors qu'ils discutaient, Louise dit que s'il y avait bien une chose qu'elle détestait, c'était qu'on lui mente. « Je peux tout supporter, sauf le mensonge, dit-elle. Fais qu'il n'y ait jamais de secrets entre nous, Chris. »

Ensuite, il n'arriva jamais à démêler ce qui s'était passé. Peut-être avait-il trop bu, si bien qu'il avait cru pouvoir tout lui dire sans que cela porte à conséquence. Toujours est-il que Louise avait soudain senti qu'il lui cachait quelque chose et avait ajouté que le problème, avec les secrets, c'est que ne pas les dire les rendait bien pires qu'ils ne l'étaient réellement. Alors il avait dit que ce n'était rien de bien méchant, juste un service qui avait été mis en place au bureau et qu'il avait utilisé une fois ou deux, et Louise avait demandé : Un genre de cadeau d'entreprise, tu veux dire ? et il avait répondu : Oui, si on veut, et il lui avait expliqué le principe et Louise avait complètement pété les plombs.

C'est dans des moments comme ceux-là que le dispositif prenait toute sa valeur. Il y a des moments où on ne veut pas se compliquer la vie. Il y a des moments où on n'a pas envie de parler. Il y a des moments où on veut juste se changer les idées. S'il n'y avait pas eu les WC handicapés, toute cette histoire avec Louise aurait sans doute interféré avec son travail. Au lieu de quoi il avait pu mettre tout ça derrière lui et se concentrer sur ses objectifs.

Chez d'autres aussi, cela avait été toute une histoire. Un système qui avait semblé parfaitement simple, une prestation purement physique, s'avéra avoir d'importantes répercussions sur le plan psychosocial.

Aurait-il été possible de contourner ces problèmes si Joe avait réalisé une étude de suivi des participants au jeu de la bouteille ? On ne le saura jamais. Alors que les soupapes étaient depuis longtemps devenues un équipement standard dans un large éventail d'entreprises, un chercheur eut l'idée d'aller interroger les personnes qui avaient participé à ce jeu ; à sa grande surprise, il découvrit que l'installation était encore en place dix ans après que Joe eut mis un terme à l'essai. Des employés plus calés que lui en informatique avaient bidouillé le logiciel pour y introduire un ou deux petits plus, mais globalement, le système de proto-soupapes avait toujours la cote au sein de la boîte, sans que quiconque ait pu percevoir des effets négatifs. Personne ne le faisait contre son gré. La plupart trouvaient ça sympa.

Personne là-bas n'avait fait le rapprochement entre cette application et les soupapes dont ils entendaient parler dans les médias. Quand le chercheur leur fit remarquer que ce système avait été mis au point par le même homme, qui avait élaboré le dispositif plus « hardcore » aussitôt après, les gens furent abasourdis et dégoûtés ; ils s'accordèrent tous à dire qu'une telle chose aurait empoisonné l'atmosphère du bureau. Leur outil était juste destiné à s'amuser, à détendre un peu l'ambiance. Ils n'avaient nullement l'intention de passer à la version supérieure.

Par conséquent, même si Joe avait eu une attitude plus responsable quant à l'étude des retombées, le résultat final aurait peut-être été le même.

Quant à l'expérience vécue par les soupapes elles-mêmes, elle n'aurait pu être modélisée que de façon parcellaire en extrapolant à partir de l'essai réalisé avec le jeu de la bouteille.

Les dés sont jetés

LUCILLE S'ÉTAIT TOUJOURS CONSIDÉRÉE comme quelqu'un d'assez imperturbable. De son point de vue, elle était du genre à savoir garder son sang-froid. Elle ne se laissait jamais démonter. Quoi qu'il arrive autour d'elle, elle continuait à faire ce qu'elle avait à faire. En outre, elle s'enorgueillissait de son souci du détail. Plus précisément, elle se targuait de prêter attention aux détails sans que ça tourne à l'obsession. En gros, elle était le genre de personne capable de mener à bien son boulot sans en faire tout un plat. Si vous lui donniez quelque chose à faire, elle le faisait.

Quand elle avait commencé à travailler, tout ça lui paraissait aller de soi. On est là pour faire un job. Alors on regarde ce qu'il faut faire et on le fait. Ce n'est quand même pas compliqué, non ? Eh bien, si.

Ce dont elle se rendit compte au bout d'un moment, c'est que la plupart des gens perdaient leurs moyens à cause de choses qu'elle surmontait sans broncher. Avec le temps, on se rend compte du nombre de gens qui sont incapables de faire face. Même s'ils sont *payés* pour ça, ils sont incapables de faire face. Si bien qu'une personne qui fait juste ce pour quoi elle est payée sort réellement du lot. Bon, très bien.

Ce n'est pas que les employeurs aient manqué de reconnaissance. Ils disaient toujours combien ils appréciaient de travailler avec quelqu'un sur qui on pouvait compter. Ils disaient toujours à quel point c'était génial de travailler avec quelqu'un qui ne perdait pas son sang-froid. Elle avait bossé dans pas mal d'endroits et, chaque fois, on se passait le mot et des gens pour qui elle ne travaillait pas normalement lui demandaient de venir aider quand ils étaient sur un gros coup, car ils avaient besoin de quelqu'un qui ait le souci du détail et qui ne perde pas son sang-froid. OK, parfait.

Ce n'est pas non plus que la paie n'ait pas été à la hauteur. Son salaire reflétait généralement la valeur que les gens accordaient à son travail. Elle obtenait souvent vingt, voire trente pour cent de plus que d'autres qui occupaient théoriquement le même poste. On ne peut donc pas dire que les gens rechignaient à joindre le geste à la parole. Et ce n'est pas non plus qu'elle ait dû le leur extorquer. Dès qu'elle était en poste depuis deux ou trois mois, l'employeur se mettait en quatre pour elle, il piaffait d'impatience de pouvoir lui accorder une prime ou une augmentation. Elle n'avait jamais quitté un emploi sans qu'on lui propose plus d'argent pour rester.

Le problème, voyez-vous, c'est qu'il y a reconnaissance et reconnaissance. Pour être parfaitement honnête, Lucille n'estimait pas valoir trente pour cent de plus que les autres. Après tout, qu'est-ce que trente pour cent ? Trois dixièmes. Environ un tiers. Un *tiers* ? Ça voulait dire que son travail était de trente pour cent supérieur à la moyenne ? Et puis quoi encore. Dans son esprit, elle était environ trente fois meilleure qu'une assistante de direction moyenne et dix fois meilleure qu'une assistante de direction chevronnée, et ce qui est sûr, c'est que l'écart de salaire n'était pas de cet ordre-là.

Ce qui avait tendance à se passer, en réalité, c'est qu'elle finissait par se coltiner plein d'heures supplémentaires.

En d'autres termes, le fait que les autres ne lui arrivent pas à la cheville avait pour résultat qu'elle n'avait pas de vie à elle.

Bref, ce que ce nouveau poste semblait offrir, c'était une sorte de reconnaissance de la capacité à garder son sang-froid. Une façon de convertir son aptitude en une enveloppe salariale qui constituait un premier pas vers la réelle prise en compte de sa rareté. À plus long terme, il lui offrait une chance de s'élever vers une autre sphère où ses qualités seraient appréciées à leur juste valeur. L'histoire de la femme qui voulait faire des études de droit avait touché une corde sensible. Qu'est-ce qui m'empêche d'en faire autant ? avait songé Lucille. Je pourrais mettre de l'argent de côté pour entrer à la fac de droit de Harvard.

Pour tout dire, les premières fois avaient été assez désagréables. Elle avait insisté pour que Joe mette en place différents garde-fous auxquels il n'avait manifestement pas pensé, n'étant sans doute pas doté d'un tel souci du détail. Elle savait donc que rien ne pouvait sérieusement déraper. Mais il y avait quelque chose d'assez inconfortable dans le fait de se déshabiller entièrement sous la ceinture et de passer à reculons par un trou dans le mur. Ce qu'elle essayait de se dire, c'est que ce n'était pas tellement différent de ce qu'on endure quand on va chez le gynécologue. Il fallait juste apprendre à le supporter sans broncher. Après tout, dans la vie, nous sommes tous contraints de faire des choses qui ne nous plaisent pas. L'important, c'est que cela nous offre une rémunération suffisante pour nous permettre de faire ce que nous avons envie de faire.

Par ailleurs, n'oublions pas qu'il y a deux façons d'aborder les choses désagréables que la vie nous inflige. La première consiste à mettre l'accent sur l'aspect négatif et à s'effondrer parce que tout n'est pas exactement comme on le voudrait. La seconde consiste à considérer ça comme une opportunité de s'entraîner à faire face aux choses désagréables. Une occasion de s'entraîner à ne pas se laisser démonter. On commence par les petites contrariétés, comme le bus qui arrive en retard ou le paquet de café qui est vide alors qu'on n'a pas le temps d'aller faire les courses, jusqu'au moment où on ne les remarque même plus. Puis on passe à des désagréments légèrement plus intenses, comme rater le bus quand le suivant arrive dans une heure. Là aussi, on finit par encaisser sans sourciller. Et chaque fois que quelque chose va de travers, on s'entraîne à affronter la situation sans se mettre dans tous ses états. S'il se produit quelque chose de *vraiment* désagréable, c'est l'occasion de tester sa solidité. Si on arrive à surmonter un événement déplaisant sans perdre sa tranquillité d'esprit, on apprend quelque chose sur soi-même : *quoi* qu'il arrive, on ne se laissera jamais abattre. C'est une position de force exceptionnelle. On ne se retrouve pas dans cette position en reculant devant la moindre contrariété.

Lucille supporta donc les premières semaines sans grosses difficultés, puis Joe introduisit les minijupes. Curieusement, le simple fait de porter une jupe la faisait se sentir moins exposée. De son point de vue, c'était une nette amélioration. Mais étant donné qu'elle avait supporté les premières semaines sans cela, elle se savait capable de tout, ce qui est toujours bon à savoir.

Parmi les premières employées qui servirent de soupapes, les autres eurent plus de mal à s'adapter aux aspects pratiques de leur mission. Par la suite, avec le recul, beaucoup estimèrent qu'elles avaient manqué de préparation. En gros, Joe leur avait expliqué comment le message apparaîtrait sur leur écran, puis les avait conduites dans les toilettes pour handicapées afin de leur montrer le fonctionnement du convoyeur, et c'était tout. Entre-temps, Lucille avait tiré un trait sur tout ça et gagnait un million de dollars par an en tant qu'avocate spécialisée dans les contentieux, mais il lui arrivait d'ouvrir un journal et de tomber sur un article au sujet d'une femme qui n'avait pas réussi à tourner la page. Une femme qui avait passé trois semaines désagréables en 1999 et ne s'en était jamais remise. En lisant entre les lignes, Lucille voyait bien que c'était quelqu'un qui n'aurait jamais dû accepter ce genre de travail. Si on lui avait demandé son avis, ce qui n'était pas le cas, elle aurait dit que c'était un job où il fallait être sacrément solide. Envoyer au casse-pipe des personnes dénuées de cette force, c'était tout bonnement chercher les ennuis.

4.
Le nec plus ultra

Bouche à oreille

CE QUE JOE EXPLIQUAIT QUAND, par la suite, il fut exposé à ce genre de critique, c'est qu'au départ le succès du dispositif n'était absolument pas assuré, comme on aurait pu le croire rétrospectivement. Dans un monde idéal, il aurait évidemment aimé passer plus de temps à s'assurer qu'aucune femme ne s'engageait à faire une chose qui la mettait mal à l'aise. Hélas, notre monde est loin d'être idéal, le développement durable de la clientèle était absolument vital pour la réussite de l'entreprise et il lui revenait à lui seul de poursuivre cet objectif pour le bien de *tous*. Malheureusement, il avait dû prendre des décisions difficiles. Si le navire avait coulé, ils auraient tous sombré avec lui. Il avait donc été contraint de faire des choix cornéliens.

Alors, tandis que les premières soupapes traversaient une période d'adaptation, Joe était reparti au front pour promouvoir son produit. Il avait envoyé d'autres lettres pendant que les ouvriers effectuaient les travaux et il avait de nouveau déroulé son argumentaire. Le simple fait de savoir qu'il avait conclu une vente et que l'installation était en cours lui conférait un avantage. On peut feindre la confiance, c'est-à-dire qu'on peut jouer la comédie, mais on ne peut pas feindre la confiance intérieure qu'engendre la réussite. Car quoi qu'on raconte au client, on connaît toujours le score. Si le score est Ventes = 0, soyons honnêtes, il faut être sacrément bon comédien.

L'une des choses qui dopèrent réellement sa confiance, c'est qu'un mois environ après avoir introduit les mini-jupes, il reçut deux appels de types qui jouaient au golf avec Steve. Joe avait vu juste : après s'être lancé dans ce projet, Steve avait voulu se convaincre qu'il avait bien fait.

À bien des égards, il aurait mieux fait de garder ça pour lui, mais ce n'est pas ainsi que fonctionnent les gens. On connaît la solitude du pouvoir ; quelqu'un qui a pris une décision de cette portée souhaite que d'autres la prennent aussi. Steve en avait donc parlé à un de ses copains, un homme plus âgé qui partageait ses positions conservatrices et n'était pas très à l'aise avec les mœurs de la jeune génération.

« On est des hommes d'affaires, Al, avait dit Steve. Il faut être réalistes. Il faut prendre les gens comme ils sont, pas comme on voudrait qu'ils soient. Si on n'en est pas capables, bon sang, autant prendre notre retraite sur-le-champ. »

Si Joe savait qu'il avait dit ça, c'est parce que Al le lui avait répété pour expliquer la raison de son appel. Al avait ajouté qu'il n'était pas encore prêt à manger les pissenlits par la racine, et qu'il appréciait les approches franches et directes. C'était comme une bouffée d'air frais.

« Il faut appeler un chat un chat, dit Al.

— Je suis on ne peut plus d'accord », répondit Joe.

Alors Al prit rendez-vous pour que Joe vienne lui rendre visite à un moment qui leur conviendrait à tous les deux.

Steve avait également transmis la bonne parole à un jeune loup plein d'avenir qui, apparemment, avait laissé entendre que les méthodes de management de Steve étaient quelque peu dépassées. Là encore, ce n'est vraiment pas une bonne raison pour partager des informations relativement sensibles, mais en fin de compte, il ne se produisit rien de fâcheux. Le type appela Joe pour lui expliquer qu'il ouvrait un nouveau bureau à Kansas City. Certains de ses meilleurs éléments allaient venir de New York pour en assurer le lancement. Seulement voilà, il craignait que leur façon d'agir paraisse quelque peu choquante aux gens du Middle West ; il ne voulait surtout pas qu'ils se les mettent à dos alors qu'ils étaient censés travailler en équipe. S'il pouvait introduire quelques soupapes sur place, cela permettrait de réduire les tensions tout en facilitant la vie des expatriés new-yorkais.

« Et comment, dit Joe.

— Dans mon optique, il faudrait installer ça maintenant pour que tout soit prêt quand le bureau ouvrira.

— Je suis on ne peut plus d'accord, dit Joe.

— Je pense qu'il serait préférable d'envoyer les filles là-bas. Tout ça est encore très nouveau, et j'anticipe quelques problèmes si on essaie de les recruter dans le Kansas. Vous êtes déjà allé dans le Kansas ?

— Je n'ai pas eu ce plaisir, dit Joe.

— Un endroit super. Un endroit *su-per*. Et des gens vraiment super. Mais ils ne sont pas ce qu'on appellerait sophistiqués, vous savez, ils voient des trucs à la télé qu'ils ne s'attendent pas nécessairement à rencontrer dans la vraie vie. Vous me suivez ? Je veux dire, c'est pour ça que je crois que ces soupapes seraient vraiment une super idée. Inutile de heurter les sensibilités locales. Mais si on commence à recruter localement, ça va à l'encontre du but recherché. Des problèmes en termes de mobilité géographique pour votre staff ?

— Aucun problème, dit Joe.

— Super. *Su-per*. Alors, quand êtes-vous prêt à partir pour le Big K ? Ce week-end, ça vous irait ? »

Le Big K ? se dit Joe. J'hallucine.

« Ça me va parfaitement », dit-il.

C'est ça, la vente. Un jour, vous vous tuez rien qu'à essayer de mettre le pied dans la porte. Le lendemain, quelqu'un vous court après dans la rue parce que la femme de ménage de l'oncle de sa mère lui a dit une chose au sujet de votre produit qui lui a donné l'impression que, sans ce produit, la vie ne valait pas la peine d'être vécue.

Nouveaux horizons

JOE S'ENVOLA LE WEEK-END SUIVANT pour Kansas City afin de visiter le nouveau bureau, d'organiser l'installation des convoyeurs et tout ce qui s'ensuit. Il aurait dû se sentir pousser des ailes. Une nouvelle vente, une amélioration de sa situation financière, que demander de plus ? En réalité, pendant toute la durée du vol, la question du WC pour handicapés continua de l'asticoter. Il avait tenté de l'écarter de son esprit, mais elle revenait sans cesse. C'était comme le vieux débat sur le store roulant, mais à la puissance mille.

Il arriva tard le vendredi soir. Il n'avait qu'un bagage à main et se dirigea donc directement vers la navette qui desservait le Hilton. À ce stade, il ne pouvait certainement pas se permettre de descendre dans un motel discount, sous peine de sembler avoir des problèmes de trésorerie ; non, il fallait que ce soit le Hilton. Au moins, son costume n'y déparerait pas.

Il se passa alors une chose étrange. Alors qu'il faisait la queue en attendant la navette, la femme devant lui se baissa pour prendre quelque chose dans sa valise, et il vit que la personne située devant elle était un nain. Le mec ne devait pas mesurer plus d'un mètre vingt. Et encore. Il ne faisait rien de particulier, il était juste planté là du haut de sa petite taille. Puis le bus arriva et s'arrêta devant eux.

Le truc, c'est que pour n'avoir jamais croisé de nain dans la vraie vie et n'avoir vu le film *Bandits, Bandits* que bien des années auparavant, Joe ne s'était jamais rendu compte à quel point les nains peuvent avoir les jambes courtes. Le marchepied du bus était relativement bas, mais encore beaucoup trop haut pour le nain. Naturellement, le mec avait déjà fait face à ce genre de situation ; il s'agrippa à la barre située au milieu de la porte et se propulsa en l'air sans aucun problème. Il lui fallut tendre au chauffeur la monnaie à glisser dans la borne, qui était elle aussi beaucoup trop haute, puis il s'avança dans le bus et dut à nouveau se propulser en l'air pour s'asseoir sur un siège. Franchement, ce n'était pas une vie.

Joe paya le trajet, avança à son tour dans le bus et alla s'asseoir loin du nain. Un des premiers enseignements dans la vie, c'est qu'il faut se méfier des hommes plus petits que la moyenne. Le fait d'être petit donne aux hommes l'impression d'avoir quelque chose à prouver. Mettons qu'ils aient arrêté de grandir à un mètre soixante-cinq – cinq centimètres de plus auraient fait toute la différence –, au lieu de prendre les choses comme elles viennent, ils ont tendance à se montrer agressifs, voire carrément méchants. Retirez encore cinq centimètres, et vous tombez sur de vrais salopards. Alors si vous descendez à un mètre vingt, Dieu seul sait à qui vous avez affaire. Mieux vaut garder ses distances.

Bref, le bus démarra et l'esprit de Joe revint à sa bête noire : le WC pour handicapés. Et soudain, il comprit que ce WC serait beaucoup trop haut pour quelqu'un comme ce nain. En fait, il n'avait rien de mieux que les autres WC, hormis une barre pour aider à se hisser sur la cuvette. Et si vous y réfléchissez un instant, à quand remonte la dernière fois que vous avez vu des toilettes avec un pictogramme de nain sur la porte ? Non mais dans quel monde on vit si on n'offre pas d'autre alternative aux gens que d'escalader une cuvette de WC pour satisfaire un besoin naturel ?

Joe en était là de ses pensées quand l'un des autres passagers, un gros gaillard ventripotent, décida de s'en prendre au nain. Lui aussi avait dû s'asseoir à l'avant du bus, sur une des banquettes parallèles à l'allée, car c'était le seul endroit où il pouvait s'installer confortablement. Non qu'il n'aurait pu tenir en largeur sur un des sièges qui faisaient face à la route. Il était gros, mais pas à ce point-là. Non, le problème, c'était que la distance entre les sièges ne permettait pas à un gars de cet embonpoint de glisser sa bedaine entre son siège et celui de devant. Il était donc à l'avant, avec toute la largeur de l'allée pour laisser sa bedaine respirer librement, assis en face du nain qui était plongé dans un livre.

Le gros gaillard : « On lit quoi, mon grand ? »

Joe songea : J'y crois pas. Je-n'y-crois-pas. *Mon grand* ? Quel genre de porc dénué de sensibilité sort un truc pareil à quelqu'un qui est forcément un peu chatouilleux au sujet de sa taille ? Ce n'est même pas que le mec avait décidé de l'embêter, il suffisait de le regarder pour voir qu'il se croyait sympa. *Putain*.

Joe s'attendait à ce que le nain sorte un cran d'arrêt et le lui balance pile dans le bide. Ou qu'il tape des pieds, révélant une rangée de lames de rasoir dans la semelle de ses chaussures. Une petite partie de kick-boxing, *mon grand* ? dirait-il, et avant que l'autre ait compris ce qui lui arrivait, il bondirait en l'air, toutes lames dehors…

« *L'Anthologie de l'humour de John Foster Dulles*, dit le nain.

— Ah, fit le type. C'est bien ?

— Je n'en suis qu'à la page deux.

— À vrai dire, je n'associerais pas le nom de John Foster Dulles à l'humour, à première vue. Ni à grand-chose d'autre, d'ailleurs.

— C'est une erreur très répandue. Avec JFD, il ne faut pas se fier aux apparences. »

JFD ? se dit Joe. *JFD* ?

« Ah vraiment ? Je m'appelle Paul, au fait.

— Et moi Ian.

— Enchanté, Ian. »

Joe se demanda pourquoi le Kansas n'avait jamais acquis la réputation d'être un endroit étrange. Si un type pouvait surnommer un artisan de la guerre froide « JFD » sans que personne ne tique, c'était à se demander comment étaient les autres. À peine s'était-il posé la question que la réponse lui vint d'un coup. Si personne n'était au courant, c'est parce que les gens normaux ne venaient jamais voir ce qui se passait ici. Ignorant ce que cet État avait à offrir, ils allaient s'éclater ailleurs. Les gens extérieurs au Kansas avaient tendance à le rester.

« C'est une personnalité que les gens connaissent relativement peu, en général. C'était en fait quelqu'un d'assez intéressant, mais Ike lui faisait de l'ombre.

— Ike ?

— Eisenhower.

— Ah, oui, oui, d'accord. » Il y eut un instant de silence. « Vous savez, poursuivit Paul, l'histoire n'a jamais été mon fort, mais allez savoir pourquoi, j'ai toujours cru que le prénom d'Eisenhower était Dwight. Je confonds avec quelqu'un d'autre ?

— Ike était son surnom, dit Ian.

— Ah, je vois.

— Comme dans *I like Ike*. C'était son slogan pour l'élection présidentielle.

— Pas possible ? Je ne savais pas.

— D'où venez-vous ? demanda Ian, ce qui était exactement la question que se posait Joe.

— Oh, j'ai beaucoup bourlingué, mais je suis né à Keene, dans le New Hampshire. »

Cela laissa Joe songeur. Finalement, le Kansas n'était peut-être pas si étrange que ça. Peut-être Keene dans le New Hampshire était-il l'avant-poste de la quatrième dimension.

Ian referma son livre et le glissa dans la poche de son sac. « Personnellement, je ne suis jamais allé aussi loin vers l'est, confia-t-il. J'ai entendu dire qu'à l'automne le paysage était magnifique.

— En effet, dit Paul. C'est un spectacle à ne pas manquer.

— Eh bien, ce fut un plaisir, dit Ian. C'est ici que je descends. » Il appuya sur un bouton fixé sur la barre à côté de son siège. Le bus s'arrêta. « Je vous souhaite un bon séjour à Kansas City.

— Merci, fit Paul. Vous de même. »

Ian descendit. Le bus repartit.

Soudain, Joe se dit : Au lieu d'un WC fixe, il nous faut une cuvette réglable en hauteur, comme un fauteuil de dentiste ! Avec une pédale pour la faire monter et descendre ! Ou même un système électronique ! Mais… si on peut la faire monter et descendre, qu'est-ce qui nous empêche de l'abaisser *totalement* ? Pour qu'elle disparaisse entièrement ! Dans une trappe ! Au cas où l'endroit serait utilisé à d'autres fins, pour répondre à *d'autres* besoins naturels !

Et il songea : Peut-être que les WC réglables en hauteur existent déjà !

Le bus roulait à vive allure le long d'une grande artère toute droite que n'encombrait aucune circulation. Chaque seconde éloignait un peu plus Joe de la personne qui aurait certainement la réponse à cette question cruciale.

Il se leva d'un bond.

« Chauffeur ! cria-t-il. Arrêtez ! C'est là que je voulais descendre !

— Je croyais que vous alliez au Hilton, dit le chauffeur avec la serviabilité qui fait la renommée des habitants du Kansas.

— J'ai besoin de marcher ! fit Joe d'un ton désespéré, tandis que le bus l'entraînait toujours plus loin.

— Je peux vous laisser descendre au prochain arrêt, dit le chauffeur.

— Je crois que je vais vomir ! » lança Joe en plaquant une main sur sa bouche.

Le bus se rangea en silence le long du trottoir.

Sachant que le chauffeur n'était pas dupe mais qu'il était trop poli pour le dire, Joe se précipita dehors avant qu'il se ravise.

Il s'élança en courant dans la direction de l'arrêt précédent en maudissant son bagage à main.

L'avantage, c'est que Ian ne pouvait pas avoir fait beaucoup de chemin entre-temps.

Et effectivement, cinq minutes de sprint suffirent à Joe pour se retrouver, à bout de souffle, derrière une silhouette facilement reconnaissable.

« Attendez ! cria-t-il d'une voix haletante. Attendez ! »

Enfin, il s'arrêta, hors d'haleine, à ses côtés.

« Je peux vous aider ? s'enquit Ian.

— J'espère », dit Joe en essayant de reprendre son souffle.

Il fallait vraiment qu'il fasse de l'exercice. Il devrait peut-être acheter un stock de Special K. Aller à l'épicerie à pied plutôt qu'en voiture. À moins que des mesures plus drastiques s'imposent. S'inscrire dans une salle de sport. Faire de la muscu une heure par jour…

« Euh », fit-il. Pas moyen d'éviter que ce soit gênant. « S'il vous plaît, ne le prenez pas mal. Je, euh, j'aide un ami qui est en train d'ouvrir un bureau ici. Je, euh, je me suis dit que puisque nous partions de rien, nous devrions installer un WC réglable en hauteur dans les toilettes pour handicapés, et je, euh, je me demandais juste si vous auriez déjà entendu parler de quelque chose de ce genre.

— Non, répondit Ian. Je ne crois pas avoir déjà croisé quoi que ce soit dans ce style.

— Ah, dit Joe. Ah, bon, désolé de vous avoir dérangé.

— Pas de problème, dit Ian. Il y avait autre chose ? »

Il avait manifestement hâte de rentrer chez lui et de se replonger dans *L'Anthologie de l'humour de John Foster Dulles*. Il faut de tout pour faire un monde.

« Non, dit Joe. Merci pour votre aide. Au fait, vous ne sauriez pas comment je pourrais me rendre au Hilton d'ici ?

— Au *Hilton* ? fit Ian. C'est carrément à l'autre bout de la ville. Vous comptiez y aller à pied ?

— À moins que vous ayez une meilleure idée », dit Joe.

Curieusement, maintenant qu'il parlait à ce type, il commençait à se rendre compte que sous toute cette petitesse se trouvait un véritable être humain. Un humain qui appelait John Foster Dulles « JFD », mais un humain tout de même.

« Je pense que le mieux à faire est de retourner sur vos pas, dit Ian. Au quatrième feu, tournez à droite, longez deux pâtés de maisons, peut-être trois, vous tomberez sur un centre commercial avec un KFC. Vous devriez y trouver un taxi. Sinon, il y a le bus, mais à cette heure-ci, il n'y en a qu'un par heure.

— OK, dit Joe. Je crois que j'ai pigé. Quatrième feu, à droite, deux ou trois pâtés de maisons. Merci. Vous avez été d'un grand secours. »

Il retourna sur ses pas. Quatrième feu, à droite, deux pâtés de maisons. Nickel.

Son esprit revint à sa préoccupation du moment.

En reprenant la direction du Kentucky Fried Chicken de Kansas City avec son bagage à main, Joe se rendit compte qu'il l'avait échappé belle.

Bizarrement, depuis le temps qu'il pensait à son système de soupapes, il l'avait toujours imaginé utilisé par des gens plus ou moins comme lui. Il n'avait pas prévu d'utilisateurs en fauteuil roulant. Il n'avait pas prévu d'utilisateurs d'une taille nettement inférieure. Seulement voilà, de nos jours, on ne peut pas se permettre de ne pas prévoir ce genre d'éventualité. Il n'y a absolument aucune raison pour qu'une personne appartenant à une de ces catégories ne soit pas le genre de battant hautement performant qu'une entreprise souhaite fidéliser. Ce qui signifie que tous les équipements mis à la disposition des autres employés doivent être potentiellement disponibles pour ces catégories d'individus.

Par ailleurs, ce n'était pas qu'une question d'équité plus ou moins abstraite. Quand on y pense, ça tombe sous le sens qu'une personne en situation de handicap doit souvent être frustrée. Un mec qui passe sa vie à escalader des sièges de bus doit subir bien des frustrations. Et ça tombe sous le sens que la frustration sexuelle doit faire partie du lot. Ce qui signifie que ce sont des individus qui auraient bien besoin de bénéficier d'un accès aux soupapes, pour peu que leur employeur ne soit pas trop aveuglé par ses préjugés pour le leur offrir.

La deuxième chose dont il prit conscience, c'est que même indépendamment de son problème d'agencement, cette idée de WC réglable présentait un réel potentiel. Pourquoi un tel système n'était-il pas largement répandu ? Ce pourrait être sa modeste contribution à l'amélioration des conditions de vie de gens dont les besoins étaient trop souvent négligés. Il pourrait insister pour que chaque installation réalisée pour son dispositif de soupapes inclue obligatoirement une cuvette réglable ; tôt ou tard, un tel truc était assuré de prendre. Pensez à quel point les mères de jeunes enfants l'apprécieraient. À vrai dire, si le projet de soupapes ne décollait pas, il pourrait se concentrer sur le développement et la commercialisation de WC réglables.

Et la troisième chose dont il prit conscience, c'est qu'il savait maintenant pourquoi il n'avait jamais fait carrière dans la vente. D'accord, il avait connu quelques succès, mais quelque chose ne collait pas, et il savait maintenant ce que c'était. Au fond, il n'était pas un vendeur dans l'âme. Il était un homme d'idées. Et ce sont deux créatures fort différentes. Il se trouve qu'il avait un don pour inventer des choses auxquelles personne n'avait jamais pensé, puis pour persuader les gens qu'une chose à laquelle ils n'avaient jamais pensé était indispensable. Bien sûr, la vente faisait partie du truc. Une grande partie. Mais c'était seulement une partie d'un tout plus vaste. Et ce qui rendait ce tout possible, c'était ce talent pour trouver de nouvelles idées.

Après avoir inventé l'idée du WC réglable, Joe parvint sans trop de peine à la vendre à Jerry. Celui-ci estima que Kansas City était l'endroit idéal pour faire découvrir au monde cette innovation. Il entonna la chanson « Kansas City » tirée de la comédie musicale *Oklahoma !* et Joe se joignit à lui, car il ne faut jamais rater une occasion de nouer des liens avec le client.

Le fait que Jerry chante cette chanson montrait à quel point il était inculte, car le premier idiot venu sait que la ville dont il est question dans *Oklahoma !* est Kansas City dans le Missouri, comme c'est d'ailleurs précisé dans une autre chanson. Les deux villes – situées sur des rives opposées de la rivière – sont certes contiguës, mais c'est d'autant plus agaçant pour les habitants de Kansas City dans le Kansas que les gens fassent ce genre d'erreur. Cependant, tout vendeur sait qu'on ne peut se permettre d'avoir l'air pédant aux yeux d'un client. Le vieil adage « Le client a toujours raison » découle de cette réalité bien connue. Si vous êtes du genre à ne pas pouvoir vous empêcher de corriger quelqu'un chaque fois qu'il commet une erreur factuelle, vous devriez peut-être prendre le temps de comparer le salaire moyen d'un prof et celui d'un commercial vaguement compétent. La vérité, c'est qu'on peut se faire nettement plus de pognon en ayant tort au bon moment qu'en ayant raison au mauvais moment.

La plupart des enfants américains le savent d'instinct, ce qui explique qu'ils soient si souvent pris au dépourvu quand on leur demande à brûle-pourpoint quelle est la capitale du Pérou. Ils savent que s'ils devaient vraiment connaître le nom de la capitale du Pérou, en cas d'extrême nécessité, ils trouveraient rapidement l'information dans l'*Encyclopædia Britannica*. Mais il y a des choses plus importantes dans la vie que de nommer au pied levé d'obscures capitales étrangères. Quand il s'agit de mettre à l'aise quelqu'un qui s'apprête à conclure avec vous un contrat de plusieurs centaines de milliers de dollars, les Américains n'ont pas leur pareil. Un Américain sera déjà en train de faire tope là quand Monsieur-je-sais-tout attendra encore les applaudissements parce qu'il connaît la réponse à je ne sais quoi.

L'important, c'était que le WC réglable soit un marché conclu. Et pour ça, Joe aurait chanté à gorge déployée dans n'importe quelle Kansas City, fût-elle sur la planète Mars.

Le résultat, c'est que Joe eut beaucoup plus de boulot que prévu pour mettre sur pied l'installation de Jerry. Il dut repartir pour recruter du personnel, puis revenir pour faire installer le prototype de WC, et avec tout ça, il ne put pas vraiment garder un œil sur son installation pilote. Il avait d'autres choses en tête. Il s'investit de plus en plus dans son projet de WC réglable à Kansas City, et quand tout l'équipement fut en place, le cabinet contenait également un lavabo réglable, un sèche-mains réglable et un porte-serviette réglable, sans parler du distributeur de préservatifs et de lubrifiant réglable et du convoyeur réglable. L'endroit était agencé de telle sorte qu'une personne de taille inférieure à la moyenne y serait aussi à l'aise que quiconque. Joe aurait aimé pouvoir retrouver Ian pour lui montrer ce qu'il avait accompli, car c'était sans doute la seule personne de sa connaissance capable de l'apprécier.

Naturellement, Joe ne passait pas tout son temps à Kansas City. Il faisait l'aller-retour. Mais c'est là qu'était focalisée son attention. Plus il travaillait sur son projet, plus il se rendait compte à quel point il était inédit à l'échelle mondiale. Chaque entreprise est tenue d'avoir des toilettes pour handicapés, mais si quelqu'un n'a pas la taille réglementaire, le message est clair : « Pourquoi n'avez-vous pas pris vos précautions avant de partir ? »

D'une certaine manière, il était plus facile de s'enflammer pour un projet comme celui-là que pour les soupapes. Avec les soupapes, on protégeait les gens contre leur tendance à offenser le personnel féminin, engendrée par une sorte de déséquilibre hormonal. Certes, ce n'était pas leur faute, mais c'était tout de même un problème contre lequel ils auraient peut-être pu lutter. En revanche, comment voulez-vous lutter contre un problème de taille, même avec la meilleure volonté du monde ? Et là, il ne s'agissait pas d'une minorité, ni d'une chose dont on puisse espérer qu'elle disparaisse : il y avait des millions d'enfants sur Terre et la situation n'était pas près de changer. Alors, qu'est-ce qui clochait ? À certains égards, Joe était tenté de laisser tomber toute cette histoire de soupapes et de se consacrer à cette nouvelle idée, qui présentait manifestement un immense potentiel, puisque rien de tel n'avait jamais été tenté.

Le hic, c'est qu'il y a une différence entre vendre une solution à un problème perçu comme tel et vendre une solution à quelque chose qui n'est pas perçu comme un problème. Les gens perçoivent comme un problème une peine d'un million de dollars pour harcèlement sexuel. Ils ne perçoivent pas comme un problème les difficultés des personnes de petite taille, ou du moins, si c'en est un, ce n'est pas *leur* problème. Joe savait donc que tant qu'il persévérerait dans son projet de soupapes, il n'aurait pas de souci de trésorerie, et il savait aussi, hélas, que s'il mettait tous ses œufs dans le panier des WC réglables, il se retrouverait à tromper l'ennui dans un mobile home avant d'avoir eu le temps de dire ouf, sans même l'espoir d'une part de tarte à la citrouille.

Cependant, il y a plusieurs façons de parvenir à ses fins. Joe mettait toujours un point d'honneur à avoir une totale mainmise sur ses installations, et il se jura d'intégrer des équipements respectueux de la taille dans chacune d'entre elles. Il était d'avis que si les soupapes connaissaient l'essor que leurs débuts semblaient présager, les gens se familiariseraient peu à peu avec les éléments réglables et, tôt ou tard, ceux-ci deviendraient la norme dans toutes les toilettes publiques.

Dans le même temps, cela réglait le problème des WC, ce qui lui allégeait considérablement l'esprit. Dans les nouvelles installations, le mécanisme qui activait le convoyeur enfonçait automatiquement la cuvette dans le sol, où un panneau coulissant la recouvrait pendant la durée de l'opération. Comme il partait d'une feuille blanche, Joe put également créer une ambiance un peu moins clinique que celle qu'il avait dû offrir à ses premiers clients.

Malheureusement, personne n'a encore trouvé le moyen d'être à deux endroits à la fois. Et tandis qu'il était occupé à autre chose, le feu se mit à couver dans son installation pilote.

Les ennuis

QUAND ON EST DANS LES RH, une des choses qu'on apprend, c'est à ne jamais s'étonner de quoi que ce soit. Parce que peu importe l'ancienneté dans le métier : on croit avoir tout vu, et les gens arrivent encore à nous surprendre.

C'est encore plus vrai si on gérait déjà du personnel à l'époque où ça s'appelait encore le personnel. Si on a passé sa vie à gérer des gens, d'abord dans un service du personnel, puis, pour vivre avec son temps, au sein d'une équipe des ressources humaines, on finit par croire qu'ils n'ont plus rien de nouveau à inventer. On a vu les gens les plus charmants se lancer dans le pillage systématique des fournitures ; on a vu l'utilisation éhontée du téléphone professionnel vers des destinations lointaines, les coupables là encore étant souvent les gens les plus charmants. Il y a, dans un environnement de bureau, quelque chose qui incite les gens à se comporter selon un code moral totalement différent de celui avec lequel ils ont été élevés. Si tant est qu'ils aient réellement été élevés avec un code moral, ce qu'on est parfois légitimement en droit de se demander.

Cela faisait plus de trente ans que Roy gérait des gens d'une manière ou d'une autre, et il ne fut donc pas surpris de découvrir qu'il se passait quelque chose. Quand on a l'habitude de gérer des gens, on sait à quel point il est important de ne pas laisser passer les abus. Si une pratique illicite s'instaure et semble tellement aller de soi que tout le monde finit par l'adopter, on ne pourra l'éradiquer qu'au prix de beaucoup de mécontentement. Un DRH expérimenté connaît le prix du mécontentement. Parfois, il arrive que ce soit le prix à payer. Mais cela a un prix, ne vous y trompez pas, alors si on peut éradiquer cette pratique, quelle qu'elle soit, avant que les gens aient commencé à la considérer comme un droit divin, croyez-moi, mieux vaut foncer.

Roy ne fut pas surpris de découvrir qu'il se tramait quelque chose. Mais en dépit de toutes les années passées à gérer des humains dans leur multiple diversité, il n'aurait jamais imaginé ce que c'était, même dans ses rêves les plus fous.

Ce qui se passa, c'est qu'au fil des ans Roy avait pris l'habitude d'utiliser les WC pour handicapés dans les toilettes des hommes. Enfant, déjà, ses mensurations correspondaient au modèle que le catalogue Sears qualifiait de « costaud », et avec le temps, il s'était tranquillement dilaté. Sears n'avait pas d'appellation pour les adultes mesurant un mètre quatre-vingt de tour de taille, et Roy avait finalement dû cesser de commander ses vêtements chez eux ; pendant un moment, il s'était mis à les acheter chez Walmart. Puis il s'était ressaisi. En tant que responsable du personnel, il connaissait mieux que quiconque l'importance de s'accepter tel qu'on est. Regardez le personnage du Pacha dans le film *L'Arnaqueur* : en réalité, il est mieux habillé que celui joué par Paul Newman. Le Pacha sait qu'il est le meilleur et s'habille en conséquence. Roy s'était donc acheté un costume sur mesure à cinq cents dollars à une époque où cinq cents dollars étaient encore une grosse somme, il voyageait toujours en première classe quand il prenait l'avion et il utilisait toujours les toilettes pour handicapés.

Un jour qu'il était aux WC et qu'il prenait son temps, deux types entrèrent dans les toilettes pour se soulager la vessie. L'un d'eux dit à l'autre en riant : « Putain, il est neuf heures et quart et il y en a déjà un qui prend sa pause handi. Ben, mon cochon. »

C'est tout ce que Roy entendit. Il se releva en s'aidant de la barre et n'y pensa plus. Mais le lendemain, alors qu'il était aux WC, deux types entrèrent à nouveau en discutant.

L'un dit qu'il allait prendre sa pause handi et que ce serait terminé pour aujourd'hui.

L'autre répondit : « Ben, mon cochon. »

Roy pensa naturellement que c'était une variation sur le thème de se faire porter pâle. Le fait que cette pratique, quelle qu'elle soit, ait déjà son propre jargon montrait les proportions que ça avait pris. Il se tramait quelque chose et il allait falloir le tuer dans l'œuf.

La première chose que fit Roy, c'est retourner à son bureau et vérifier le taux d'absentéisme au cours du dernier mois. Beaucoup d'hommes de son âge juraient *contre* les ordinateurs, Roy ne jurait que *par* eux. On pouvait obtenir en cinq minutes une image d'ensemble de ce qui se passait sur le lieu de travail, image qu'on n'aurait pas pu obtenir en un an une quinzaine d'années auparavant. Ce qu'il ne fallait pas oublier, c'est qu'un ordinateur est un outil. Il est là pour nous permettre de faire ce qu'on veut faire. Utilisé correctement, il peut même nous aider à déterminer exactement qu'est-ce qu'on veut faire. Mais en fin de compte, il sert uniquement à effectuer des tâches qui seraient ennuyeuses pour un être humain parce qu'elles prendraient trop de temps. C'est une machine, quoi. Ni plus ni moins.

Bref, en cinq minutes, Roy avait obtenu une vue d'ensemble de l'absentéisme au cours du dernier mois qui le laissa ébahi, les yeux écarquillés. « Nom d'un chien », fit-il en regardant le petit graphique que l'ordinateur avait affiché à l'écran. En trente ans de carrière, il n'avait jamais vu ça.

L'absentéisme au sein de l'entreprise se situait au niveau le plus bas jamais atteint. Dans un bâtiment qui abritait cinq cents employés, dix seulement avaient été en arrêt maladie pendant le mois écoulé. Le chiffre était le même pour le mois précédent. Roy remonta six mois en arrière. Chaque fois, c'était la même histoire. Puis, au-delà de six mois, les chiffres remontaient au niveau auquel il se serait attendu.

Il se passait quelque chose depuis six mois et cela le prenait totalement au dépourvu.

« Nom d'un petit bonhomme », fit Roy. Il prit un des maxi-paquets de M&M's qu'il conservait dans son tiroir du bas et en déchira un coin.

Il décida qu'aujourd'hui il commencerait par les verts.

Il secoua le paquet pour faire tomber quelques M&M's sur son bloc-notes, en mangea un vert et transféra le reste dans un bol.

« Nom de nom, j'ai jamais vu un truc pareil », dit-il en avalant un autre M&M vert et en en versant un peu plus dans le bol.

Ce qui est génial avec les ordinateurs, c'est qu'ils sont capables de nous dire à peu près tout ce qu'on a envie de savoir sans qu'on ait à se lever de sa chaise. Tout ce qu'il faut, c'est poser la bonne question, c'est tout.

Roy décida de faire une répartition par nombre de jours d'arrêt. Il goba trois ou quatre M&M's le temps de régler les paramètres, puis il lança la recherche.

« Sacré nom d'une pipe ! » s'exclama-t-il.

Personne ne s'était arrêté plus d'une journée, hormis un type qui s'était cassé une jambe.

Il lança une nouvelle recherche en fonction de l'âge sans découvrir quoi que ce soit d'intéressant. Puis il fit une recherche par service qui ne donna rien non plus.

Roy mangea cinq M&M's verts et balança dans le bol un mélange confus de M&M's jaunes, marron, rouges et bleus.

Roy gardait toujours les bleus pour la fin. Quand il ne restait plus que des bleus, il les mettait dans un autre bol qu'il déposait à l'accueil pour que les visiteurs se servent. Quel que soit le nombre de visiteurs, le niveau du bol ne baissait jamais très vite. Ça montrait bien à quel point la marque s'était trompée en changeant l'assortiment de couleurs qui avait fait ses preuves. On ne pouvait pas lui reprocher d'avoir essayé, mais Roy aurait aimé que quelqu'un dans l'entreprise ait le cran de reconnaître que c'était une erreur.

Roy décida d'effectuer une recherche par sexe.

« Saperlipopette ! » fit-il. Sur les dix employés en arrêt maladie, neuf étaient des femmes. Le dixième était le type qui s'était cassé une jambe.

Curieusement, les employés de sexe masculin étaient beaucoup plus motivés pour venir au travail que six mois plus tôt. Mais en fait, les employées de sexe féminin aussi. Car même le chiffre de neuf femmes par mois s'avérait nettement inférieur à ce qu'il était six mois auparavant.

« Hum », dit Roy.

Il étala le reste du paquet de M&M's sur son bureau, termina les verts, mit les autres dans le bol et réfléchit.

Il décida d'attaquer les rouges.

Une demi-heure plus tard, Roy sortit de son bureau armé d'un bol de M&M's bleus.

« Un M&M, Stell ? demanda-t-il à sa secrétaire, ou plutôt à son assistante, comme on disait de nos jours.

— Non, merci, Roy », répondit Stella.

Il aurait voulu que le fabricant l'entende. Peut-être aurait-il fini par repenser ce coloris dernier cri qu'il avait imposé à un public réticent.

« Stell, commença Roy en se demandant comment formuler ça. As-tu remarqué quoi que ce soit d'inhabituel ou d'étrange au bureau récemment ? Disons au cours des six derniers mois ?

— Non, je ne crois pas, dit-elle. À quoi est-ce que tu pensais ?

— Eh bien, je ne sais pas exactement », dit Roy en avalant distraitement un M&M bleu.

Il n'était pas vraiment surpris de sa réponse. Selon lui, ce qu'il fallait attendre d'une secrétaire, ou d'une assistante, c'était la capacité à prendre chaque jour comme il vient. On ne veut pas d'une Einstein. Si, par mégarde, on se retrouve avec une Einstein, on va au-devant d'ennuis. De *gros* ennuis. N'importe quel directeur du personnel vous le dira. Stella n'était pas Sherlock Holmes, mais il ne l'avait pas embauchée pour être Sherlock Holmes. Une des premières règles du recrutement est que si on embauche quelqu'un pour ne pas avoir certaines qualités, parce qu'on estime ces qualités contraires au bon accomplissement des tâches propres à sa fonction, il ne faut pas ensuite se retourner contre cette personne et lui reprocher de ne pas avoir les qualités qu'on ne voulait pas qu'elle ait au départ. Ça peut sembler bête à dire, mais c'est incroyable le nombre de gens qui oublient cette donnée apparemment évidente dans le feu de l'action.

Roy décida de faire discrètement le tour des bureaux avant de se rendre à la réception.

« Salut, Roy », dit Lucille sans lever les yeux de son écran. Le pas du chef des ressources humaines, si évocateur de celui d'un éléphant à l'approche, lui était devenu familier dès la fin de la première semaine à son poste.

« Un M&M ? proposa Roy.

— Non, merci », répondit-elle poliment.

Roy aurait voulu que le fabricant l'entende.

« Un M&M, Stephanie ?

— Je ne dis pas non, répondit Stephanie.

— Prenez-en autant que vous voulez, l'exhorta Roy. Je vais les déposer à la réception. »

Stephanie en prit quatre. Le téléphone sonna.

« Bureau de Peter Drake, que puis-je pour vous ? »

Lucille ignorait si la nouvelle était une soupape ou pas. Elle s'en félicitait. Ça voulait dire que pour une fois, Joe faisait correctement son boulot.

Roy hésita, puis s'éloigna vers des postes de travail où personne n'était au téléphone. Lucille en profita pour écrire au dos d'un bloc-notes : *À ta place, je ne les mangerais pas.*

Stephanie raccrocha. « Pourquoi donc ? » demanda-t-elle.

Lucille leva un sourcil. « Il s'enfile tout le paquet, dit-elle. Couleur par couleur. Donc le temps qu'il arrive aux bleus, il les a tous tripotés au moins quatre fois. Une pour chaque couleur. Puis il les emporte à la réception. Tu imagines ? »

La nouvelle fit la grimace. « C'est dégueu, dit-elle en glissant subrepticement les M&M's dans sa corbeille. Mince, je crois qu'il m'a vue. »

Roy comprit que la fille n'avait accepté que par politesse. Le fabricant ne semblait pas avoir compris qu'il ne s'agissait pas que de lui. *Personne* n'avait envie de manger ces cochonneries.

Des employés allaient et venaient entre les tables. Était-ce son imagination, ou marchaient-ils d'un pas plus enjoué ?

Était-ce son imagination, ou l'atmosphère avait-elle changé ?

Roy mangea distraitement un autre M&M bleu.

Soit. Si le moral des troupes s'était amélioré, c'était naturellement une bonne chose. Mais quelle qu'en soit la cause, il était important que les ressources humaines en soient tenues informées. Car cette cause, quelle qu'elle soit, les ressources humaines pouvaient sans doute l'améliorer. C'est pour ça qu'il était important de garder un œil sur ce qui se passait. Sinon, on se retrouvait avec des amateurs qui, ne comprenant pas vraiment ce qu'impliquait la gestion du personnel, géraient des questions qu'ils ne maîtrisaient pas pleinement. Si bien qu'après, quand la situation devenait ingérable, c'était aux gars des ressources humaines de recoller les morceaux.

Sur une impulsion, Roy s'arrêta devant le bureau de Laura Carter, qui était secrétaire, ou plutôt coordinatrice support, auprès de deux des plus jeunes membres de l'équipe marketing. Environ neuf mois plus tôt, Laura avait traversé une mauvaise passe. Elle était en arrêt maladie deux à trois jours par semaine, et bien qu'elle fournisse toujours un certificat médical, il y avait un schéma récurrent qu'il aurait fallu être aveugle pour ne pas voir.

Qui plus est, nul besoin d'être un génie pour voir que Laura avait eu du mal à se faire au sens de l'humour un peu particulier de l'équipe. Des plaisanteries que certains avaient faites pour rigoler en pensant qu'elles seraient perçues comme telles l'avaient malencontreusement offensée, et un ou deux membres de l'équipe ayant hélas compris qu'ils avaient touché un point sensible n'avaient pu résister à la tentation de la taquiner plus qu'ils ne l'auraient fait si elle n'avait pas paru choquée. Ed Wilson, par exemple, avait des manières exubérantes dont la plupart des filles ne faisaient pas trop cas. Pour une raison ou une autre, Laura avait du mal à les supporter.

Bref, il se trouve que Roy avait regardé le nom des personnes ayant été en arrêt maladie au cours des six derniers mois – ce genre de réflexe devient une seconde nature chez un vieux briscard des RH – et une des choses qu'il avait aussitôt remarquées, c'est que Laura n'en faisait pas partie. On pourrait penser qu'avec des centaines d'employés dans une entreprise, il est impossible pour un seul homme de garder un œil sur chacun d'entre eux. Détrompez-vous. Quand on est dans le métier depuis assez longtemps, il n'y a pas grand-chose qui vous échappe.

« Salut, Roy, dit Laura sans lever les yeux de son écran.

— Salut, Laura », dit Roy. Il remarqua qu'Ed Wilson n'était pas dans son bureau. Tant mieux. « Comment ça se passe pour toi ?

— Très bien, Roy, dit Laura. Je ne m'arrête pas, si ça ne te dérange pas, je finis juste ça pour Ed.

— Je t'en prie, continue, dit Roy. Un M&M, ça te dit ?

— Par pour l'instant, merci », dit Laura.

Vous voyez ? songea Roy.

« Ça fait plaisir de te voir en pleine forme, dit Roy. Il faut parfois du temps pour s'adapter à la pression d'un travail comme celui-ci. On peut mettre un moment à trouver ses marques.

— Eh bien, j'ai eu beaucoup de problèmes de santé au début, dit Laura. Ça n'a pas aidé. Et, avec le recul, je dois reconnaître que j'ai eu une incompatibilité d'humeur avec Ed. Au vu de l'éducation que j'ai reçue, son comportement était parfois déplacé. »

Laura envoya un document à l'impression.

« Je veux bien un M&M, maintenant, poursuivit-elle. C'est vraiment très joli de mettre tous les bleus dans un bol. C'est toi qui as eu l'idée de les poser à la réception ? J'ai toujours pensé que c'était une délicate attention. Tu sais, quand j'étais petite, je me demandais pourquoi il n'y en avait jamais de bleus, et puis un jour, ils les ont sortis. Comme si là-haut, il y avait quelqu'un qui m'aimait bien ! »

Bon, se dit Roy, les goûts et les couleurs. Une vie entière aux RH vous apprend à passer au-dessus de certaines choses.

« Bref, dit Laura en croquant un M&M, ma mère m'a toujours dit que tant qu'on se respecte soi-même, tôt ou tard, le message finit par passer. Quelle que soit l'éducation que l'autre a eue, tant qu'on sait *soi-même* quel comportement est acceptable, tôt ou tard, il finira par comprendre. Ça peut prendre un peu plus de temps avec quelqu'un venu d'un milieu très défavorisé, qui manque un peu de discernement, mais on finit par avoir gain de cause. »

Un bon chef du personnel sait qu'il y a des moments où on ne sait pas vraiment quoi répondre. Quand ça arrive – et ça arrive aux meilleurs d'entre nous –, le mieux est de se taire.

Roy mangea un M&M.

« Vu le temps qui s'est écoulé sans que ça donne de résultat, je dois avouer que je commençais à me décourager, poursuivit Laura. Et pour être honnête, ce n'était pas seulement Ed, toute l'équipe avait une attitude difficile à accepter pour quelqu'un qui vient d'un milieu différent. Mais, un beau jour, il s'est passé une chose étrange. C'est comme s'ils avaient tous changé du jour au lendemain. Je ne sais pas à quoi c'était dû, je suppose que c'est simplement que le moment était venu. Ils se sont rendu compte qu'il fallait que *quelqu'un* change, et comme j'avais montré sans la moindre ambiguïté que ce ne serait pas moi, ils ont admis qu'il faudrait que ce soit eux.

— Et tu ne sais pas mettre le doigt sur un incident spécifique qui aurait pu déclencher cette amélioration ? » demanda Roy.

À sa décharge, Laura n'était pas en mesure d'avoir une vue d'ensemble. Ce à quoi l'équipe avait réagi semblait avoir eu le même effet sur tous les employés de l'entreprise. On ne peut pas travailler au service du personnel sans devenir un peu cynique, et Roy doutait que le comportement prude de la secrétaire ait eu des conséquences aussi spectaculaires et étendues.

« Non, pas vraiment, dit Laura. Mais je me souviens qu'ils ont tous eu rendez-vous avec un monsieur d'une agence d'intérim qui enquêtait sur leurs besoins. Peut-être a-t-il fait une remarque en passant qui leur a enfin permis d'ouvrir les yeux sur leur conduite. »

C'était la première fois que Roy entendait que le représentant de l'agence s'était entretenu individuellement avec tous les hommes de l'équipe. C'était extrêmement inhabituel et il aurait été plus correct d'obtenir l'aval des RH, mais Roy ne trouvait rien à redire à l'agence. Elle avait fourni des employées d'excellente qualité, des filles auxquelles il aurait été heureux de proposer un poste au sein de l'équipe sans la moindre réserve.

« Bon, je te laisse travailler, dit-il. Continue comme ça ! » Contrairement à d'autres, il connaissait la valeur d'un mot d'encouragement.

Roy n'avait pas progressé d'un iota dans l'élucidation du mystère. Mais qu'il y eût réellement un mystère, il n'en doutait pas une seconde. Il se tramait quelque chose. Restait à savoir quelle était donc cette chose.

Il était déterminé à remuer ciel et terre pour découvrir le fond de l'affaire.

Roy emporta le reste des M&M's bleus à la réception.

Compte tenu de sa taille, il devait anticiper les choses. Il ne pouvait se permettre de découvrir soudain qu'il avait un besoin urgent d'aller aux toilettes, sachant qu'il lui était impossible de s'y rendre en toute hâte. À titre de précaution, il décida donc d'y faire un arrêt en retournant à son bureau.

Roy s'assit sur le WC pour handicapés, en proie à l'incertitude. Que se passait-il donc ? Il ne disposait pas réellement d'indices. Et si la piste ne menait nulle part ?

Il secoua la tête et soupira. Il devait vraiment essayer de réduire sa consommation. Trois maxi-paquets de M&M's par jour, ce n'était pas sain. De la modération en toutes choses, ça devait être le mot d'ordre.

L'ennui, c'est qu'il l'avait déjà réduite à un moment donné. Il était descendu à un paquet par jour et s'y était tenu religieusement pendant un mois. Mais à la fin du mois, il avait dû reconnaître sa défaite. Car le problème, c'est que ça avait eu un impact négatif sur ses performances. Le cerveau humain est une drôle de bête, il n'y en a pas deux pareils, et allez savoir pourquoi, l'activité consistant à passer au crible les différentes couleurs de M&M's était essentielle au bon fonctionnement du sien.

Et son travail était tel qu'un seul paquet, c'était tout bonnement insuffisant pour affronter les nombreux défis qu'on est susceptible de rencontrer au cours d'une journée. Il avait entendu des fumeurs faire la même observation. Le tabagisme est une activité malsaine et antisociale qui met tout le monde en danger sur le lieu de travail, et l'interdiction de fumer n'était donc pas négociable, mais Roy comprenait leur point de vue et n'était pas sans compassion à leur égard.

Roy était sur le point de se relever quand il entendit un drôle de clic. Un panneau s'était ouvert dans le mur à côté de lui. Roy écarquilla les yeux. Dans l'ouverture ainsi révélée se trouvaient deux plantes de pieds nues, orteils pointés vers le bas. Tandis qu'il les regardait, une sorte de mécanisme devait être actionné, car les pieds pénétrèrent peu à peu dans le cabinet. Des mollets nus apparurent. Puis des cuisses nues. Puis des… *Bon sang de bonsoir*.

Il avait devant lui la partie inférieure d'une femme nue. Le mécanisme s'était arrêté. Il ne voyait rien au-dessus de la taille. En l'état, il en voyait déjà beaucoup. Beaucoup trop.

J'en crois pas mes yeux, se dit-il.

Il ne s'agissait pas d'une simple liaison sexuelle entre membres du personnel. Quelqu'un s'était appliqué à construire cet engin et faire un trou dans le mur. Combien de personnes étaient impliquées ? Que penseraient les actionnaires ? Était-ce seulement légal ?

Il ne se passa rien.

Il faut que je sorte de là, se dit Roy.

Il se leva, reboutonna son pantalon et boucla sa ceinture. Puis il tira la chasse.

L'arrière-train de la femme nue n'avait pas bougé.

Bon sang, se dit Roy.

Roy n'avait jamais eu de copine, et malgré quelques rencards quand il était plus jeune et plus mince, il avait toujours été timide. Ce genre de chose le dépassait totalement.

Je deviens trop vieux pour ce boulot, songea-t-il. En son temps, il avait eu à gérer quelques incidents d'un goût douteux. Mais que diantre était-il censé faire de ça ? À qui en parler ? Qu'était-il censé dire ? Il tenta de s'imaginer en train de parler à quelqu'un, à Steve Jackson par exemple, de la partie inférieure d'une femme nue.

Je ne peux pas, se dit-il. Un homme de la jeune génération aurait sans doute traité ça sans se démonter. Roy n'en était pas capable. Il n'arrivait même pas à trouver les mots qu'il pourrait se résoudre à prononcer en présence d'un autre. Mais comment pouvait-il se contenter de fermer les yeux ? Ce serait irresponsable d'enfouir la tête dans le sable et de faire comme si rien ne s'était passé. Mais comment diable était-il censé s'y prendre ?

Sans compter qu'il y avait un autre problème. Comment allait-il sortir de là ? Et s'il ouvrait la porte et qu'il y avait quelqu'un dehors ? Et si quelqu'un voyait ça ? On croirait qu'il était impliqué. Si on est dans le métier depuis assez longtemps, on sait comment naissent les rumeurs. Il était impensable que quelqu'un garde ça pour lui. La rumeur circulerait dans toute la boîte et tout le monde penserait qu'il y avait un fond de vérité là-dedans.

D'une manière ou d'une autre, il allait devoir persuader la femme de se retirer.

Y avait-il un genre de haut-parleur quelque part pour qu'il puisse lui dire de s'en aller ?

Roy regarda autour de lui, mais ne vit rien. À moins que ce machin près de la cuvette soit un genre de système de communication ? Il le secoua légèrement. Un préservatif encore emballé tomba sur le sol.

Roy ramassa le préservatif et tenta de le réintroduire dans le boîtier dont il était tombé. Il en tomba trois autres.

Il envisagea de renfoncer les quatre préservatifs dans le boîtier, mais tel que c'était parti, il allait déclencher une avalanche et ces foutus machins allaient s'entasser par terre. Il les fourra dans la poche intérieure de sa veste.

Il ne semblait y avoir absolument rien dans le cabinet qui permette une communication avec le reste du corps.

Bon, et s'il essayait juste de pousser sur ses jambes, peut-être qu'elle comprendrait le message ?

Mais si elle comprenait de travers ?

Roy hésita. Ça pouvait être réellement embarrassant.

Il avait cru que la situation ne pouvait pas être pire. Soudain, il se rendit compte de la chance qu'il avait eue quand son seul souci était de se débarrasser de l'intruse.

La poignée de la porte remua imperceptiblement.

Quelqu'un essayait d'entrer.

L'étalon humain

PARFOIS, LA VIE NOUS FORCE à apprendre des choses sur nous-même que nous préférerions ne pas savoir.

Ed avait toujours su qu'il possédait de l'énergie motrice. C'est juste qu'il ne réalisait pas *à quel point*. Un mois environ après la mise en place du dispositif, pas mal de gars se rendirent compte qu'ils ne s'en servaient pas tellement, par exemple parce qu'ils étaient en couple. Alors ils postèrent des messages pour proposer leur pause handi, discrètement baptisée PH, en échange d'une bouteille de scotch ou que sais-je, et Ed commença à s'offrir du rab. Très vite, il se retrouva à y aller cinq, six fois par jour.

Avant, il avait toujours trouvé le personnel féminin beaucoup trop sensible. Désormais, il comprenait que ce n'était peut-être pas entièrement leur faute. Elles travaillaient aux côtés d'un étalon qui ne pouvait brûler son trop-plein d'énergie qu'en utilisant la PH à une fréquence hallucinante. Maintenant qu'il disposait de cet exutoire, il savait qu'il était plus agréable et que c'était grâce à ça. Les gens avaient même fait des remarques à ce propos.

Il devait donc rendre hommage aux concepteurs du système, qui avaient fait preuve d'une grande compréhension de la façon dont fonctionnent ceux qui possèdent cette énergie motrice. C'était comme aller à la salle de sport pour taper dans un punching-ball. Au lieu de décharger cette chose sur quelqu'un qui avait le malheur de se trouver là, on la déchargeait sur quelqu'un qui était payé pour ça.

Bref, maintenant qu'il avait pris conscience du fait qu'il avait un problème, il mettait un point d'honneur à utiliser le dispositif régulièrement, même les rares fois où il n'en avait pas envie.

Ce jour-là, un message de Mike s'afficha à l'écran alors qu'il était au milieu d'autre chose, mais il se dit : Comme ça, ce sera fait, alors il cliqua sur Oui pour indiquer qu'il y allait. Il avait un long document à faxer, il pouvait le donner à une des filles en passant. Laura n'était pas à son bureau, alors il s'arrêta dans le service suivant. Elaine était en train de se lever de sa chaise quand il arriva. Il lui expliqua qu'il avait un document urgent à faxer *immédiatement* et il le lui tendit.

Elaine sembla sur le point d'objecter.

« Écoute, j'ai pas le temps, dit Ed. Mets-le dans le fax. Attends qu'il passe. Pose-le dans ma corbeille avec la confirmation. En cas de problème, ne m'appelle pas. »

Il s'éloigna à grands pas. Il venait d'atteindre la porte des toilettes quand il se souvint qu'il avait promis d'appeler quelqu'un à deux heures. Il était deux heures cinq.

La soupape pouvait attendre. Après tout, elle était payée pour ça. Il retourna dans son bureau et décrocha le téléphone.

Elaine inséra le document dans le télécopieur, mais il se coinçait sans arrêt en mode automatique, si bien qu'elle finit par le charger feuille par feuille. Pendant toute l'opération, elle était consciente du temps qui s'écoulait. Enfin, la dernière feuille passa. Puis le télécopieur composa le numéro, mais il était occupé. Il le composa trois fois avant d'imprimer un rapport disant que le document n'avait pas pu passer, si bien qu'Elaine dut de nouveau charger toutes les pages. Cette fois, la connexion s'établit. Elle laissa le document sur le télécopieur et se précipita vers les toilettes. Elle était affreusement en retard.

Elle vit que Ed, de retour dans son bureau, était au téléphone. Il voudrait sans doute récupérer son document immédiatement. Eh bien, tant pis.

Elaine fonça dans les WC pour handicapées. Pas de doute, la lumière était allumée ; le mec était déjà dans l'autre cabinet. Pas le temps pour la jupe aujourd'hui. Il ne verrait rien qu'il n'ait déjà vu un bon nombre de fois.

Elle se déshabilla en dessous de la taille et s'installa sur le convoyeur qui l'engagea à reculons à travers la cloison.

Il ne se passa rien.

Elle jeta un coup d'œil à sa montre. Si seulement le mec pouvait s'atteler à la tâche pour qu'elle puisse retourner bosser. Ed allait vouloir récupérer son document.

Les minutes s'écoulèrent. Elle imaginait le mec de l'autre côté, essayant désespérément de bander. Si seulement Joe avait installé un quelconque moyen de communiquer entre les deux côtés. Elle avait essayé de le lui suggérer. À vrai dire, elles avaient toutes essayé, mais Joe répétait à chaque fois qu'il s'y mettrait dès qu'il aurait le temps. Tout le monde savait ce que ça voulait dire. Quelqu'un avait un jour eu une idée pour améliorer la notification d'origine, mais obtenir de Joe qu'il fasse la moindre programmation, c'était la croix et la bannière.

Pendant ce temps-là, Ed commençait à s'énerver. Il avait terminé son coup de fil et s'était précipité vers les toilettes, pour découvrir qu'il y avait quelqu'un dans les WC pour handicapés. Tous les autres cabinets étaient libres et l'entreprise ne comptait *aucun* employé handicapé, ce qui ne pouvait vouloir dire qu'une chose : quelqu'un profitait de sa pause handi. Ou plutôt, il profitait de celle de Mike, que Ed avait récupérée au tarif actuellement en vigueur (une bouteille de Johnnie Walker) parce que comme ça, ce serait fait. Et voilà qu'il avait déboursé une bouteille de scotch et que quelqu'un d'autre profitait de l'aubaine.

Ed tambourina à la porte.

À l'intérieur, Roy se posa soudain une question. Pourquoi quelqu'un essayait-il d'entrer ? Il y avait cinq autres cabinets. Vous n'alliez pas lui dire que les cinq étaient occupés. Et l'entreprise ne comptait *aucun* employé handicapé, ce qui ne pouvait vouloir dire qu'une chose : quelqu'un était venu en s'attendant à trouver ça, cette obscénité dans les WC pour handicapés, et comptait vraisemblablement s'en servir.

Ce qui signifiait que Roy se trouvait face à un dilemme. S'il ouvrait la porte, il pourrait mettre un nom sur un visage. Il pourrait identifier un membre du personnel, le prendre à partie, et cette sordide affaire serait étalée au grand jour. C'était évidemment la marche à suivre. Il y avait juste un problème.

Si Roy ouvrait la porte, c'est *lui* qui serait surpris dans le cabinet avec une demi-femme nue. Tout tendrait à prouver que c'était Roy qui était venu à ce petit rendez-vous. Ce serait sa parole contre celle de l'autre. Il n'y aurait aucune preuve du fait que c'était en réalité l'autre qui avait l'intention de s'octroyer une pause crapuleuse sur son temps de travail, et que Roy n'était qu'un témoin innocent pris entre deux feux.

Quelqu'un tambourinait à la porte.

Pendant ce temps, Elaine regrettait de ne pas avoir pu prendre quelque chose à lire.

Les soupapes avaient peu à peu accumulé un stock de magazines, mais Elaine avait déjà lu au moins une fois tous les numéros de *People* et *Us Weekly* et *Mademoiselle* et *Elle* et *Marie Claire* et *Better Homes and Gardens*. *People* n'a jamais prétendu être *Guerre et Paix*. Ce n'est pas vraiment le genre de chose qu'on lit et qu'on relit encore et encore en découvrant à chaque fois d'autres niveaux de lecture. Ça n'a pas cette prétention. Pas plus, d'ailleurs, que *Us Weekly*. On ne se replonge pas dans le numéro de février 1999 de *Mademoiselle* pour découvrir que la première fois, on était passé à côté de tellement de choses parce qu'on était trop jeune pour comprendre. Ce n'est pas une critique ; c'est ce que les gens apprécient dans ces revues. Ce que ça signifie, en revanche, c'est que si on est coincé dans une salle d'attente avec de vieux numéros de *People* qu'on a déjà lus, on va trouver le temps long. Et ce n'est pas un choix plus large de magazines déjà lus qui va considérablement améliorer la situation.

Par conséquent, Elaine gaspillait son temps. Elle avait un million de choses à faire, le message était apparu à l'écran au pire moment, mais ça, c'est bien les hommes : s'ils ont le choix entre baiser au moment opportun et baiser quand on a un million de choses à faire, ils choisiront toujours le mauvais moment. En l'occurrence, pour être honnête, le gus ne l'avait pas choisie spécifiquement et elle n'était pas obligée de dire oui, elle aurait pu laisser quelqu'un d'autre accepter la mission. Mais dans ce cas, ç'aurait été comme une épée de Damoclès au-dessus de sa tête. Si elle avait attendu, il aurait fallu accepter plus tard dans la journée, à un moment où ce serait sûrement encore moins pratique. Alors, quand le message s'était affiché, elle s'était dit : Comme ça, ce sera fait. Et voilà qu'elle se retrouvait coincée, en attendant que Rambo se bouge les fesses.

Elle commença à se demander, comme ça lui arrivait parfois, si tout ça valait vraiment la peine. Certes, c'était bien payé, mais à quoi bon toutes ces emmerdes ?

À vrai dire, il n'y a pas de job idéal. Quoi qu'on fasse, on aura des emmerdes, alors autant être payée pour ça. La plupart des boîtes font mine d'ignorer les emmerdes, pourquoi vous indemniser alors que vous travaillez dans un environnement qui est comme une grande famille, estimez-vous heureuse d'avoir des collègues aussi fabuleux, ce n'est pas l'argent qui compte, c'est les gens… *Ouais, c'est ça.*

L'important, c'est d'être claire sur ses objectifs. Si on subit un tas d'emmerdes supplémentaires au quotidien et que tout ce qu'il en reste en fin de compte, c'est un placard plein de vêtements, il ne faudra pas se plaindre si on passe ce qui aurait dû être sa retraite à vendre des vêtements d'occasion. Elaine avait ouvert un compte séparé sur lequel elle versait directement tout ce qu'elle gagnait en tant que soupape. Cet argent devait payer les études supérieures de Hayley, et Elaine n'en dépenserait pas un penny. Elle n'avait pas eu beaucoup de choix dans la vie, mais Hayley irait exactement où elle voudrait, quoi qu'il en coûte. L'argent n'entrerait même pas dans l'équation. En seulement six mois, elle avait versé quinze mille dollars sur ce compte. Pour quinze mille dollars, on peut supporter beaucoup de vieux numéros de *People*.

Elaine était parvenue à cette conclusion réaliste et ça faisait maintenant quinze minutes qu'elle attendait. C'était quoi son problème, à ce mec ? Beaucoup de femmes offrant un exutoire sexuel à des hommes dans un cadre plus orthodoxe ont la même réaction face à un contretemps inattendu, mais au moins, elles peuvent voir les efforts du client. Elaine n'avait aucune idée de ce que le type faisait. Si tant est qu'il fasse quelque chose. Si tant est, même, qu'il soit présent.

Elle était là depuis seize minutes et selon toute probabilité, Ed Wilson devait fulminer à force d'attendre son fax. OK. Tu as eu ta chance, mon pote, et tu l'as ratée.

Roy était encore en train de réfléchir à son dilemme quand il fut résolu pour lui. Il y eut un ronronnement discret. La portion inférieure de la femme commença à s'enfoncer dans le mur. Bientôt, on ne vit plus que ses pieds. Puis ses pieds disparurent à leur tour, le panneau se referma et il se retrouva seul dans le cabinet.

Quelqu'un tambourinait toujours à la porte.

Roy souleva le loquet et l'ouvrit.

J'aurais dû m'en douter, se dit-il.

Il contemplait le visage furieux d'Ed Wilson.

Il fallut deux secondes à Ed pour comprendre qu'il s'était trompé. La raison pour laquelle Roy avait choisi précisément ce cabinet alors que les cinq autres étaient libres était parfaitement évidente. Ed n'aurait pas aimé avoir à relever cent cinquante kilos de chair humaine à la seule force des genoux, et Roy non plus, selon toute vraisemblance.

« Désolé, Roy, dit Ed en se ressaisissant. Je croyais que j'avais laissé mon sac de sport ici. J'aurais juré ce que c'était le dernier endroit où je l'avais, mais je ne le vois pas. J'ai dû le laisser à la salle. J'espère que je ne t'ai pas dérangé en pleine action. »

Roy n'avait jamais vraiment apprécié son humour, même dans ses bons jours. Dieu sait pourquoi, il ne trouvait jamais de meilleure repartie que « Ha, ha, ha. Très drôle ». Faute de mieux, il s'apprêtait donc à dire « Ha, ha, ha. Très drôle », mais Ed avait déjà tourné les talons.

Maintenant, Roy avait un *vrai* dilemme. Ed Wilson était un des types les plus performants de la maison. Roy savait mieux que quiconque les choses exorbitantes qu'il avait réclamées et obtenues par le passé. Ed était régulièrement courtisé par des chasseurs de têtes, et à chaque fois, il en profitait pour exiger un niveau de rémunération encore plus exorbitant. Chaque fois qu'il avait de nouvelles exigences, Roy se disait : Cette fois, il est allé trop loin, cette fois, ça ne peut pas passer. Et l'instant d'après, Ed se pavanait dans la Lamborghini qu'il avait réclamée comme véhicule de fonction.

Bon, il était évident que Ed n'avait pas lui-même percé un trou dans le mur. On ne pouvait pas faire une chose pareille sans le feu vert de quelqu'un quelque part. Ce qui s'était manifestement passé, aussi incroyable que cela puisse paraître aux yeux d'un observateur extérieur incapable de comprendre l'étrange dynamique qui se jouait entre Ed et Steve Jackson, c'est que Ed avait eu une nouvelle exigence et que Steve avait cédé.

Mais si tel était le cas, à *qui* Roy était-il censé rapporter l'affaire ? S'il interpellait Steve, ce ne serait pas Ed Wilson qui allait se retrouver chez lui à éplucher les offres d'emploi.

D'un autre côté, Steve savait-il réellement dans quoi il s'était fourré ? Était-ce seulement *légal* ?

C'était un vrai dilemme.

Elaine se rhabilla, retourna au télécopieur, récupéra le document et le rapport de transmission et se rendit dans le bureau d'Ed pour les y déposer. Elle arriva juste au moment où il revenait à grands pas des toilettes.

« Il t'a fallu vingt minutes pour envoyer un fax ? dit Ed, qui n'était pas de très bonne humeur. Si j'avais su que ça prendrait vingt minutes, je t'aurais dit d'aller le porter à pied.

— Ça m'a pris cinq minutes, dit Elaine, qui n'était pas de très bonne humeur non plus. Pendant les quinze autres, j'ai fait quelque chose pour Bob que j'ai dû interrompre parce que tu as dit que c'était urgent. Bob, au cas où tu l'aurais oublié, est mon chef. J'ai présumé que le caractère urgent concernait la transmission du document à son destinataire et pas le dépôt de la preuve d'envoi sur ton bureau. Je te prie de m'excuser pour ce fâcheux malentendu. »

Autrefois, Ed aurait sans doute lâché une réplique directe et bien sentie. Mais les soupapes l'avaient amené à mieux se connaître ; il savait que la raison pour laquelle il était prêt à voler dans les plumes de toute personne à sa portée n'avait rien à voir avec le fax. D'ailleurs, il était soudain conscient de choses dont il aurait été moins conscient autrefois. Les seins l'avaient toujours intéressé, évidemment, mais maintenant, il se mettait à apprécier de pouvoir regarder une femme de face et en entier, même habillée, chose qui lui aurait jadis paru aller de soi. De plus, il n'était pas rancunier. Il aimait les filles qui tenaient tête au lieu de se laisser marcher sur les pieds.

« On t'a déjà dit que tu es belle quand tu es en colère ? demanda-t-il avec un grand sourire.

— Disons qu'on a vu plus original comme compliment », rétorqua Elaine.

Ed se mit à rire. Il avait déjà eu quatre séances aujourd'hui, il pouvait survivre à une déception momentanée. D'ailleurs, Elaine était vraiment canon. Des cheveux auburn, des yeux très bruns et une grande bouche pulpeuse. Il avait travaillé dur, pas de temps pour s'amuser, ça faisait longtemps qu'il n'avait pas établi le contact avec une femme aussi frontalement.

« OK, j'ai exagéré, dit-il d'un ton magnanime. J'avoue. C'est vrai. Que veux-tu ? Je suis quelqu'un d'excessif. Je vais me racheter. Je peux t'offrir un verre après le travail ?

— Ce serait avec plaisir, dit Elaine, mais je dois aller chercher Hayley à l'étude et j'ai quelque chose de prévu ce soir.

— Tu sais quoi, dit Ed, qui n'était pas arrivé là où il en était en acceptant les refus polis ou moins polis, je t'emmène la chercher. Qu'est-ce que tu en dis ? On va lui faire la surprise. Débarquer en Lamborghini, ça lui fera plaisir. Ensuite, je vous déposerai, à moins bien sûr que j'arrive à te convaincre d'annuler ce que tu as prévu.

— Oh, merci, quelle merveilleuse idée ! ironisa Elaine. D'habitude, je suis obligée de prendre ma propre voiture pour passer la chercher et rentrer chez moi, ce qui veut dire que je dois abandonner ma place de parking. Du coup, je risque de ne pas en trouver en arrivant le lendemain matin après l'avoir déposée à l'école, surtout s'il y a des bouchons. Comme ça, je peux laisser la voiture ici toute la nuit et prendre le bus demain, et quelle que soit l'heure à laquelle j'arriverai, je sais que j'aurai une place de parking, parce que ma voiture aura été là avant tous ceux qui auront pris la leur pour rentrer chez eux et revenir le lendemain. Si seulement j'y avais pensé plus tôt ! »

Ed sourit de toutes ses dents. « Pas de problème, dit-il. File-moi tes clés, je demanderai à un des gars de la sécurité de la déposer chez toi. Ils me doivent une ou deux faveurs, et d'ailleurs, ils n'ont rien de mieux à faire, du moment que je leur paye le taxi, ce que je serai ravi de faire, Elaine, pour te montrer que je ne pense pas à mal. »

Elaine se sentit flancher. Ed gagnait à être connu, il fallait juste lui faire comprendre qu'on ne tolérerait pas ses conneries. La personne qui lui avait refilé Laura Carter comme secrétaire devait être cinglée, pour rester polie. Ou défoncée aux M&M's, peut-être.

« Bon…, dit-elle.

— Marché conclu, dit Ed. Cinq heures ?

— OK », fit Elaine en haussant les épaules, vaincue.

Malgré elle, elle se sentait flattée. Ed restait généralement jusqu'à neuf ou dix heures du soir, voire plus. Là, il partait presque au milieu de la journée, et tout ça pour elle.

À cinq heures vingt, la Lamborghini s'arrêta devant l'école de Hayley, où les enfants dont les parents travaillaient restaient à l'étude après les cours. Hayley arriva sur le trottoir avec ses copines, cherchant manifestement des yeux la Toyota d'Elaine. C'est alors qu'elle aperçut sa mère dans la Lamborghini.

Elaine n'avait jamais vu ça. Une expression ébahie éclaira le visage de sa fille telle une ampoule de mille watts, comme si on venait de lui expliquer qu'il y aurait désormais un deuxième Noël et que ça tombait justement aujourd'hui.

« Maman ? fit Hayley en s'avançant vers la voiture, et toutes ses copines la suivirent.

— Je te présente Ed Wilson, un collègue, dit Elaine. Ed, je te présente Hayley.

— Enchanté », dit Ed en tendant le bras, et ils se serrèrent la main sous son nez.

Puis elle sortit pour laisser Hayley monter sur le siège arrière, elle se rassit et ils démarrèrent.

« Vous êtes pressées de rentrer, les filles ? » demanda Ed, et Hayley répondit Non avant qu'Elaine ait eu le temps de dire Oui. « Ça vous dit d'aller faire un tour au bord de l'eau ? » demanda Ed, et Hayley répondit Oui avant qu'Elaine ait eu le temps de dire Non.

Ils roulèrent le long du rivage où il n'y avait pas trop de monde à cette heure-ci, si bien qu'Ed put flirter par moments avec la vitesse maximale autorisée pour leur donner un aperçu global de ce qu'est une Lamborghini. Puis ils s'arrêtèrent manger des hamburgers chez Rodéo Bill's, et Ed acheta huit menus Rodéo pour gagner d'un coup toute la collection de poupées Rodéo. Ils allèrent s'asseoir. Plantée devant son milk-shake au chocolat et ses huit poupées Rodéo, chacune dans une tenue de cow-girl différente, Hayley semblait illuminée de l'intérieur.

Elaine avait eu pas mal de rencards au fil des ans, et elle ne comptait plus le nombre de fois où elle s'était retrouvée horriblement mal à l'aise tandis que le mec essayait d'être sympa avec Hayley, qui tâchait en retour de bien se tenir. De mémoire, il n'y en avait pas eu un seul qui ait su parler aux enfants ou qui ait plu à Hayley. Et voilà qu'Ed n'avait même pas besoin de se forcer ; ce n'était pas seulement les poupées Rodéo, c'était qu'il abordait naturellement les choses du point de vue d'un enfant. Aux yeux d'un enfant, tout l'intérêt d'être adulte, c'est de pouvoir se payer toute la collection d'un seul coup, alors pourquoi attendre ? Bien sûr, certains hommes auraient pu avoir suffisamment d'intuition pour acheter toute la collection, mais ils l'auraient fait avec tant de condescendance à l'égard de Hayley que ç'aurait été quasiment aussi nul que s'ils n'avaient rien acheté du tout. Tandis que clairement, l'attitude d'Ed signifiait : Qui sait quand on reviendra ? Si on revient un jour ? Qui sait s'ils feront encore l'offre ? Achetons tout de suite toute la collection pour être tranquilles. En d'autres termes, l'attitude d'un gamin de dix ans.

Bon, bien sûr, une façon de voir les choses consiste à dire que si Ed s'entendait si bien avec les gamins de dix ans, c'est parce qu'il avait lui-même l'âge mental d'un gamin de dix ans. Et en repensant à certaines anecdotes qu'elle avait entendues au sujet de son humour, Elaine devait reconnaître qu'il y avait une part de vérité là-dedans. Mais bon, d'un autre côté, ce n'était pas un crétin fini incapable de se reprendre en main, c'était le mec le plus performant de la boîte, celui qui avait demandé une Lamborghini comme voiture de fonction et l'avait obtenue.

D'ailleurs, la façon dont les enfants perçoivent un individu en dit généralement long sur lui. Ils sentent s'il est sincère ou faux-cul. Rien de tel qu'un enfant pour savoir à quoi s'en tenir.

Elaine était donc en train de manger un des huit Broncoburgers en regardant Ed avaler ses frites d'une façon qui laissait penser que ses manières n'avaient guère évolué depuis l'âge de dix ans, et elle se sentait détendue. Ça lui faisait drôle de pouvoir se détendre lors d'un rencard en présence de Hayley, car elle était d'habitude affreusement stressée par les tensions sous-jacentes.

De son côté, Roy était en train d'enfreindre sa règle d'or. La règle d'or de Roy était de ne jamais rapporter de travail à la maison. Quand on quitte le bureau, on quitte le bureau, et on doit veiller à le laisser là où il est. C'était la règle, mais Roy était face à un dilemme, et il n'avait pas réussi à le laisser derrière lui en partant.

Devait-il en parler à quelqu'un ? Si oui, à qui ?

Que de questions ! Et pas de réponse simple.

Une trêve précaire

PENDANT LES TROIS SEMAINES SUIVANTES, Roy continua à tergiverser. Que faire ? Il n'avait pu se résoudre à retourner dans les WC pour handicapés. Il avait dû se contenter des cabinets ordinaires, ce qu'il n'avait pas fait depuis plusieurs années et aurait préféré ne pas avoir à refaire.

Il remarqua qu'une sorte d'idylle semblait être en train de naître entre Elaine et Ed Wilson. Il était étonné qu'Elaine ait envie de fréquenter un homme avec une telle réputation ; d'ailleurs, il envisagea une ou deux fois de lui glisser quelques allusions subtiles. Si elle avait la moindre idée de ce qu'il recherchait réellement, elle le rejetterait comme un pestiféré. Mais ce n'était pas vraiment le genre de chose qu'on pouvait exprimer par une allusion subtile. Heureusement, compte tenu de la réputation d'Ed, il y avait peu de risques que cette relation donne quelque chose. Alors il se contenta de garder ses distances en espérant que l'inévitable dénouement ne soit pas pour elle une trop grande désillusion.

Finalement, au bout de trois semaines, Roy décida que ça commençait à bien faire. Il ne pouvait pas continuer à tressaillir chaque fois qu'il passait devant les WC pour handicapés. Le vrai courage consiste non pas à ignorer la peur, mais à regarder sa peur en face et à la surmonter. Un vendredi après-midi, Roy se rendit donc aux toilettes, poussa fermement la porte du cabinet pour handicapés et entra.

Le panneau dans le mur avait disparu.

Roy s'approcha du mur et tapota l'endroit où s'était trouvé le panneau. Autant qu'il puisse en juger, ça ne sonnait pas creux. Se pouvait-il… Non, il ne pouvait pas avoir imaginé une chose pareille. À moins que ?

Il tournicota dans le cabinet. Mais au fait ! Et le… ?

Le boîtier qui distribuait des préservatifs avait également disparu.

Roy examina soigneusement l'endroit du mur où le boîtier était fixé. Il n'y avait aucun trou de vis ni aucune trace de ce genre, mais sauf erreur de sa part, il semblait y avoir un nouveau carreau. D'ailleurs, maintenant qu'il y pensait, il devait encore avoir ces quatre préservatifs dans la poche intérieure de sa veste. Il glissa la main dans sa poche ; ouaip, toujours là. Ce n'était donc pas le fruit de son imagination.

D'un autre côté, quatre préservatifs, c'était un peu léger comme preuve si on voulait convaincre quelqu'un d'autre qu'il s'était passé quelque chose de louche. Il n'y avait absolument plus rien qui permette de montrer qu'il s'était produit quoi que ce soit.

Après tout, qu'importe ? Est-ce que ça ne réglait pas tout ? Pour une raison ou une autre, le responsable de tout ça l'avait fait enlever. Ce truc n'était plus là. N'était-ce pas l'essentiel ? Il n'avait qu'à l'effacer de son esprit et se remettre au travail.

Malheureusement, ce n'est pas ainsi que fonctionne l'esprit humain. Maintenant qu'il ne restait plus de preuve matérielle, maintenant qu'il n'y avait plus de problème à résoudre, l'esprit de Roy continuait à ressasser ce mystère. Vu de l'extérieur, il semblait être le DRH efficace qu'il avait toujours été ; intérieurement, il était préoccupé. Il continuait à se demander comment on avait pu en arriver à mettre une telle chose en place, qui en était responsable et pourquoi on l'avait enlevée. Était-ce parce qu'ils savaient qu'il savait ? Ed Wilson en avait-il touché un mot à quelqu'un de plus haut placé ? S'étaient-ils rendu compte que s'ils ne prenaient pas des mesures préventives, Roy les prendrait pour eux ?

On dit « avoir une mémoire d'éléphant ». Ils espéraient lui faire lâcher l'affaire en faisant disparaître les preuves ? Ils se seraient épargné beaucoup de peine en se souvenant de cette fameuse expression.

Ce qui s'était réellement passé, bien sûr, c'est que la période d'essai des soupapes était arrivée à son terme. Pendant ces six mois, le dispositif avait été progressivement étendu pour permettre à un plus grand nombre d'employés d'en bénéficier – à une fréquence strictement liée à leurs performances –, car ses effets positifs sur les premiers utilisateurs commençaient à être perceptibles. Joe était venu s'entretenir avec Steve, qui était absolument ravi des résultats : l'absentéisme était en baisse, les profits en hausse, tout allait pour le mieux dans le meilleur des mondes.

« Je suis heureux de l'entendre, Steve, dit Joe. Vous aimeriez le transformer en installation permanente, c'est bien ça ?

— Pour l'instant, dit Steve.

— Il y a permanent et permanent, bien sûr, dit Joe. Un contrat de deux ans ?

— Allons-y, dit Steve.

— Voilà ce que j'avais envie d'entendre, dit Joe. Car j'ai apporté au produit quelques améliorations que j'ai hâte de vous faire découvrir. Je m'en voudrais que vous n'ayez pas ce qui se fait de mieux, Steve. Ce n'est pas ma conception des affaires. Ces améliorations ont fonctionné au-delà de nos attentes sur tous nos autres sites, et je veux que vous puissiez en bénéficier.

— Je suis plutôt satisfait de ce que nous avons actuellement, dit Steve, sentant à juste titre que ces améliorations ne seraient pas gratuites.

— Bien sûr, dit Joe. Mais n'oubliez pas, Steve, que ce service a une dimension incitative, destinée au final à motiver vos troupes. Si vous voulez mon avis, c'est une fausse économie de rogner sur les coûts quand il s'agit de rendre cette incitation aussi alléchante que possible.

— À quoi pensiez-vous ? » demanda Steve à contrecœur, et Joe lui exposa le principe des toilettes réglables.

Steve s'attendait à tout sauf à ça.

« Je suis plutôt satisfait de ce qui est en place actuellement, répéta-t-il avec fermeté. Je vois ce que vous voulez dire à propos de l'ambiance, Joe, mais je ne crois vraiment pas que ces types y soient sensibles à ce point, si je peux vous parler franchement. »

Joe s'attendait à une certaine résistance, mais il savait qu'il ne pourrait s'estimer heureux tant que le prototype, avec ses défauts, n'aurait pas été remplacé par le modèle désormais en service à Kansas City. « Écoutez, Steve, dit-il patiemment. C'est une question d'image de soi. Je viens d'installer un système dernier cri à Kansas City. Quel message envoyez-vous à vos collaborateurs s'ils apprennent qu'ils sont à la traîne derrière Kansas City en termes de niveau de prestation ? Voulez-vous vraiment que vos employés aient l'impression de passer pour une bande de péquenauds ? Voulez-vous vraiment qu'ils se disent qu'il faut aller à Kansas City pour avoir des infrastructures de pointe ? »

En d'autres termes, voulait-il qu'Ed Wilson se mette à chanter à tue-tête dans tout le bureau « Ils sont à la page à Kansas City », comme dans le film *Oklahoma !* ?

« Euh, non, dit Steve. Mais nous n'avons ce système que depuis six mois.

— Bien sûr, dit Joe. Mais croyez-moi, Steve, une fois que vous serez monté en gamme, vous vous demanderez comment vous avez pu vivre sans. »

C'est ainsi que Joe persuada Steve de signer l'installation de dix équipements complets respectueux de la taille et, ce faisant, d'améliorer encore la trésorerie de Soupapes & Cie. Il avait de quoi être content de lui. Il avait veillé à ce que Steve n'ait pas à gérer d'éventuels désagréments juridiques dus à une discrimination liée à la taille pour l'accès aux soupapes. Dans le même temps, il lui avait évité la contrariété d'avoir conscience de cette éventualité. Un bon commercial sait que ce n'est pas parce qu'une chose est fondée qu'il faut nécessairement en informer le client. Les dispositions déjà en vigueur pour les employés handicapés causaient à Steve suffisamment de tourment. Ce n'était vraiment pas la peine d'ajouter une source d'irritation gratuite.

C'était une seconde nature chez Joe de faire le ménage derrière lui. Les nouveaux équipements furent ajoutés en un seul week-end à l'autre extrémité des toilettes pour hommes et pour femmes, et le week-end suivant, une fois les participants avertis du changement de lieu, l'ancien convoyeur fut enlevé du cabinet pour handicapés, les panneaux retirés et les trous rebouchés. Joe ne pouvait pas savoir que l'installation avait été vue par quelqu'un qui n'aurait pas dû en avoir connaissance. Il ne pouvait pas savoir les énormes répercussions que cette faille dans la sécurité finirait par causer.

5.
Service après-vente

Une femme sur mille

PARFOIS, VOS PAROLES reviennent vous hanter. Vous dites quelque chose en passant, sans trop y réfléchir. Et puis un jour, il s'avère que vous aviez vu plus juste que vous ne le pensiez.

Au début, quand Joe tentait de persuader les femmes que le rôle de soupape était une chose dont on pouvait être fière, une marque d'ambition conforme aux objectifs d'une personne hors du commun, il avait employé la formule « une femme sur mille ».

« Une femme sur mille, peut-être, serait capable de le faire, disait-il. Nous sommes à la recherche de cette femme. »

« Ce n'est pas à la portée de tout le monde, disait-il. Nous recherchons la femme sur mille qui possède un tel esprit d'équipe. »

Bon, évidemment, il avait dit ça, mais ce n'était qu'une façon de flatter la candidate, comme on flatte quelqu'un pour lui faire acheter l'*Encyclopædia Britannica*. En vérité, ce qu'il pensait sans doute, c'était qu'il n'y aurait pas une femme sur mille pour tomber dans le panneau. Il cherchait la femme sur mille, c'est vrai, la femme sur mille qui serait assez bête pour penser que coller ses fesses dans un trou dans le mur et laisser quelqu'un lui ramoner la cheminée par-derrière constituerait un tremplin pour sa carrière.

Eh bien, l'ironie de l'histoire, c'est qu'il avait dit vrai.

C'était *réellement* un travail taillé pour une femme sur mille. Enfin, il n'avait pas encore embauché mille filles, mais sur les deux cents et quelques recrutées jusque-là, à part Lucille, il n'y en avait pas plus de cinq dotées d'un QI supérieur à celui d'un poulet écervelé. Les autres, si vous voulez le fond de sa pensée, avaient franchement moins de jugeote qu'un poulet décérébré.

C'est un sacré boulot de trouver de nouveaux clients pour un projet aussi novateur que celui-là ; c'est un sacré boulot de convaincre les clients existants qu'ils ne peuvent plus s'en passer. Tout ce qu'on demande à ces dames, c'est de faire la preuve incontestable de ce qu'on a fait miroiter : un dispositif qui gonfle le moral et dope la productivité. Tout ce qu'on leur demande, c'est de faire leur job pendant qu'on fait le sien, qui est de convaincre d'autres entreprises de suivre le mouvement.

Mais au lieu de ça, Joe s'était retrouvé à devoir répondre à leurs coups de fil incessants. Il était en plein rendez-vous avec un client important quand le téléphone sonnait. Sa secrétaire lui disait que c'était urgent. Il décrochait, et c'était une des filles en larmes parce qu'un mec lui avait donné une claque sur les fesses.

Vu le fric qu'elle se faisait, on aurait pu s'attendre à ce qu'elle encaisse une claque sur les fesses de temps à autre sans en faire tout un fromage, mais la fille n'en finissait plus de se lamenter qu'on lui avait promis noir sur blanc qu'elle serait traitée avec respect, que ce n'était pas *du tout* ce qu'on lui avait fait croire, qu'elle se sentait bafouée dans son intégrité et blablabla et blablabla.

« J'entends bien ce que vous dites », répondait Joe. Il était bien obligé d'entendre ce qu'elle disait, elle hurlait tellement fort qu'absolument tout le monde dans l'immeuble devait entendre chacun de ses mots. « Écoutez, cela mérite un examen attentif. Vous avez raison, cela soulève de graves questions. Trop graves pour agir dans la précipitation. Je vous rappelle dès que j'aurai eu le temps d'y réfléchir sérieusement. »

Et il raccrochait en se disant : *Putain.*

Ou alors, une des filles débarquait dans son bureau et faisait du grabuge. Parfois, elles se pointaient au beau milieu de la journée alors qu'il était en train d'auditionner de nouvelles candidates, et parfois, elles arrivaient après le travail et le chopaient juste au moment où il s'apprêtait à rentrer chez lui ; il ne savait pas vraiment ce qui était le pire.

« Si vous croyez que je vais supporter ça, vous vous fourrez le doigt dans l'œil ! » lançaient-elles comme s'il ne les avait pas prévenues que c'était un travail réservé à une femme sur mille.

Généralement, Joe les laissait vider leur sac. Quand le tohu-bohu s'était calmé, il disait : « Je suis vraiment désolé, Suzanne (ou Julie ou Nicole ou Yvonne selon le cas). Je suis choqué qu'une telle chose ait pu se produire. Inutile de dire que je n'aurais jamais au grand jamais imaginé qu'un de nos clients pourrait dépasser les bornes à ce point-là. C'est totalement déplacé. Absolument inadmissible. Mais voyez-vous, Suzanne, comme je vous l'ai expliqué lors de votre entretien d'embauche, c'est un travail réservé à une femme sur mille. Car, comme vous le savez sûrement, c'est une approche extrêmement novatrice. Nous avançons tous à tâtons. Certains paramètres comportementaux sont encore fluctuants à ce stade. Je suis sûr que le client ne voulait pas vous offenser, il tâtonnait simplement... »

La formule était légèrement malvenue compte tenu des circonstances, mais Joe enchaînait tranquillement.

« ... comme nous tous. Tout cela est très nouveau. Et souvenez-vous que beaucoup de nos clients sont des jeunes gens relativement peu raffinés à bien des égards. Le fait qu'ils soient très bien payés n'implique pas nécessairement qu'ils soient armés du cadre conceptuel qui leur permettrait de réagir à une situation aussi inhabituelle que celle-ci avec le niveau de savoir-vivre auquel vous pourriez aspirer. C'est précisément à cause de ce manque de savoir-vivre, est-il nécessaire de le rappeler, qu'ils ont un besoin tellement criant de ce genre de service.

— Tout ça, c'est bien joli, disait la fille, mais il ne faut quand même pas avoir bac plus cinq en bonnes manières pour savoir que ça ne se fait pas de pisser sur les gens !

— Je sais, je sais..., glissait Joe.

— Quel genre de connard a besoin de consulter le guide du savoir-vivre pour piger qu'il y a des cuvettes faites pour ça ? À quel genre de demeuré on s'adresse, là ? Désolée, Joe, mais c'est vraiment trop. Quel genre de pervers complètement puéril trouve une satisfaction sexuelle à sortir sa nouille et arroser les gens avec son pipi ? Enfin, *franchement*, Joe, et blablabla et blablabla...

— Je sais, répétait Joe. Je sais. Je suis parfaitement horrifié. Mais c'est là toute l'idée. Nous avons souvent affaire à des individus profondément inadaptés. Des personnes souffrant d'une très faible estime de soi. Malheureusement, vous n'ignorez sans doute pas que dans un bureau traditionnel, ce genre de personne a tendance à reporter ce sentiment sur ses collègues, ce qui exerce un impact négatif sur l'efficience de l'équipe. Je suis désolé, mais dois-je vous le rappeler : outre la fonction sexuelle évidente, offrir un exutoire sécurisé à cette faible estime de soi fait partie des objectifs que nous espérons atteindre chez Soupapes & Cie.

— Bien sûr, Joe, je comprends, mais *franchement*…

— Souvenez-vous, Suzanne, que nous ne connaissons pas toute l'histoire. Si ça se trouve, le client vient juste de se faire réprimander par un supérieur hiérarchique d'une façon qu'il a perçue comme humiliante, si bien que – et c'est impardonnable, je le sais – il a reporté cette humiliation sur vous. Je ne cautionne pas une seconde ce qui s'est passé, soyons bien clairs sur ce point, je dis juste que nous devons resituer les choses dans leur contexte. Nous devons essayer de prendre du recul. »

Et neuf fois sur dix, il se retrouvait à devoir emmener la fille déjeuner ou même dîner dans un restaurant chic pour lui faire oublier cette expérience désagréable. Car sans ce genre d'invitation stratégique, tôt ou tard, il viendrait à l'esprit de la fille qu'il devait bien exister un moyen d'identifier le coupable et de se venger. Étant donné que toute l'idée des soupapes était de chasser le spectre du harcèlement sexuel de l'entreprise moderne, il serait profondément inquiétant que cela arrive à une employée qu'il avait personnellement introduite dans l'entreprise dans le but spécifique d'éliminer ce sujet de préoccupation.

Au cours du dîner, la fille finissait généralement par se détendre et par le taquiner sur le concept d'une femme sur mille, lui disant qu'elle ne pouvait pas croire une seconde qu'il existe sur Terre une femme capable de considérer tout ça comme faisant juste partie du job. Mais c'est précisément là qu'elle se trompait. Joe connaissait une femme comme celle-là. Seulement, il commençait à se dire que ce n'était pas une femme sur mille. Ce serait plutôt une femme sur un million.

Il en arriva à un point où, s'il entendait une voix de femme au bout du fil, son estomac se nouait. À moins, bien sûr, que ce soit la voix de Lucille.

Grâce à Lucille, il avait mis en place bon nombre de garde-fous qu'il n'aurait sans doute pas pensé nécessaires, mais qui, à la lumière des événements ultérieurs, se révélèrent valoir leur pesant d'or. Par exemple, la fausse alerte incendie était une idée à elle. Pourquoi attendre que quelqu'un tente de se passer de préservatif quand on pouvait leur flanquer la trouille dès le premier jour ? Et c'est grâce à Lucille qu'il y avait une commande sur le mur côté femme permettant de verrouiller le cabinet côté homme. Car bien qu'on puisse raisonnablement penser que la majorité des gens utiliseraient le dispositif de façon responsable, il valait mieux qu'ils sachent que si quelqu'un devenait violent, il ne pourrait pas s'échapper. De même, un système empêchait le convoyeur de se mettre en marche s'il y avait plus d'une personne dans le cabinet pour hommes. Enfin, la porte de celui-ci ne pouvait pas s'ouvrir quand le convoyeur était actionné ;

elle ne se déverrouillait qu'une fois qu'il était retourné de l'autre côté.

Ça, c'était pour contrecarrer les plans de ceux qui ne se seraient pas contentés de fantasmer sur une équipe de football américain et une pom-pom girl, mais qui auraient perçu l'exutoire sexuel offert sur leur lieu de travail comme une occasion de réaliser ce fantasme dans la vraie vie. Joe s'était senti mal placé pour protester ; après tout, il avait lui-même eu ce genre de fantasme, et après tout, les soupapes étaient la preuve vivante que la frontière entre fantasme et réalité est loin d'être aussi nette qu'on l'imagine parfois. Ensuite, quand les filles commencèrent à le harceler au sujet de tous les affronts dont elles s'estimaient victimes, il se félicita de ne pas avoir protesté. Il frémit à l'idée de ce que sa vie serait s'il n'avait pas pris toutes ces précautions apparemment inutiles.

Ce dont il finit par prendre conscience, c'est qu'il avait peut-être manqué d'un brin de discernement dans le choix des candidates qu'il avait embauchées au début. Il ne s'en voulait pas, car après tout, il n'avait guère eu le choix. Quand on recrute du personnel bifonctionnel, on ne cherche pas seulement des compétences de dactylo et tout ce qui s'ensuit, on cherche également quelqu'un qui corresponde à un minimum de critères de beauté, car soyons réalistes, aucun employé ne vous remerciera si, en se rendant dans les toilettes pour handicapés, il se retrouve face à une montagne de suif flageolant. Qui plus est, il faut trouver quelqu'un qui soit disposé à faire une chose que la majorité des candidates rejetteront sur-le-champ. Bref, en gros, Joe avait commencé en acceptant toute personne qui faisait l'affaire et voulait bien du job ; aujourd'hui, il en payait le prix.

Car ce dont il se rendait compte, hélas, c'est que les femmes de son staff n'étaient pas toutes aussi sereines et imperturbables que Lucille. En réalité, beaucoup d'entre elles avaient signé pour l'argent, mais n'avaient pas pris le temps de se demander ce qu'elles auraient à faire *concrètement* pour le gagner. Malheureusement, au lieu d'attirer le genre de personne qui s'est fixé des objectifs, il s'était retrouvé avec des filles qui n'avaient guère le choix. Par exemple, une fille qui avait répondu à une offre d'emploi exigeant des rudiments de sténo et une vitesse de frappe de soixante mots par minute, et qui lui expliquait qu'elle était capable de taper à cette vitesse avant d'arrêter de travailler pour rester à la maison avec les enfants, mais que son mari l'avait quittée, qu'elle se retrouvait soudain à devoir payer les traites et qu'elle n'avait pas l'ombre d'une chance d'y arriver avec le niveau de rémunération offert pour des rudiments de sténo et une vitesse de frappe de quarante-cinq mpm. Bon, évidemment, Soupapes & Cie lui offrait d'une certaine manière la possibilité d'atteindre son objectif de conserver sa maison sans cumuler deux emplois et ne jamais voir ses enfants, mais quand on est dans ce genre de situation, on ne voit pas les choses sous cet angle. Il l'avait appris à ses dépens.

Bref, pendant un certain temps, il continua à prendre les appels des employées mécontentes, mais il y a des limites à tout. Il était tenté de leur répondre : Si vous n'êtes pas à la hauteur, mieux vaut laisser tomber. Mais un employeur attentionné ne fait pas ce genre de remarque à une employée qui vient de se faire inconsidérément pisser dessus par un client. Ce qu'il fut finalement contraint de faire, bien qu'à contrecœur, c'est d'embaucher une personne payée quarante mille dollars par an rien que pour assurer l'accompagnement psychologique des filles en discutant avec elles de ce qu'elles ressentaient. Et son recrutement ne fut pas une mince affaire ! Il lui fallut deux mois d'entretiens approfondis, un temps qu'il ne pouvait guère se permettre de gaspiller, pour trouver quelqu'un qui lui semble capable de gérer le genre de situations auxquelles il avait dû faire face tout seul pendant Dieu sait combien de temps. Il aurait aimé pouvoir confier ce travail à Lucille, mais elle gagnait tellement en tant que soupape qu'il n'en avait pas les moyens.

Une suggestion inhabituelle

BIEN QU'IL N'AIT PU SE DÉCHARGER de cette responsabilité sur les solides épaules de Lucille comme il l'aurait souhaité, Joe continua à bénéficier des lumières de celle qu'il avait d'emblée identifiée comme une sacrée futée. Il soupçonnait parfois que les installations telles qu'il les avait d'abord mises en œuvre ne recueillaient pas le plein assentiment de Lucille. Ses soupçons se fondaient sur le fait que, dès le départ, elle avait imaginé des façons de rendre le dispositif plus à son goût. Contrairement aux autres soupapes, elle n'appelait jamais pour pleurer sur son épaule. En revanche, elle appelait régulièrement pour lui faire part de ses suggestions, de ses conseils et de ses commentaires.

Un jour, il dit : « C'est une idée très intéressante. »

Et il ajouta : « Euh, je me demandais. Ça vous dirait d'aller dîner un soir ? »

Après un court silence, Lucille répondit : « OK. »

Il dit : « Euh, vendredi, ça vous irait ? »

Et elle répondit : « Parfait. »

Il passa la prendre après le travail et la conduisit au restaurant. Elle portait un tailleur rose et des chaussures roses. Sa coiffure et son maquillage étaient impeccables.

Ils s'installèrent à une table dans une alcôve à l'écart où ils ne seraient pas dérangés.

« Alors, comment ça se passe ? demanda-t-il.

— Ça se passe très bien, dit Lucille en avalant une gorgée de vin.

— Et vous n'avez pas de, je veux dire, je fais évidemment ce que je peux pour sélectionner les candidates, mais je dois dire que certaines des filles ont été assez chamboulées.

— Vraiment ? fit Lucille.

— Au point que j'en viens à me demander si j'ai été trop optimiste en pensant que les candidates aborderaient ce travail dans l'esprit dans lequel il a été conçu.

— Écoutez, je ne sais pas, dit Lucille en avalant une nouvelle gorgée de vin. Selon moi, le corps n'est pas une chose dont il faut avoir honte. Personne ne s'emballe quand une entreprise fournit des toilettes au personnel. Personne ne s'emballe quand elle fournit une cantine ou une salle de sport. Pourquoi est-ce qu'elle ne pourrait pas répondre à un autre besoin physique ? »

Joe la regardait avec des grands yeux. C'était une façon vraiment intelligente de présenter les choses qui ne lui était jamais venue à l'idée ; il se serait épargné beaucoup d'ennuis s'il y avait pensé.

« Voilà comment je le vois, reprit Lucille. Désolée de parler de ça à table, mais mettons que vous alliez aux toilettes pour faire ce que vous avez à faire. Bon, vous n'allez pas vous appesantir là-dessus tout l'après-midi, n'est-ce pas ? En fait, la moitié du temps, on n'y pense même pas pendant qu'on est en train de le faire, franchement, on connaît tous des gens qui lisent au petit coin. Selon moi, c'est exactement pareil. C'est un peu plus long que d'aller au petit coin, c'est tout. En général, je prends un magazine pour passer le temps. Ou alors, je me fais les ongles. »

Maintenant, Joe la contemplait, bouche bée. Lucille mangeait tranquillement sa salade. Ses ongles étaient impeccables.

Ce qui n'était pas plus mal, étant donné qu'il avait un sujet délicat à aborder.

« Dites-moi, Lucille.

— Hmm ?

— Je suis heureux que vous voyiez ça sous cet angle. Car il y a une chose dont j'aimerais discuter avec vous. »

Lucille but une gorgée de vin.

« OK, dit-elle. Allez-y.

— J'ai, euh, j'ai reçu une demande d'un client. Ça lui tient très à cœur, mais à vrai dire, il n'y a personne sur place à qui je confierais une mission de cette nature.

— Je suis très bien là où je suis, dit Lucille.

— Oh, vous resteriez là où vous êtes, il n'y a pas de question là-dessus. Et si vous vous estimiez en mesure de contribuer à la satisfaction d'un précieux client, votre rétribution s'ajouterait naturellement à celle que vous percevez déjà.

— Je vous écoute », dit Lucille.

Il prit une profonde inspiration. Pas moyen de faire en sorte que ce ne soit pas gênant.

« Il s'agit de se faire fouetter les fesses. »

Puis, anticipant un malentendu : « Ses fesses à lui.

— Bizarre, fit Lucille.

— À qui le dites-vous, dit Joe.

— Comment peut-on avoir envie d'une chose pareille ?

— Ça, c'est une bonne question. Dans tous les cas, le fait est que ça lui tient très à cœur et que si je peux contribuer à son bonheur, franchement, je n'y vois rien à redire, mais vous comprenez bien, comment dire, que cela va bien au-delà de ce que la plupart des femmes qui travaillent pour nous jugeraient convenable.

— De quel niveau de rémunération parlons-nous ? demanda Lucille.

— J'avais pensé à cinq mille dollars par an. Pour des, euh, séances bihebdomadaires. Il se trouve que leurs sanitaires sont à côté de l'ascenseur. Vous n'auriez qu'à le prendre à l'heure dite jusqu'à l'étage en question et à entrer dans les toilettes pour handicapées comme à l'accoutumée, sauf que cette fois…

— Je vois le tableau, dit Lucille. *Punaise.*

— Je sais, dit-il. C'est dingue, non ?

— Donc j'entrerais et, quoi, il y aurait un fouet dans le placard ?

— Exactement, tout le matériel serait prêt.

— Est-ce que ça ne risque pas de faire beaucoup de bruit ?

— Apparemment, il n'y a pas matière à s'inquiéter.

— Hmm. »

Lucille but une autre gorgée de vin et ajouta presque aussitôt :

« Écoutez, Joe, je ne dis pas que je ne le ferai pas. Mais vous savez aussi bien que moi que ça commence à dépasser le cadre initial que nous avions défini, selon lequel je ne devais intervenir qu'auprès d'un seul employeur. Je n'ai pas besoin de vous dire à quoi ça commence à ressembler. Bref, vous savez aussi bien que moi que, dans ce contexte, cinquante dollars la séance est un chiffre indécent. Vous savez aussi bien que moi qu'il devrait payer beaucoup plus pour obtenir un service similaire dans des conditions qui lui feraient courir un grand risque pour satisfaire ses besoins. Pour dire les choses autrement, il obtient une valeur ajoutée du fait que ce serait sans risque et parfaitement confidentiel, et à mon avis, cette valeur ajoutée doit entrer en ligne de compte pour la rémunération.

— Qu'avez-vous en tête ? demanda-t-il.

— Quinze mille dollars par an pour deux séances par semaine. Ou alors deux cents dollars la visite s'il préfère payer les séances à l'unité. »

Lucille avait été obligée de sortir fissa un chiffre de son chapeau, puisqu'elle n'avait pas la moindre idée du tarif en cours pour ce type de service dans les cercles où ce n'était pas considéré comme un complément aux tâches de secrétariat. Néanmoins, la règle de base consistant à exiger trois fois la somme proposée n'était pas si mauvaise. Par la suite, après avoir migré vers le monde beaucoup plus agressif du droit du contentieux, elle se rendit compte que ce n'était pas par trois, mais par dix, voire vingt qu'il fallait multiplier. Mais elle se plaisait à répéter que, malgré des débuts un peu trop timides, certes, son instinct était déjà bel et bien là.

« Bon, dit Joe. Bon, je vais voir ce que je peux faire. »

Plan de carrière

DES ANNÉES PLUS TARD, alors qu'elle se faisait un million par an en tant qu'avocate spécialisée dans les contentieux, on demandait parfois à Lucille quel était l'élément qui avait le plus contribué à sa carrière. Beaucoup de femmes voyaient en elle un modèle, parce qu'elle avait débuté comme tant d'autres : elle avait appris la dactylo, un ou deux logiciels de traitement de texte et un tableur, et elle avait exercé pendant huit ans des fonctions d'assistante administrative, certes en gravissant les échelons. Puis elle avait intégré la fac de droit de Harvard avec d'excellentes notes au concours d'admission avant de s'imposer dans le monde impitoyable et majoritairement masculin du droit du contentieux. Quel était son secret ?

Lucille ne répondait pas « C'est mon secret », car ce genre de déclaration incite tout un chacun à venir fourrer son nez dans vos affaires. De plus, ce n'est pas la peine de se mettre les gens à dos inutilement.

Ce qu'elle répondait, c'est que ce qui l'avait le plus aidée était d'avoir appris toute seule la sténo en classe de seconde, alors que tout le monde lui disait que ça ne servait à rien car ce n'était plus requis dans la plupart des emplois. Elle l'avait pratiquée pendant tout le lycée et avait continué dans son travail même quand ce n'était pas nécessaire, et une fois entrée à la fac de droit de Harvard, elle avait pu tirer le meilleur parti des cours parce qu'elle n'avait pas à griffonner à toute allure pour réussir à tout noter. Puis, tous les soirs, elle mettait un point d'honneur à retaper ses notes, à les imprimer et à bien les sauvegarder sur un disque dur, ce qui lui permettait de consolider l'enseignement dispensé pendant le cours. Ainsi, au moment des examens, elle avait déjà révisé une fois, toutes ses notes étaient au propre et elle pouvait incorporer de nouveaux documents et des références dans ses cours archivés. Si bien que la sténo dont tout le monde lui avait dit qu'elle était une perte de temps lui avait permis d'utiliser au mieux le temps passé à Harvard, et que c'était ça qui avait le plus contribué à sa carrière.

C'est le genre de truc que les gens ont envie d'entendre d'un modèle. Ils veulent entendre que le modèle en est arrivé là où il est aujourd'hui en faisant quelque chose qu'ils auraient très bien pu faire eux-mêmes, quelque chose qui n'est peut-être pas à des années-lumière de ce qu'ils sont déjà naturellement en train de faire. Quelque chose que tout le monde sous-évalue et qui finira un jour par les surprendre.

Ils ne veulent pas entendre que ce qui a le plus contribué à sa carrière, c'est de fouetter les fesses d'un type deux fois par semaine pendant deux ans dans un chiotte pour handicapés spécialement équipé pour.

Ce que Lucille se disait, c'est que la plupart des gens n'auraient pas la possibilité de profiter de ce tuyau-là, même s'ils en avaient envie. Alors que ça ne pouvait pas faire de mal d'apprendre la sténo. Tout le monde est capable d'appliquer un ensemble de techniques d'apprentissage. Ça ne fera pas de tous des cracks en droit du contentieux, mais ça améliorera leur moyenne générale, et franchement, on ne peut pas en dire autant de la plupart des conseils gratuits.

Oui mais voilà, la moyenne générale, il n'y a pas que ça qui compte dans la vie.

Lucille avait toujours su garder son sang-froid. Elle avait toujours eu le souci du détail. Ces deux atouts l'avaient aidée à obtenir d'excellentes notes au concours d'admission à la fac de droit. Oui mais voilà, le concours d'admission n'évalue pas l'instinct guerrier. Qu'on le veuille ou non, le système juridique américain est fondé sur la confrontation, et dans certaines situations, une personne dénuée de cet instinct se retrouvera dos au mur.

Voici ce que Lucille comprit par la suite, lorsqu'elle se lança dans la voie du contentieux. Le souci du détail est important, surtout sur de grosses affaires. Mais c'est une chose qu'on peut déléguer. La raison pour laquelle les bonnes secrétaires et assistantes de direction ont le souci du détail, c'est que les détails peuvent être délégués ; ils peuvent être délégués aux personnes qui sont douées pour ça. L'instinct guerrier, c'est une autre paire de manches. On peut déléguer tout le reste, mais l'instinct guerrier n'est pas une chose qu'on peut exercer par procuration.

Beaucoup de gens finissent par s'en rendre compte un jour ou l'autre, mais pour la plupart, cette prise de conscience arrive trop tard. Ou alors, les gens entrevoient la vérité, mais ils l'interprètent mal ; ils pensent qu'avoir l'instinct guerrier fait de vous une mauvaise personne. Ce qu'il faut bien comprendre, c'est que ça n'a rien de personnel. Il n'est pas nécessaire de haïr personnellement l'adversaire. En fait, si on s'implique sur le plan émotionnel, on est sans doute moins efficace qu'on le serait sinon. Lucille le savait ; car lorsqu'elle comprit l'importance de l'instinct guerrier, il était déjà solidement ancré en elle, et c'était entièrement le fruit de sa mission d'appoint bihebdomadaire.

Ce dont Lucille prit conscience, c'est que chacun possède au fond de soi une petite réserve d'agressivité. Si on vous a confié la tâche de fouetter quelqu'un deux fois par semaine et que vous voulez bien faire votre travail, vous devez puiser dans cette réserve. Vous n'avez rien contre ce mec, franchement, vous ne le connaissez même pas. Mais si vous voulez faire du bon boulot, vous devez manier le fouet comme si vous n'étiez pas là pour plaisanter ; vous devez être capable de frapper et de faire couler le sang, et au lieu de vous arrêter en disant « Oh, désolée, je vous ai fait mal ? » ou « Oh, excusez-moi, j'ai tapé trop fort ? », de frapper à nouveau aussi fort que la première fois. Voire plus.

Eh bien, si vous êtes au tribunal, ou à la table de négociation, vous devez être capable de puiser dans la même réserve d'agressivité. Vous devez être capable de ne pas plaisanter. La plupart des femmes pensent qu'elles ne plaisantent pas quand elles arrivent à causer à quelqu'un une légère sensation de brûlure ; et même là, elles vont probablement sourire et s'excuser au cas où elles lui auraient fait de la peine. Tant qu'on ne sait pas ce que c'est de faire couler le sang et de frapper plus fort la deuxième fois, on ne sait pas ce que c'est de ne *vraiment* pas plaisanter. Et le truc, c'est que les gens sentent la différence.

Donc, en fin de compte, elle ne put que se féliciter d'avoir accepté. Mais au début, rien ne laissait présager que cette expérience constituerait une opportunité aussi précieuse pour sa carrière.

Lucille s'était toujours considérée comme quelqu'un d'assez imperturbable ; la facilité avec laquelle elle s'était adaptée à la vie de soupape ne faisait que le confirmer. Et pourtant, il lui fallut bien admettre que fouetter des fesses nues était une expérience révélatrice. Ce n'est pas une chose à laquelle le travail de secrétaire vous prépare ; il faut faire appel à ses ressources intérieures et espérer que tout aille pour le mieux.

Elle se pointa le premier jour en ne sachant pas trop à quoi s'attendre. Il y avait effectivement des toilettes pour femmes près des ascenseurs, comme Joe le lui avait annoncé. Lorsqu'elle entra, il s'avéra qu'il n'y avait qu'un seul cabinet, adapté aux personnes handicapées, et que la porte extérieure des toilettes se verrouillait de l'intérieur. C'était peut-être pour cela que le bruit ne risquait pas de poser de problème. Et effectivement, il y avait un petit fouet dans un placard étiqueté *Matériel incendie*. Il y avait également un bouton sur lequel elle devait appuyer pour indiquer qu'elle était prête à passer à l'action ; il lui avait fallu environ cinq mois de lobbying auprès de Joe pour obtenir que ce malheureux bouton devienne standard dans toutes les installations. Lucille appuya donc sur le bouton et un panneau coulissant s'ouvrit dans le mur ; le convoyeur apparut et, effectivement, il y avait là les fesses nues du client prêt à se faire fouetter. Pour des raisons connues de lui seul, il avait gardé ses chaussures et ses chaussettes : il portait des souliers noirs bien cirés et des chaussettes en soie noire.

Quand même, se dit Lucille, on a beau dire, c'est bizarre.

Mais bon, se dit-elle, les hommes sont déjà étranges en temps normal. Certains sont juste plus étranges que d'autres. Et après tout, c'est son fric. Tout ce que j'ai à faire, c'est le fouetter deux fois par semaine pendant un an, et ensuite, ce fric sera à moi.

Alors elle leva le bras et le rabaissa, entraînant le fouet dans son mouvement ; le résultat fut pathétique.

Lucille serra les dents. Elle avait un contrat à remplir.

Allez, se dit-elle. Il faut que ce mec en ait pour son argent.

Elle leva le bras et le rabaissa. Elle n'obtint toujours pas de résultat notable. Elle se dit qu'elle devait mal s'y prendre. Elle leva le bras et le rabattit plus fort. Elle remarqua des traces roses sur les fesses, là où elle avait frappé les deux premières fois. Puis elles devinrent rouges.

Au bout d'un moment, elle prit le coup de main.

Il ne pourrait peut-être pas s'asseoir jusqu'à la fin de la journée, mais franchement, il en avait eu pour son argent.

Les 999 autres

CELA FAISAIT TROIS MOIS ENVIRON que Lucille assurait sa nouvelle mission en plus de ses fonctions habituelles de secrétaire et de soupape quand elle se rendit un jour aux toilettes pour se refaire une beauté. Elle était en train de se remettre du rouge à lèvres quand elle entendit quelqu'un sangloter dans le cabinet respectueux de la taille.

Lucille hésita. Les gens utilisaient le « CRT » pour toutes sortes de choses. Par exemple, c'était un bon endroit pour se changer si on faisait son jogging sur le chemin du travail ou si on sortait le soir. Il n'y avait donc aucune raison de penser que c'était une soupape. Mais si c'en était une ? Le problème de tout nouveau service est qu'il engendre de nombreuses anicroches que personne n'aurait pu prévoir et, par ailleurs, Lucille se demandait parfois si Joe était aussi rigoureux qu'il aurait dû l'être dans sa procédure de sélection. C'était bien beau de parler de « la femme sur mille », mais elle avait quelquefois l'impression qu'il embauchait n'importe quelle fille qui passait par là et qui savait taper, du moment qu'elle n'avait pas de cellulite et qu'elle disait Oui. Ce qui l'amenait à penser ainsi, c'est qu'au bout de neuf mois seulement elle connaissait au moins six autres soupapes sur son lieu de travail, et que franchement, si Joe avait bien fait son boulot, elle n'aurait pas dû en connaître une seule.

Avant qu'elle ait pu se décider, la porte du cabinet s'ouvrit lentement et une fille de l'approvisionnement en sortit. Elle avait le visage baigné de larmes.

« Diane, fit Lucille. Que se passe-t-il ?

— J'ai fait quelque chose d'horrible, répondit Diane en éclatant à nouveau en sanglots. Et maintenant que je l'ai fait, je ne pourrai jamais le défaire. Je ne pourrai jamais être quelqu'un qui ne l'a pas fait. » Les larmes coulaient en un flot régulier sur son corsage. « Je veux me marier, mais comment puis-je faire une chose pareille à Don ?

— Comme quoi ? dit Lucille.

— Comme laisser… »

Diane s'essuya le visage avec le dos de la main.

« Tiens, prends un mouchoir », dit Lucille.

Diane s'épongea le visage avec le mouchoir.

« J'étais désespérée, dit Diane. Je ne savais pas quoi faire. Il ne me manquait plus que trois unités de valeur pour avoir mon diplôme de kiné, et c'est là que ma mère a perdu son travail ; si je ne l'aidais pas, elle allait perdre sa maison et j'avais… j'avais juste l'impression que tout le monde dépendait de moi, alors quand cette opportunité s'est présentée, sur le moment, c'était comme si quelqu'un, là-haut, m'avait entendue.

— Bon, je ne sais pas ce que tu as fait ou ce que tu crois avoir fait, dit Lucille. Et ce n'est évidemment pas mes oignons. Mais à mon avis, tu devrais tourner la page. Quoi que tu aies fait, ça ne doit pas mettre ta vie en l'air. Si tu as rencontré quelqu'un avec qui tu veux faire ta vie, dis-toi que c'est un nouveau départ et tire un trait sur le passé.

— Oui, mais tu ne comprends pas, dit Diane. Ce n'est pas si simple. »

Sur ce, elle lui décrivit le dispositif de soupapes en des termes qui n'étaient manifestement pas ceux de la femme sur mille pour qui ce n'était pas bien plus méchant que de tenir quelqu'un par la main.

Lucille voyait bien qu'elle aurait dû avoir l'air choquée, horrifiée et surprise. D'autres auraient fait semblant d'être choquées, horrifiées et surprises rien que pour écarter les soupçons ; ce n'était pas son genre. Lucille ne s'embêtait jamais à feindre des sentiments qu'elle n'éprouvait pas ; c'était trop de tracas. Si on passe son temps à essayer d'offrir aux gens la réaction qu'on pense qu'ils attendent, il y a de quoi devenir dingue. À quoi bon.

« Je vois, dit Lucille. Bon, évidemment, si tu n'y trouves pas ton compte, il est peut-être temps d'arrêter. Ça ne convient pas à tout le monde. Je connais pas mal de femmes qui ont essayé, et certaines ont trouvé ça plus dur à gérer qu'elles ne le croyaient. »

Peut-être que ça la calmerait. Si les filles se mettaient à faire des crises de nerfs, ce n'était pas bon pour les affaires.

Diane la regardait, bouche bée.

« Tu connais d'autres personnes qui font ça ? fit-elle.

— Évidemment, si tu as l'intention de te marier, il vaudrait peut-être mieux arrêter, poursuivit Lucille.

— Mais, dit Diane, comment puis-je faire ça à Don ?

— Il te croit vierge ? demanda Lucille.

— Non, mais…

— Dans ce cas, il n'y a pas de raison qu'il le sache, non ? »

Diane ouvrit la bouche.

« Écoute, dit Lucille d'un ton ferme. Tu vas aux WC tous les jours que Dieu fait.

— Oui, mais…

— Ce n'est pas un secret. C'est de notoriété publique. Mais tu n'aurais pas l'idée de raconter ça en détail à tes proches.

— Non, mais…

— Tu n'as pas l'intention de lui raconter chaque fois que tu changes de tampon.

— Non, mais…

— Si tu veux mon avis, dit Lucille, c'est beaucoup moins de l'infidélité que si tu couchais avec quelqu'un que tu connais. Là, Don aurait des raisons d'être jaloux. Mais ici, c'est un acte purement physique, presque comme aller aux WC. »

Diane continuait à pleurer en silence.

Lucille lui tendit un autre mouchoir en se demandant : *Mais où il va les chercher ?*

Le problème, comme Joe aurait pu le lui dire, c'est qu'il n'y avait tout simplement pas assez de candidates qualifiées pour pourvoir les postes vacants.

Miss Parfaite

COMME LE SAIT TOUT BON COMMERCIAL, on croit avoir pensé à tout et soudain, au moment où on s'y attend le moins, un boomerang surgit de nulle part.

Un beau jour, Joe était assis dans son bureau à attendre son rendez-vous de onze heures quand, à dix heures cinquante-huit, une fille noire entra.

« Désolé, j'ai un rendez-vous à onze heures, dit-il poliment.

— Oui, j'ai deux minutes d'avance. C'est moi, Renée », dit-elle en lui tendant la main. Il se leva et la serra en se disant : *Merde*.

Il avait passé une annonce pour une assistante de direction au top du top. À première vue, ça pouvait passer pour une extravagance superflue : utiliser quelqu'un de cet acabit comme soupape, c'était doubler un salaire de cinquante mille dollars. Alors que se contenter de deux opératrices de saisie, mettons, c'était avoir deux fois plus d'heures de travail pour le même prix.

Mais il en était arrivé à la conclusion que c'était une vision à court terme.

Quand on parle aux gens des générations précédentes, une des choses qui ressortent, c'est qu'il n'est plus possible de trouver des secrétaires de la même qualité qu'il y a trente ou quarante ans. Fut un temps où une fille brillante tout droit sortie de l'université trouvait un emploi de secrétaire ; soit elle se mariait et fondait une famille, soit elle faisait carrière dans le métier. Bien sûr, personne ne veut revenir à l'époque où c'étaient les seules options qui s'offraient à elle. Si une femme est capable de faire le même travail qu'un homme, pourquoi ne le ferait-elle pas, en étant payée en conséquence ? Mais force est de constater que ça a eu des conséquences et que le monde des affaires n'y a pas vraiment fait face.

Un homme qui s'est élevé par le travail jusqu'au sommet d'une entreprise valorisée à plusieurs millions de dollars a besoin d'un soutien de premier ordre. Il gère quand même des enjeux internationaux ; il a besoin de pouvoir déléguer à quelqu'un qui ne va pas chercher à prendre sa place. Fut un temps où il aurait pu obtenir ce soutien. Aujourd'hui, les personnes qualifiées pour apporter un tel soutien ne sont tout simplement plus intéressées. C'est en partie dû à la rémunération, et en partie dû au fait que ce travail n'offre aucun débouché.

Bon, on ne peut pas faire grand-chose pour améliorer les perspectives. Et le problème, c'est qu'on ne peut pas faire grand-chose non plus pour la paie. Parce que les actionnaires, une secrétaire payée cent mille dollars par an, ça ne va pas du tout leur convenir. Sans compter que tous les mecs carriéristes de la boîte vont avoir les boules. Tout PDG digne de ce nom sait qu'une assistante au top niveau peut apporter une plus grande contribution à l'entreprise qu'un directeur bête comme ses pieds, mais ce n'est pas parce qu'on sait quelque chose qu'on peut se permettre de le dire, et encore moins de joindre le geste à la parole. Une des premières choses qu'un manager doit apprendre, c'est à ménager le moral des troupes.

Le résultat, c'est que tôt ou tard, l'assistante de direction décide de quitter le navire. Elle sait qu'elle ne touchera jamais le pactole, alors c'est Adios amigos.

Bref, Joe avait fait le raisonnement que si on lui proposait de remplir cette fonction moyennant le double du tarif en vigueur, elle trouverait beaucoup moins tentante l'idée de se reconvertir en cadre intermédiaire.

Par ailleurs, un principe essentiel était en jeu. Il était important que les soupapes proviennent de tous les échelons de l'organisation. Car si on commençait à faire des économies, à se dire qu'on n'allait utiliser que des employées subalternes, tôt ou tard, toute cette catégorie de personnel allait être stigmatisée et on allait se retrouver avec un gros problème sur les bras.

Joe avait donc publié une annonce offrant un poste d'assistante de direction auprès du PDG d'une grande entreprise, il avait organisé quelques entretiens, et le premier était prévu à onze heures ce matin-là. Il avait jeté un coup d'œil au CV et avait été impressionné. Et c'est là que cette fille avait débarqué.

Elle était vêtue de la façon à laquelle on pouvait s'attendre de la part d'une femme ambitionnant de travailler à ce niveau-là. Elle portait des chaussures Gucci à petits talons, une robe en cachemire beige, un foulard en soie et une montre en or. Il se dit : *Putain*.

« Si vous voulez bien remplir ce formulaire », dit-il.

Elle sortit un stylo Cross, compléta le formulaire et le lui rendit.

« Merci, dit-il. Passons tout de suite à la vérification des compétences, comme ça, ce sera fait. Il y a un traitement de texte dans la pièce voisine. Le programme vous guidera à travers une série de tests. »

Elle se leva et se rendit dans la cabine vitrée. Il entendit de légers clics tandis qu'elle accédait au menu et effectuait son choix. Et soudain, ce fut comme si une nuée d'invisibles sauterelles emplissaient la pièce du cliquetis de leurs ailes. Ce fut comme un vieux numéro de claquettes à la radio. Comme je ne sais quelle chaîne de télé par satellite montrant cinq cents matchs de ping-pong simultanés. Ce fut, chose plus inquiétante, comme quelqu'un tapant cent mots par minute. Sans fautes.

Elle passa le test de frappe, le test de traitement de texte, le test de tableur, le test de diaporama. Elle passa le test de pavé numérique et le test de sténo. Elle passa le test d'orthographe, le test de grammaire et le test de classement alphabétique. Puis elle lança l'impression, et les résultats sortirent de l'imprimante située derrière le bureau de Joe.

Joe saisit une des feuilles et l'examina. Vitesse de frappe : 120 mpm. Fautes : 0. Traitement de texte : 100 sur 100. Tableur : 100 sur 100.

Il jeta un œil sur les autres tests, qui étaient tout aussi démoralisants.

« C'est très impressionnant, Renée.

— Merci, dit-elle en se rasseyant.

— La seule chose, pour dire la vérité, c'est que je me demande si c'est réellement le type d'emploi que vous cherchez.

— Il me semble que c'est à moi d'en juger, non ? Et si vous m'en disiez un peu plus ?

— Eh bien, le problème..., dit Joe.

— Vous avez déjà pris une décision, c'est ça ? dit-elle d'un ton cassant. Vous m'avez fait perdre mon temps à venir ici pour un entretien, mais la décision est déjà prise.

— Vous ne comprenez pas.

— Oh si, je comprends très bien.

— Je sais de quoi ça a l'air.

— Et de quoi ça a l'air ?

— Mais c'est exactement le contraire. Vous êtes manifestement une fille très intelligente, et je ne crois vraiment pas que vous soyez intéressée par le type de poste que nous cherchons à pourvoir.

— Vraiment, dit Renée. Eh bien, tout ce que je peux dire, c'est que pour l'instant, ça m'a tout l'air d'une violation flagrante de la loi sur l'égalité des chances.

— Je sais que ça a l'air d'être ça, dit Joe, mais...

— Qu'est-ce qui vous fait penser au juste que je n'ai pas les compétences pour occuper ce poste ? »

Parfois, la meilleure chose à faire est de simplement dire la vérité.

« Laissez-moi vous expliquer de quoi il retourne », dit Joe. Il lui expliqua de quoi il retournait.

« Comme vous pouvez le voir, même avec la meilleure volonté du monde, si nous embauchions une Afro-Américaine, l'anonymat qui constitue un élément essentiel du dispositif serait rompu. Je n'ai rien à redire à vos compétences. Bien au contraire. Mais nous ne sommes tout simplement pas en mesure de protéger votre anonymat de la même manière que nous protégeons celui de nos collaboratrices blanches. Vous comprenez bien qu'il serait extrêmement déplaisant pour vous que tous les hommes de l'entreprise qui ont utilisé le dispositif arrivent à votre bureau en sachant que c'est vous qui avez assuré la prestation. »

Son interlocutrice lui jeta un regard qui aurait pu le transformer en pierre.

« Vous croyez que je vais avaler ça ? demanda-t-elle. Vous croyez que je vais avaler un mot de ces sornettes ? Je n'ai jamais rien entendu d'aussi absurde. Si vous n'avez rien trouvé de mieux, c'est que vous n'avez probablement rien à redire à mes compétences, c'est que vous êtes très vraisemblablement en train d'enfreindre la loi sur l'égalité des chances et que le meilleur endroit pour poursuivre cette discussion est le tribunal.

— Écoutez, dit Joe. N'allons pas trop vite en besogne. Laissez-moi appeler une des filles. Je vais demander à une des filles de venir et de vous expliquer la chose. Croyez-moi, je suis on ne peut plus désolé de vous avoir fait gaspiller votre temps inutilement, et si vous le souhaitez, je serai ravi de vous dédommager pour votre matinée de travail. Je conçois que tout cela est très nouveau, mais je vous assure que c'est la stricte vérité. »

Et sans lui laisser une chance de répliquer, il décrocha le téléphone et composa un numéro. Lucille répondit à la première sonnerie.

« Lucille, dit-il, soulagé. Écoutez, je suis dans une situation délicate. Pourriez-vous avancer votre pause déjeuner et passer au bureau ?

— De quoi s'agit-il ? s'enquit Lucille.

— Je, euh, j'ai besoin que vous confirmiez à une candidate que le poste est bien tel que je le lui ai décrit et qu'il ne conviendrait donc pas à une personne afro-américaine, puisque nous ne pourrions pas protéger son anonymat.

— Je vois, dit Lucille. En d'autres termes, vous me demandez de renoncer à la protection à laquelle j'ai droit en vue de l'expliquer à une personne qui n'est pas contente que vous lui ayez fait perdre son temps.

— Euh, fit Joe.

— Je présume que vous avez l'intention de m'offrir une sorte de compensation ? dit Lucille.

— Euh, fit Joe.

— Mille dollars, dit Lucille.

— Quoi ? fit Joe.

— C'est à vous de voir », dit Lucille.

Joe jeta un coup d'œil à la postulante.

« Ouais, ouais, OK, dit-il. Peu importe. »

Dix minutes plus tard, Lucille était là.

« Mesdames, je vais vous laisser discuter de ça en privé », annonça Joe, et il fila sans demander son reste.

Assise dans le petit bureau, Renée vit entrer une femme en tailleur rose qui se présenta. Elle n'aurait pas choisi de porter cette nuance de rose, un peu trop « bubble-gum » à son goût, mais il fallait bien admettre que cette personne était impeccablement mise.

Au départ, Renée était sceptique. Rien n'empêchait son interlocuteur d'avoir appelé une complice à la rescousse pour lui faire corroborer son histoire. Mais l'attitude détachée de cette femme avait quelque chose de convaincant.

Lucille lui expliqua que ce travail n'était pas à la portée de tout le monde, puis elle lui exposa ses vues sur le fait d'aller aux WC, lui dit qu'elle utilisait des tampons et qu'elle ne s'étendait pas là-dessus non plus, et lui raconta qu'elle avait l'intention d'aller à la fac de droit de Harvard.

« Je n'y avais jamais vraiment pensé auparavant, dit-elle. Parce que je n'en avais absolument pas les moyens. Mais quand j'ai postulé à l'agence, Joe a mentionné en passant qu'une des autres candidates mettait de l'argent de côté pour entrer en fac de droit. C'est drôle, mais ça m'a scotchée. Je me suis dit : "En fait, qu'est-ce que tu attends de la vie ?" »

Renée n'était généralement pas à court de mots, mais bizarrement, « Et alors, qu'est-ce que vous en attendez ? » ne semblait pas vraiment la chose à dire.

« Si ce qu'on attend de la vie, c'est avoir plein de choses, on peut évidemment acheter beaucoup plus de choses si on a plus d'argent. Je me suis dit : "Est-ce vraiment le genre de personne que je suis ? N'ai-je donc pas de buts ?" Bon, bien sûr, je me suis toujours dit que je serais un jour assistante de direction dans une grande entreprise. Mais j'ai pensé : "C'est tout ?" »

Je n'en crois pas mes oreilles, songea Renée.

Et Lucille lui raconta qu'elle était allée passer le concours d'admission à la fac de droit juste pour le plaisir et qu'il s'était avéré qu'elle possédait de réelles aptitudes. « Quand on y pense, c'est logique, observa-t-elle. Car le souci du détail est l'un de mes points forts. »

« Je n'aime pas m'endetter, poursuivit-elle. Quels que soient les diplômes qu'on a, on ne sait jamais de quoi demain sera fait. Mon grand-père a connu la crise de 1929.

Ne me dites pas qu'il n'y avait pas de juristes sortis de Harvard parmi les chômeurs. En plus, je trouve que faire un gros emprunt à la banque revient à laisser quelqu'un d'autre mener la danse. Je ne sais pas si vous êtes au courant, mais Harvard rembourse l'emprunt des diplômés qui gagnent moins de trente-cinq mille dollars par an s'ils font du travail bénévole. Bon, c'est bien beau, mais ça revient à dire que quelqu'un d'autre me dicte mes choix. Sans compter que ce n'est pas parce que cette possibilité existe aujourd'hui qu'elle existera forcément encore quand je déciderai d'en profiter, si je veux en profiter un jour. Bref, si je peux éviter ça en allant aux WC deux ou trois fois par jour, le prix à payer n'est pas bien élevé. »

Renée cessa peu à peu de se sentir insultée que quelqu'un ait pu tenter de lui faire gober une immonde invention pornographique pour se dédouaner de ne pas l'embaucher. Apparemment, c'était bien vrai. Si c'était vrai, ça n'en demeurait pas moins immonde, mais le fait que ce soit la raison pour laquelle elle n'était pas éligible à ce poste n'était pas insultant.

En revanche, c'était une violation de la loi sur l'égalité des chances.

Bon, ce n'est pas parce qu'un employeur enfreint la loi sur l'égalité des chances qu'on veut forcément le poste. Mais Renée possédait un tel souci du détail – ça faisait tourner sa famille en bourrique depuis des lustres – qu'elle ne put s'empêcher de relever quelque chose. La raison pour laquelle l'employeur enfreignait la loi sur l'égalité des chances avec ce poste en particulier, c'est que tout l'environnement de travail concourait à singulariser une personne afro-américaine. En d'autres termes, c'est le fait que le personnel ne soit pas mélangé à cinquante/cinquante qui le plaçait dans l'impossibilité de garantir son anonymat. En conséquence de quoi, toute personne afro-américaine travaillant dans cet environnement se voyait de fait interdire l'accès à des postes proposant le double du salaire. On ne lui offrait pas ce choix. Elle était automatiquement exclue.

En d'autres termes, tout employeur désireux de mettre en œuvre ce programme aurait dû, simultanément, amorcer le processus visant à accroître la proportion de personnes afro-américaines sur le lieu de travail, indépendamment du fait que certaines veuillent ou non occuper les postes en question. La plupart ne souhaiteraient sans doute pas être impliquées dans un programme aussi immonde, mais elles devraient avoir la possibilité de prendre elles-mêmes la décision.

Intéressant.

Une demi-heure plus tard, Renée sortit du bâtiment.

De l'autre côté de la rue, un parc étroit longeait le fleuve. Renée traversa la chaussée et s'assit sur un banc surplombant l'eau.

Alors, Renée, qu'en penses-tu ?

Renée (ou Miss Parfaite, comme on la surnommait dans sa famille) contempla un moment en silence l'eau boueuse qui tourbillonnait à ses pieds.

Finalement, elle se dit : Je ne sais qu'en penser.

Elle passa une jambe par-dessus l'autre et examina sa chaussure Gucci, dont le cuir marron foncé luisait comme du bois ciré ; sa jambe, dans son fin collant Hanes, était deux teintes plus claire, et sa robe en cachemire était marron glacé. Elle avait douze autres paires de chaussures marron dans son placard, car il est important de choisir exactement la bonne nuance quand on assortit des tons de brun. Certaines portent des chaussures bistre avec une robe grège, ou des chaussures chocolat avec une robe rouge ; tout ce qu'on peut dire, c'est que si elles sont prêtes à sortir habillées comme ça, il vaut mieux qu'elles ne le remarquent pas. La seule consolation, c'est de se dire que la plupart des gens autour d'elles ne le remarqueront pas non plus.

En revanche, si on se soucie de son apparence, on se donne la peine de faire les choses bien. Parfois, une robe nécessite des accessoires assortis ; parfois, une robe rouge nécessite réellement des chaussures rouges et un sac rouge. D'autres fois, des accessoires neutres sont requis. Mais ce n'est pas parce qu'une chose est neutre qu'elle va avec tout, il est important de faire le bon choix. Renée avait des sandales italiennes en cuir magenta, coquelicot, chartreuse, bleu turquoise, vert anis, jaune citron et orange givrée. Elle avait des mocassins en daim lavande, lilas, ivoire, crème, mandarine, bleu roi, gris anthracite et noir. Elle avait des bottines en trois nuances de bleu marine, en quatre nuances de brun, en daim noir, en cuir noir et en cuir noir avec des finitions en daim noir. Outre les soixante autres paires de chaussures indispensables, elle avait une liste des erreurs courantes à ne pas commettre :

Ne jamais porter de bijoux en or avec du bleu. Si on porte du bleu, il faut une montre en argent. Si on ne peut pas se payer la montre, il ne faut pas porter de bleu.

Ne jamais porter de boutons dorés.

Ne jamais porter de boutons faits de pièces ou de médailles. Ne jamais porter de boutons faits de fausses pièces ou de fausses médailles. Ne jamais porter de boutons en tissu cerclé de métal.

Ne jamais porter de boutons recouverts de fibre synthétique.

Ne jamais porter de boutons recouverts de velours. Le coton, la soie, le lin et la laine sont acceptables ; tout le reste est de mauvais goût.

Ne jamais porter de ceinture qui se noue. Si ça ne se boucle pas, ça n'a rien à faire là.

Ne jamais porter quoi que ce soit avec des rabats boutonnés. Ni avec des poches à fermeture éclair. Ni avec des cordons coulissants.

Ne jamais porter d'épaulettes. Ne jamais rien porter de bicolore.

Ne jamais porter d'imperméable qui ne soit pas assorti aux chaussures. Il en faut au minimum dix.

Il y avait environ deux cents autres principes sur sa liste, et même dans les magazines de mode, les gens faisaient parfois des erreurs. Certains pensent que ce sont des détails triviaux ; ils pensent que tant que l'essentiel est réussi, le reste n'a pas d'importance.

En réalité, la perfection est une question d'habitude. Si on veut bien faire les choses, il faut s'entraîner à tout bien faire. Si on fait toujours *tout* bien jusqu'au moindre détail, lorsqu'il s'agit de l'essentiel, on est toujours prêt. Sinon, on perd plus de temps qu'on en gagne à se demander si quelque chose mérite d'être bien fait. Et même si on décide que c'est le cas, on ne sait pas comment s'y prendre.

Aussi loin qu'elle se souvienne, Miss Parfaite avait toujours été parfaite. Ses vêtements étaient toujours pliés, triés par couleur et rangés. Ses jouets avaient toujours l'air neufs. Ses manuels scolaires étaient protégés par des couvertures en papier. Ses cahiers étaient toujours impeccables, ses notes rédigées d'une écriture parfaite formant automatiquement des lignes parfaites. Ses devoirs étaient toujours rendus à temps et obtenaient toujours un A. Il en était allé de même à l'université et dans tous les emplois qu'elle avait occupés. C'est pourquoi, à l'âge de vingt-huit ans, elle était prête à devenir assistante de direction auprès d'un PDG.

Je ne sais qu'en penser, se dit-elle à nouveau en croisant les mains autour de son genou, en fixant ses ongles de pouces superbement manucurés et en songeant au fait que Soupapes & Cie enfreignait de façon flagrante la loi sur l'égalité des chances.

Assise sur le banc, Renée balançait sa chaussure au bout de son pied.

Ce détail allait continuer à la turlupiner. Elle le sentait. *Tous* les détails la turlupinaient. Parfois, elle aurait aimé ne pas avoir à trouver de la place dans son placard pour cent paires de chaussures ; elle n'avait pas vraiment envie de posséder des chaussures dans vingt-deux nuances de bleu marine. Mais si ses chaussures n'allaient pas avec sa robe, leur couleur la turlupinait encore et encore et encore jusqu'à ce qu'elle craque et aille s'en acheter une autre paire. Si un bouton était mal fixé à son chemisier, ça la turlupinait. Si l'heure de sa montre ne correspondait pas à celle de l'horloge parlante, ça la turlupinait. Cette histoire allait continuer à la turlupiner.

Il te faut un avocat, se dit-elle, mais quelque chose la turlupinait.

Ce qui la turlupinait, c'était le ton calme et confiant avec lequel Lucille lui avait fait part de son ambition d'aller à la fac de droit de Harvard.

Ce qui turlupinait Renée, c'était que toutes ces choses la turlupinent. Car si on a le genre d'esprit qui n'est tout simplement pas capable de ne pas remarquer les détails, on n'a peut-être pas besoin d'un avocat.

On pourrait sans doute être soi-même avocat.

Renée avait remarqué depuis des années que les gens qui dirigeaient le pays ne le faisaient pas avec le niveau de perfectionnisme qu'elle mettait à réaliser des badges pour une conférence. Le problème, c'est qu'accomplir cette mission de la façon dont elle l'aurait voulu l'aurait rendue dingue. Elle avait déjà assez de mal à organiser une conférence de façon satisfaisante.

Elle balançait son pied d'avant en arrière.

Il faut dire que ne pas être capable de ne pas remarquer les détails peut vraiment être un handicap. Ce n'est pas parce qu'elle n'était pas capable de ne pas prêter attention au moindre petit détail qu'elle pensait que ça en valait forcément la peine. Au contraire. Parfois, c'était réellement agaçant. C'est pour cela qu'elle avait décidé de postuler à un nouvel emploi. Ce n'était pas uniquement pour l'argent, même si l'argent y était pour quelque chose. Elle s'était dit qu'un poste plus exigeant, assorti de plus grandes responsabilités, justifierait le niveau de perfectionnisme qu'elle ne pourrait s'empêcher d'y apporter.

Alors, ne se pouvait-il pas que sa quête incessante d'un nouvel emploi s'explique par le fait qu'elle ne faisait pas le genre de travail qui puisse *jamais* justifier le niveau de perfectionnisme qu'elle y apportait ? Ne se pouvait-il pas que le genre de travail qui justifierait ce niveau de perfectionnisme soit forcément celui où on ne pouvait éviter de commettre *quelques* erreurs ? Il était peut-être temps d'apprendre à vivre avec. Au lieu d'observer la façon dont les autres dirigeaient le monde et de s'en agacer, elle pouvait essayer d'y remédier. Entrer à la fac de droit de Harvard. Devenir juge à la Cour suprême. Il suffisait d'observer le travail accompli par les gens en poste pour mettre au jour les marges d'amélioration.

Je crois que tu t'emballes un peu, Renée.

Un chien passa en trottinant. Il s'accroupit dans l'herbe et expulsa une longue crotte mince et molle, puis repartit en trottinant gaiement.

Renée considéra la crotte posée dans l'herbe.

Imagine que quelqu'un t'offre la possibilité d'aller à la fac de droit de Harvard, et que tout ce que tu aies à faire, c'est de ramasser une crotte deux fois par jour, *avec des gants en plastique*, en plus de ton travail habituel. Ce serait dégoûtant, mais pas plus que de nettoyer des toilettes. Quand elle avait quinze ans, elle avait pris un job de femme de chambre à temps partiel pour gagner de quoi s'acheter un ordinateur. Le regrettait-elle ? Bien sûr que non.

La différence, c'est que tu obtiendrais la possibilité de changer complètement de vie. Ne serais-tu pas prête à faire quelque chose de dégoûtant pendant deux ans pour saisir une opportunité que tu n'aurais pas eue autrement ? Bien sûr que si.

Je crois qu'on parle ici de quelque chose d'assez différent, Renée.

Imagine que quelqu'un t'offre la possibilité d'aller à la fac de droit de Harvard, mais que tu aies à faire quelque chose de *vraiment* dégoûtant pendant deux ans. Imagine que tu doives passer toute ta journée à nettoyer une écurie pendant deux ans. Deux ans passés à pelleter du crottin de cheval et à la fin, tu pourrais aller à la fac de droit de Harvard. Et si c'était quelque chose d'encore plus dégoûtant ? Imagine que tu doives travailler pendant deux ans dans les égouts. Deux ans passés à pelleter des déjections humaines et à la fin, tu pourrais aller à la fac de droit de Harvard sans t'endetter.

Après tout, il ne s'agit que de fragments de matière. Ton corps n'est qu'un fragment de matière à la surface de la planète. Cette merde aussi est de la matière. Tu utilises un objet à la surface de la planète pour déplacer d'autres matières à la surface de la planète. Et ce que tu achètes en déplaçant toute cette matière, c'est la possibilité d'utiliser ton cerveau.

Quand on est assistante de direction, on n'a généralement pas à se coltiner quoi que ce soit de physiquement dégoûtant. On laisse ça aux femmes de ménage. Ou du moins, on laisse le plus gros aux femmes de ménage. Si on est du genre tatillon, on se retrouve sans doute à nettoyer son clavier avec une brosse à dents, ou à remarquer sur le téléphone un truc visqueux qu'il faut *absolument* enlever. Mais dans l'ensemble, ce n'est pas un travail incommodant pour les sens.

En revanche, il faut s'encombrer l'esprit de tout un fatras dont on préférerait se débarrasser. Ça fera toujours partie du métier ; on n'atteindra jamais un stade où on peut faire place nette et se concentrer sur les questions majeures. À vrai dire, beaucoup de ceux qui vont en fac de droit ne sont pas mieux lotis. Ils ressortent avec un emprunt à rembourser, et avant d'avoir compris comment, ils s'estiment heureux de devoir s'encombrer l'esprit de niches fiscales.

On pourrait alléguer qu'un accord qui vous demande d'accomplir une tâche physiquement dégoûtante pendant une période limitée et vous donne en échange l'usage illimité de votre cerveau n'est après tout pas une si mauvaise affaire.

On pourrait alléguer que c'est du gâchis qu'une personne capable d'avancer ce genre d'argument n'étudie pas le droit.

Renée se leva d'un bond. Elle avait remarqué une petite pharmacie au rez-de-chaussée du bâtiment. Elle traversa de nouveau la rue et alla acheter une paire de gants en plastique.

Elle retourna dans le parc. La crotte était tranquillement posée dans l'herbe tendre. Elle enfila les deux gants, ramassa la crotte de la main droite et retourna s'asseoir sur le banc. Elle croisa les jambes et posa le bras sur sa cuisse. Sa main gantée de plastique reposait sur le cachemire de sa robe ; la crotte reposait dans la paume de sa main gantée.

Elle l'observa froidement.

Quand on est maniaque, on passe beaucoup plus de temps que les autres à faire des choses qui nous dégoûtent. La plupart des gens ne remarquent pas leur environnement ; ils ne remarquent pas la mince pellicule de savon autour de la baignoire, ni les traînées de poussière sur les vitres après la pluie, ni les taches de graisse sur la cuisinière, ni la crasse au fond de la poubelle. Ils n'ont pas à faire des choses dégoûtantes parce que presque rien ne les dégoûte. Du moment que la chasse d'eau et la douche fonctionnent, ils pensent vivre dans un environnement propre. Mais quand on est maniaque, on remarque toutes les choses que personne d'autre ne voit et on doit s'en charger au quotidien. Car une chose est sûre : si on ne le fait pas soi-même, personne d'autre ne le fera.

Renée finit par se lever. On aurait dit que son corps savait mieux qu'elle ce qu'elle voulait faire. Il se dirigea vers la poubelle où il était écrit « Déjections canines », souleva le couvercle et jeta la crotte dedans. Puis il se dirigea vers une poubelle où il était écrit « Déchets », retira les gants en plastique et les jeta dedans. Puis son corps se retourna, traversa la rue et retourna dans le bâtiment.

Discrimination positive

« **J'AI DÉCIDÉ QUE JE VOULAIS CE POSTE** », déclara Renée en se laissant gracieusement choir sur la chaise située en face de Joe.

Joe croisa les doigts sur son bureau.

« Renée, dit-il d'une voix basse et posée digne d'un costume à mille dollars. Comme Lucille vous l'a certainement expliqué, aussi désireux que nous soyons de recruter une personne aussi qualifiée que vous, nous ne pouvons malheureusement rien vous proposer. Lucille ne vous en a-t-elle pas fait part ?

— Si, dit Renée. Elle m'a dit que ce n'était pas à la portée de tout le monde, que seule une femme sur mille pouvait apporter une réelle contribution à l'entreprise et s'attendre à être rémunérée en conséquence. Eh bien, vous n'ignorez sans doute pas que lorsqu'une entreprise, par la sous-représentation des Afro-Américains au sein de son personnel, prive toute personne afro-américaine de ce genre d'opportunité *en dépit de ses qualifications*, elle enfreint la loi sur l'égalité des chances. »

Joe soupira. Il avait versé mille dollars à Lucille pour *ça* ? Pour ce que ça avait servi, il aurait aussi bien pu aller s'acheter un autre costume.

« Écoutez, Renée, dit-il. Avec la meilleure volonté du monde, ce que vous demandez est impossible. Pour commencer, augmenter le nombre d'Afro-Américains au sein de l'entreprise ne résoudra pas le problème. Même si les effectifs étaient constitués à cent pour cent d'Afro-Américains, nous ne pourrions toujours pas garantir la clause d'anonymat, pour la simple et bonne raison que nous aurions alors affaire à toute une palette de pigmentations, si bien que rien ne pourrait empêcher les utilisateurs de ce service d'identifier les personnes qui l'auraient fourni. Désolé, mais il faut regarder la réalité en face. Et quand on y pense, jusqu'où cela irait-il ? On pourrait tout aussi bien exiger que le personnel soit à cinquante pour cent hispano-américain, sino-américain ou que sais-je. Je suis désolé de vous décevoir, car vous êtes une postulante assez exceptionnelle et je déteste gâcher le talent, mais il faut être réaliste. Aucune entreprise ne parviendra à être un tel melting-pot. »

Renée passa une jambe par-dessus l'autre et croisa les mains autour de son genou.

« Joe, dit-elle. Il me semble que vous vous fourvoyez.

— Vraiment ? dit Joe.

— Oui, dit Renée. Vous semblez penser que c'est *mon* problème. »

Joe hésita.

« Vous semblez penser que c'est à *moi* de trouver une solution, poursuivit Renée. Mais c'est *vous* qui avez mis je ne sais combien d'entreprises dans le pétrin. Grâce à vous, chacun de vos clients enfreint de façon flagrante la loi sur l'égalité des chances. Ce n'est pas *mon* problème. C'est le vôtre. »

Ouah, se dit-elle. C'est génial.

Renée n'avait jamais mesuré à quel point il était jouissif de chercher la confrontation. En tant qu'assistante de direction, on a rarement l'occasion de faire ce genre de chose. De temps à autre, on peut dire à une compagnie aérienne, à un traiteur ou à un coursier que son niveau de service n'est pas satisfaisant. On peut dire aux gens que le directeur est déjà en ligne. Mais à quel moment a-t-on la possibilité de balancer à quelqu'un qu'il est raciste et que c'est à lui de corriger le tir ? Jamais.

Joe se disait : *Merde*. Il se disait aussi que la femelle de l'espèce est plus meurtrière que le mâle. Celui qui avait dit ça avait absolument raison.

« Écoutez, dit Joe. J'entends ce que vous me dites. Vous savez quoi ? Je vais en toucher deux mots à Lucille. On verra si elle a une idée. »

Lucille accepta de passer une deuxième fois au bureau dans le cadre des mille dollars initialement accordés.

« Écoutez, Lucille, dit Joe quand elle se pointa tranquillement à 17 h 37. Je ne sais pas ce que vous avez raconté à cette fille, mais ça semble avoir eu l'effet inverse de celui recherché. Elle est obnubilée par la fac de droit de Harvard.

— Vraiment ? fit Lucille.

— Bon, je ne suis absolument pas du genre à vouloir saper les aspirations des gens, mais il y a un temps pour tout. Même avec la meilleure volonté du monde, vous savez aussi bien que moi qu'il est impossible de faire passer inaperçues les femmes d'une autre couleur de peau.

— Je vois ce que vous voulez dire, fit Lucille.

— On peut parler de la loi sur l'égalité des chances jusqu'à la Saint-Glinglin, ça ne changera rien à la situation. Pour l'amour du ciel, est-ce qu'elle veut *vraiment* que les gens se mettent à lancer des rumeurs et des insinuations ? »

Lucille s'assit en face de lui et passa une jambe par-dessus l'autre.

« Calmez-vous, Joe, lui conseilla-t-elle. Tout ça ne nous mène nulle part. Ce que vous me dites, c'est quoi ? Elle veut le job, et elle dit que c'est à vous de prendre les dispositions nécessaires pour garantir son anonymat ?

— C'est ça, soupira Joe.

— À vrai dire, elle n'a pas tort, dit Lucille.

— Quoi ? fit Joe.

— Elle n'a pas tort, répéta Lucille. Vous enfreignez la loi sur l'égalité des chances.

— Dans quel camp êtes-vous ? demanda Joe.

— Je constate seulement un fait, dit Lucille. Si vous voulez mon avis, vous avez de la chance que le problème ait été abordé maintenant. Ça vous permet d'y remédier avant que ça dégénère.

— Mais enfin, fit Joe.

— Attendez une minute que je réfléchisse », dit Lucille en balançant le pied d'un air pensif.

Elle portait un fin collant Hanes qui donnait à ses jambes un très léger hâle.

Tiens donc…

« Bon, j'ai une idée », dit-elle une fois la minute écoulée. Lucille était très à cheval sur les détails. Quand elle disait une minute, c'était une minute. Pas cinquante-neuf secondes. Ni soixante et une. Une minute.

« Je vous écoute, fit Joe.

— Bon, à mon avis, le problème provient en gros du fait qu'avec les jambes nues on voit la couleur de peau naturelle. Pourquoi ne pourriez-vous pas fournir un genre de collants colorés opaques, ou peut-être quelque chose en latex ou en vinyle, avec juste une fente à l'entrejambe ? Apparemment, beaucoup d'hommes trouvent très stimulante l'idée de pénétrer par un trou dans les vêtements, donc je doute que vous ayez des plaintes de la part des clients. Et ça résoudrait le problème de toutes les personnes qui ont des couleurs de peau différentes. D'ailleurs, quand on y pense, le problème concerne sans doute beaucoup de filles qui travaillent déjà pour vous. Que se passe-t-il si on part quinze jours aux Bahamas ? Vous n'êtes jamais allé jusque-là dans vos réflexions. »

Joe ouvrit la bouche pour protester, puis il la referma. Le vinyle gâcherait absolument *tout*, mais il lui était impossible de l'expliquer à Lucille. Il n'aimait pas trop penser à la façon dont elle imaginait qu'il avait eu l'idée au départ, et il s'efforçait donc de ne pas y songer. Mais ce qui était sûr, c'est que s'il disait que ça gâcherait *tout*, il serait parfaitement évident qu'il y avait quelque chose à gâcher. À savoir, un scénario dérivé d'un fantasme impliquant une dose d'inattendu. Si une femme est vêtue de vinyle noir de la taille aux pieds, il devient quand même très difficile d'imaginer qu'elle ne s'attend pas à ce qu'il se passe quelque chose. Ça ruine toute l'idée du fantasme.

Tout serait foutu en l'air, et il ne pouvait absolument rien y faire. La loi sur l'égalité des chances le tenait à sa merci.

Ce qui était vraiment injuste, c'est que dans ses fantasmes, il avait accordé toutes leurs chances aux Noires et d'ailleurs aux filles de toutes origines ethniques. Mais il y a une différence entre le fantasme et la réalité. Dans l'imaginaire, rien n'a de conséquences. Dans la vraie vie, il faut peser le pour et le contre, au cas où quelqu'un serait lésé.

Malheureusement, il ne pouvait pas non plus expliquer ça à Lucille. Quant à Renée ! Quelque chose lui disait que malgré tous ses discours sur l'égalité des chances, elle n'apprécierait pas que son employeur lui raconte qu'il s'était tapé des filles noires, ou plutôt afro-américaines, dans son fantasme de jeu télévisé. Quand on est commercial, on a tendance à sentir ces choses-là. Il se trompait peut-être. Mais il n'allait certainement pas s'amuser à essayer de le vérifier.

Vinyle

PENDANT LES DEUX JOURS QUI SUIVIRENT, Joe s'efforça de faire bonne figure. Il essaya de ne pas penser au truc en vinyle avec une fente à l'entrejambe que la loi sur l'égalité des chances allait le forcer à mettre en place. Y penser ne ferait que le déprimer, et quand on est dans la vente, on ne peut pas se permettre d'être déprimé. On ne peut pas se permettre de se dire : À quoi bon ? Cette vision négative du produit se communiquera au client, et avant qu'on ait compris comment, tout le travail accompli pour mettre un pied dans la porte partira en fumée.

Tôt ou tard, cependant, nous devons tous regarder la réalité en face. De retour chez lui au terme d'une longue journée, Joe se força à affronter la question du vinyle.

Quand il y a quelque chose qu'on n'aime pas, on a deux solutions. La première est de changer le monde. La seconde est de changer soi-même. En l'occurrence, changer le monde n'était pas envisageable. La loi sur l'égalité des chances n'était pas près de disparaître. Que ça lui plaise ou non, le vinyle, ou quelque chose d'approchant, allait faire partie intégrante du dispositif de soupapes jusqu'à nouvel ordre. Si on ne peut pas changer le monde, on peut quand même tenter de changer quelque chose : sa propre attitude.

Joe se versa une bonne dose de bourbon et se concentra sur la question du vinyle.

En gros, le problème se résumait au fait que le vinyle manquait de spontanéité. Mais imaginons que la fille porte un pantalon en vinyle moulant et fasse quelques exercices, qu'elle essaie par exemple de faire le grand écart, et que son pantalon craque. Soudain, elle entend quelqu'un dehors. Non, attendez. Le facteur sonne à la porte. Elle ne peut pas lui ouvrir, car son pantalon vient de craquer et elle ne porte pas de culotte ! Alors elle va à la fenêtre, une fenêtre à guillotine grippée qu'elle ne peut ouvrir que de quelques centimètres, elle passe la tête par-dessous, et elle doit se pencher au-dehors pour voir le facteur et lui dire de déposer le colis devant la porte. Elle se lance dans une discussion houleuse avec le facteur, car celui-ci dit qu'elle doit signer le reçu, et pendant qu'elle discute, le locataire arrive par-derrière, voit la fente à l'entrejambe et profite de la situation. Ou alors non, attendez, la fille séjourne chez sa sœur. Elle a emprunté son pantalon en vinyle pour faire des exercices, mais il est trop serré – non qu'elle soit grosse, hein, elle a juste plus de courbes que sa sœur –, alors elle doit s'allonger sur le dos pour l'enfiler, et elle ne peut pas porter de culotte tellement il est serré, puis elle se lève et se penche en avant et le pantalon craque à l'entrejambe. C'est là que ça sonne à la porte et qu'elle se dit : Oh merde, c'est le facteur, qu'elle va à la fenêtre et se penche au-dehors, et que le mari de sa sœur arrive, voit le pantalon en vinyle fendu à l'entrejambe, mais il croit que c'est sa femme…

Il devenait d'ores et déjà clair pour Joe que le vinyle possédait un potentiel bien supérieur à ce qu'il avait cru au départ.

Il se rendit dans la chambre, desserra ses vêtements et expérimenta divers fantasmes impliquant du vinyle, pour conclure au final qu'ils étaient au moins aussi efficaces que le jeu télévisé. Ça avait quelque chose de réellement excitant. Comment avait-il pu croire que le vinyle manquait de spontanéité ? Traité correctement, il pouvait être aussi spontané et peu prémédité que n'importe quel autre type de vêtements. C'était en fin de compte un élément qu'il serait ravi d'incorporer au produit, et qui lui apporterait une valeur ajoutée.

Il se redressa sur le lit et posa les pieds par terre. Il secoua la tête en pensant à Lucille avec une admiration contrite. Il n'allait pas prétendre être heureux d'avoir claqué mille balles pour se tirer du pétrin, mais si cette histoire de vinyle s'avérait le coup de génie qu'il commençait à entrevoir, avoir déboursé mille balles pour cette idée était l'affaire du siècle.

Sans compter que ses soucis avec la loi sur l'égalité des chances seraient de l'histoire ancienne.

Égalité des chances

JOE INTRODUISIT LE VINYLE sur l'ensemble des sites où il intervenait. Il offrit à Renée un poste d'assistante de direction bifonctionnelle au top du top. Il inscrivit SOUPAPES & CIE S'ENGAGE POUR L'ÉGALITÉ DES CHANCES sur toutes ses pubs. Et, dans sa candeur, il crut que tous ses problèmes étaient résolus.

En réalité, ils ne faisaient que commencer.

6.
Une belle idylle

Gestion du temps

RENÉE SE PRÉPARA pour son nouvel emploi comme elle se préparait pour tout : de manière extrêmement méticuleuse.

Son raisonnement était le suivant. On vendait l'usage de son corps pendant de brefs laps de temps en échange de la possibilité de faire le meilleur usage possible de son cerveau. Pourquoi ne pas pousser la chose un peu plus loin ? Pourquoi ne pas profiter du temps alloué aux fonctions hors secrétariat pour le rentabiliser ? Apprendre une langue ? Étudier la comptabilité ? Faire quelque chose de ce temps pour qu'à la fin de l'année, mettons, on puisse regarder en arrière et s'apercevoir qu'on s'était consacrée deux fois par jour à l'étude d'une langue. En plus d'avoir été rémunérée pour ce temps, on disposerait d'un nouvel atout que personne ne pourrait nous retirer.

Elle passa un bon moment à réfléchir au projet qui lui procurerait un véritable sentiment d'accomplissement. Elle finit par se dire que c'était l'occasion idéale de lire le chef-d'œuvre de Proust, *À la recherche du temps perdu*, en français. Le temps que les soupapes passaient en moyenne à leur poste convenait parfaitement à l'étude d'un texte en français. D'un côté, elle n'en lirait pas beaucoup à la fois, si bien qu'elle ne se découragerait pas. De l'autre, c'était un ouvrage suffisamment long pour qu'en parvenant à la dernière page elle ait sans doute amassé assez d'argent pour la fac de droit de Harvard. Elle pourrait regarder les volumes sur son étagère pour voir le chemin qui lui restait à parcourir.

Elle se rendit donc à la librairie universitaire pour acheter la collection complète et commença à la première page, premier paragraphe, le jour de sa prise de fonction.

En effet, l'idée fonctionnait parfaitement. Du fait de ses difficultés à déchiffrer le français, elle n'avait guère d'attention à accorder à ce qui pouvait se passer par ailleurs. Elle parcourait un passage aussi long que possible en soulignant au crayon les mots qu'elle ne connaissait pas. Le soir, elle cherchait ces mots et relisait le passage. Le lendemain, elle poursuivait sa lecture. Au bout d'un mois, elle avait déjà moins de mots à chercher. Au bout de six mois, elle lisait le français presque aussi couramment que l'anglais, et c'était entièrement le fruit de sa pratique quotidienne.

Contrairement à la plupart des soupapes, elle pouvait donc se targuer d'avoir accompli quelque chose pendant ce temps-là. C'était comme lire pendant un massage, ou dans un jacuzzi, sauf qu'elle l'avait fait à un rythme quotidien pendant six mois. Au lieu de s'encombrer l'esprit d'émotions négatives, elle s'était au contraire enrichi l'esprit. Et quand elle arriverait à la fin de *À la recherche du temps perdu*, elle aurait gagné cent mille dollars juste le temps de lire Proust.

Pas mal.

Des années plus tard, alors qu'elle marquait l'histoire constitutionnelle en tant que juge à la Cour suprême, on demandait parfois à Renée quel était l'élément qui avait le plus contribué à sa carrière.

Beaucoup de femmes – et beaucoup d'Afro-Américaines – voyaient en elle un modèle. Voilà quelqu'un qui avait occupé des postes subalternes pendant des années, à un niveau certes de plus en plus élevé, avant d'intégrer la faculté de droit de Harvard avec d'excellentes notes au concours d'admission et d'en ressortir pour gravir sans effort apparent les échelons menant jusqu'à la Cour suprême. Quel était son secret ?

Renée ne répondait pas « C'est mon secret », car pour elle, la fausse pudeur était de mauvais goût.

Ce qu'elle répondait, c'est que ce n'était pas un élément en particulier, mais qu'elle mettait un point d'honneur à bien faire les choses du premier coup. Il était également important de savoir gérer son temps.

Elle ne disait pas qu'il n'y a rien de tel que d'être partie prenante d'un programme de prévention du harcèlement sexuel pour découvrir un secret bien gardé.

Ce secret, c'est que même dans les emplois les plus triviaux et routiniers, la plupart des gens ne savent absolument pas ce qu'ils fabriquent la moitié du temps. Alors s'ils sont en train de lancer un projet inédit qui n'a jamais été tenté auparavant, on atteint plutôt les quatre-vingt-dix-huit pour cent du temps. Il faut avoir vécu l'aventure depuis le tout début, avoir fait voler un engin pendant douze secondes et que ce soit considéré comme le premier vol motorisé de l'histoire, pour comprendre tout ce qu'il reste à faire. Une invention se concrétise et les spectateurs l'acclament quand elle s'écrase dans le sable, parce que douze secondes se sont écoulées avant la chute. Naturellement, s'ils parviennent à la maintenir en l'air sans qu'elle s'écrase, les inventeurs croient avoir accompli un exploit. Naturellement, s'ils arrivent à dépasser la barre des douze secondes, l'excitation du moment leur fera négliger toutes sortes de défauts.

Ce que Renée comprit, c'est que le phénomène était identique à l'échelle du pays. Celui-ci avait été créé de toutes pièces par des gens qui avaient négligé des détails mineurs comme l'esclavage et l'autre sexe. Naturellement, avec des omissions d'une telle ampleur, il est aisé de fermer les yeux sur les autres défauts. Car voyez-vous, on grandit avec les lois qu'on a, et on part du principe qu'elles sont justes, parce que c'est ce à quoi on est habitué. Ce dont on ne se rend pas compte, c'est que certaines de ces lois ont été écrites par des gens comme Joe, et les autres par des gens qui ont essayé de faire le ménage derrière eux. C'est pour ça qu'elles laissent tant à désirer.

Ce que Renée comprit, c'est que plus une chose est importante, moins les gens sont susceptibles d'en corriger les erreurs. Ils partent du principe que puisque c'est si important, les auteurs devaient savoir ce qu'ils faisaient. Ou ils imaginent que si la chose comportait un vice grave, ç'aurait été rectifié, à la longue. Ils ne se rendent pas compte que quatre-vingt-dix-huit pour cent du temps, les gens qui l'ont créée n'avaient pas la moindre idée de ce qu'ils faisaient. Ils ne se rendent pas compte que les gens qui l'ont rectifiée ont seulement essayé de revenir à un taux d'incompétence acceptable d'environ cinquante pour cent. Par conséquent, si quelque chose laisse fortement à désirer, c'est à vous d'y remédier. Car si vous ne le faites pas vous-même, une chose est sûre : personne d'autre ne le fera.

C'est par cette simple prise de conscience que Renée acquit la détermination qui la mena jusqu'à la Cour suprême. Pas mal.

Non contente de lui avoir fait découvrir ce secret bien gardé, Soupapes & Cie lui offrit également l'opportunité de mettre en pratique cette nouvelle connaissance.

Joe aurait été le premier à reconnaître que Renée était un véritable atout pour l'entreprise. À vrai dire, il était même revenu en son for intérieur sur tous les jugements sévères qu'il avait émis au sujet de la loi sur l'égalité des chances. Le fait est que sa première impulsion avait été de choisir la facilité en disant à la candidate d'aller voir ailleurs. Ce n'est que parce qu'il avait été légalement contraint de trouver une solution qu'il avait effectué les efforts et les dépenses nécessaires pour introduire le vinyle.

Il s'avéra que le vinyle constituait à lui seul une réelle amélioration du produit. Il résolvait l'éternel problème des mictions inappropriées. Il accroissait le plaisir de la plupart des bénéficiaires. Sans compter que Joe avait embauché une candidate franchement exceptionnelle. Sans la loi sur l'égalité des chances, tout ce talent aurait été gaspillé.

La seule ombre au tableau, c'est que Renée semblait encore plus exigeante que Lucille. Pas un jour ne passait sans qu'elle l'appelle pour faire des commentaires et des recommandations. En général, quand une soupape faisait une suggestion, Joe lui promettait d'en prendre bonne note et de l'étudier attentivement. Il tenta le coup avec Renée.

« Et quand puis-je espérer que des mesures soient prises ?

— Euh, je ne peux pas vraiment vous le dire avant d'avoir eu le temps d'y réfléchir de façon plus approfondie, dit Joe.

— Quand pensez-vous avoir le temps d'y réfléchir ? Ce soir ? Demain ?

— Euh…

— Je vous rappelle demain après-midi. Je ne vois pas de raison pour que le problème ne soit pas résolu d'ici la semaine prochaine. »

Joe n'avait jamais réalisé à quel point une assistante de direction au top du top pouvait ressembler à un bulldozer.

Il avait ensuite tenté une autre réponse testée et éprouvée, qui consistait à expliquer que la modification suggérée ne pouvait être mise en œuvre dans le logiciel en l'état actuel, mais qu'il ferait son possible pour l'intégrer lors de la prochaine mise à jour.

« Et quand est-elle prévue ?

— Euh… Je ne sais pas. Je suis très pris, donc je ne sais pas exactement quand je serai en mesure de le faire. Mais je m'y attellerai sans faute dès que j'aurai un moment, je peux vous assurer que…

— Vous voulez dire que vous faites la programmation *vous-même* ? »

En réalité, Joe était trop embarrassé pour la confier à un expert informatique, qui ne manquerait pas de regarder ce qui avait été fait jusque-là en ricanant.

« Je préfère, dit Joe. C'est moi qui ai développé le produit, il vaut mieux que les améliorations soient intégrées par quelqu'un qui le connaît de fond en comble.

— Certes, c'est un argument qui se défend, mais là, c'est assez urgent. Ne pourriez-vous pas le faire ce week-end ?

— Je ne crois pas que ça puisse se faire en un week-end, répondit Joe d'un ton ferme. C'est assez compliqué.

— Vraiment ? Ça m'a l'air assez simple. Quel langage utilisez-vous ?

— Seulement l'anglais pour l'instant. Nous n'avons pas encore assez de clients hispaniques pour justifier une version en espagnol. Mais évidemment, si le besoin s'en faisait sentir, Soupapes & Cie serait tout à fait disposée à relever le défi. »

Il y eut un bref silence.

« Je parlais du langage de programmation, dit Renée.

— Ah. Ah, oui, bien sûr », fit Joe.

Il mentionna le langage employé.

« Dans ce cas, ça ne devrait pas être un problème. Je maîtrise au moins les bases. Je viendrai ce week-end m'en occuper. Naturellement, j'escompte être payée en heures supplémentaires.

— Euh…

— Cinquante dollars de l'heure. Avez-vous autre chose à me dire ? Bon, alors, c'est réglé. »

Après ça, Joe capitula et se laissa tous les jours écraser au bulldozer jusqu'à ce que le système réponde aux exigences impérieuses de Renée. L'ensemble de la programmation lui coûta environ cinq mille dollars d'heures supplémentaires. Mais quand les choses se tassèrent, il se rendit compte que ça valait le coup. C'était comme demander à la Princesse au petit pois de concevoir un matelas. Lorsque Renée eut réparé tous les petits accrocs qui la chiffonnaient dans le système, le résultat final fit le bonheur de toutes les soupapes. Les appels à son bureau diminuèrent de façon drastique. Joe commença même à se demander s'il avait vraiment besoin d'une personne chargée de leur accompagnement.

Hélas, une des innovations mises en place par Renée, bien qu'inestimable en soi, allait avoir de dangereuses répercussions.

Dès le premier jour, Renée avait été irritée par l'attitude peu professionnelle des autres soupapes. D'abord, il y avait ce stock de magazines dans le CRT. Ensuite, *deux fois* dans la même semaine, elle était tombée sur un collant en vinyle que quelqu'un avait laissé traîner par terre au lieu de l'évacuer correctement. Enfin, personne ne semblait guère se soucier de l'anonymat, censé faire partie intégrante du dispositif. Elle n'en était qu'à la page vingt de *Du côté de chez Swann* quand elle avait repéré pour la première fois une autre soupape. À la page quarante, elle en avait déjà identifié une dizaine.

C'était principalement dû au fait que beaucoup d'entre elles n'auraient même pas dû être embauchées. Au lieu de gérer leur temps de façon que leur esprit soit occupé ailleurs, elles semblaient accorder aux aspects physiques du travail une attention qui ne pouvait qu'entraîner des ennuis. Après avoir refoulé ça un temps, tôt ou tard, elles déprimaient et éprouvaient le besoin de se confier. En voyant quelqu'un sortir du CRT, elles tiraient des conclusions hâtives, supposaient que c'était une autre soupape et ressentaient l'envie irrépressible de se démasquer. Pourtant, si elles avaient *absolument* besoin de s'épancher, les gens de la boîte étaient bien les dernières personnes auxquelles elles auraient dû parler.

Renée tenta d'inciter Joe à agir et Joe tenta d'esquiver le problème.

Pour finir, elle en eut assez. « Écoutez, Joe, trancha-t-elle après qu'il eut éludé la question pendant près de cinq minutes. C'est totalement inacceptable. Vous n'allez pas me dire que c'est le genre d'environnement de travail que vos clients souhaitaient. Vous leur avez promis un parfait anonymat à tous les niveaux ; actuellement, cet anonymat est aussi troué qu'un gruyère. Les membres du programme ont clairement besoin d'un soutien que l'entreprise ne leur accorde pas pour l'instant. »

Joe essaya de l'interrompre, mais Renée poursuivit implacablement.

« Dans mon précédent poste d'assistante du directeur général, je supervisais un intranet destiné au personnel administratif. Il comportait un forum où les employés pouvaient évoquer les difficultés auxquelles ils étaient confrontés et où d'autres pouvaient leur répondre. Parallèlement, si je repérais des problèmes pouvant nuire à la performance, cela me permettait de les signaler à un stade précoce. Il n'y a absolument aucune raison qu'un système similaire ne soit pas mis en place pour l'ensemble des soupapes. Puisque j'ai l'expérience de la création et de la gestion de ce genre de réseau, je suis prête à me charger de la conception du logiciel, de son installation et de sa supervision. À mon avis, la plupart des difficultés peuvent être résolues en interne ; ce que nous ne serons pas en mesure de traiter pourra être signalé à l'entreprise cliente.

— Euh…

— Il me faudra quinze mille dollars par an en plus de ce que je touche actuellement. Je vous ferai savoir à la fin de la première année si ce montant doit être révisé à la hausse.

— Euh…

— Bon, alors, c'est réglé. »

Renée mit l'intranet sur pied. Elle équipa les convoyeurs d'un compartiment à magazines. Elle établit les règles, notamment pour l'évacuation des jupes et des vêtements en vinyle. Elle mit à la disposition des soupapes un forum sur lequel exprimer leur opinion. Et de temps à autre, elle leur offrit ses propres conseils.

Si Renée s'était contentée d'inciter les soupapes à apprendre une langue étrangère sur leur temps libre, Joe aurait pu continuer à dormir du sommeil du juste. Mais un jour, alors qu'elle en était presque à la moitié de *Du côté de chez Swann*, quelqu'un aborda la question des effets de ce travail sur les relations sentimentales. De nombreuses soupapes estimaient que ce job les faisait se désintéresser du sexe en dehors du travail et que cela avait parfois un effet négatif sur leurs relations. L'une d'elles déclara que son petit ami se plaignait sans cesse, car il travaillait dans la même entreprise et savait qu'elle n'était pas surmenée. Il ne voyait donc pas pourquoi elle était toujours fatiguée.

Renée fit remarquer que si son petit ami travaillait dans la même entreprise, cette dernière fournissait un exutoire à ses besoins. Il n'y avait absolument aucune raison qu'elle se sente coupable. Renée avait seulement voulu la soutenir, mais cela avait engendré toute une controverse, car la soupape avait répondu que si elle se mettait à croire que son petit ami utilisait ce dispositif, elle ne pourrait plus jamais le regarder de la même manière.

Il se trouve qu'Elaine jetait parfois un coup d'œil sur le forum ; elle songea que la modératrice n'avait pas tort.

À vrai dire, cela lui fit voir son travail de soupape sous un tout autre jour.

Elle comprit que beaucoup d'utilisateurs du dispositif devaient être en couple, et qu'à y bien réfléchir, ce service pouvait rendre les relations plus solides qu'elles ne l'auraient été sans. En effet, une des choses qui mettent les relations à l'épreuve, c'est le fait que les hommes ont tendance à assimiler le couple à du sexe à la demande. Par conséquent, s'ils peuvent avoir du sexe à la demande sur leur lieu de travail, il en ressort logiquement qu'ils doivent pouvoir maîtriser leurs demandes dans d'autres circonstances. Il en ressort logiquement que leurs relations de couple sont moins susceptibles d'être dégradées par des demandes de sexe à des moments et dans des situations peu propices. Il en ressort logiquement que leur couple a plus de chances de réussir.

Cette démonstration fit forte impression sur Elaine. Et ayant fait forte impression sur Elaine, elle eut également un impact sur Ed Wilson.

Privation

EN TANT QU'UTILISATEUR FRÉQUENT, Ed était bien placé pour remarquer les améliorations apportées au dispositif de soupapes. L'arrivée du vinyle ne l'avait pas laissé insensible. Mais à vrai dire, son flirt impromptu avec Elaine lui avait rappelé quelle portion ô combien importante de la femme se trouve au-dessus de la ceinture. Plus il utilisait les soupapes, plus il se souvenait de tout ce qu'il manquait.

Après cette première excursion chez Rodéo Bill's, Ed se mit à inviter Elaine assez régulièrement. Mais allez savoir pourquoi, il ne semblait jamais progresser vers un contact plus intime. Elaine refusait de sortir sans Hayley les soirs où elle avait classe le lendemain. Elle refusait qu'ils rentrent tard parce que Hayley devait faire ses devoirs. Elle refusait qu'Ed défasse le moindre bouton au cas où Hayley aurait une question sur ses devoirs.

En fait, Elaine avait beaucoup réfléchi à la discussion qui avait eu lieu sur le forum des soupapes. Et selon sa vision des choses, fournir un exutoire sexuel faisait partie de son boulot. Quand elle sortait du bureau, elle n'était plus en service et elle pouvait faire ce que bon lui semblait. D'ordinaire, quand ça faisait quelques semaines qu'elle fréquentait un homme, elle se disait évidemment qu'il fallait qu'elle fasse quelque chose, car il commençait sans doute à être frustré. Mais pourquoi se sentir coupable lorsqu'un homme avait *déjà* un exutoire au bureau ? Si quelqu'un peut avoir des repas chauds à la cantine, pourquoi sa petite amie aurait-elle à se mettre aux fourneaux ? Surtout s'il se trouve qu'elle travaille à la cantine ? Sans compter que les hommes, ça va, ça vient, mais si on a des problèmes avec son enfant, lui, on ne peut pas juste l'échanger contre un autre en mieux. Alors un môme ne doit pas avoir peur de descendre au salon au cas où un type aurait entrepris un examen pratique du Wonderbra de sa mère.

Résultat, Ed se sentait plus frustré qu'il n'aurait cru ça possible sachant qu'il utilisait les soupapes cinq ou six fois par jour.

Parfois, ils allaient tous les trois faire un tour en Lamborghini et Ed découvrait tout ce que peut percevoir la vision périphérique quand un bonnet D se trouve en périphérie. Parfois, ils rentraient jouer au Scrabble à la maison et Ed abandonnait le plateau de jeu à sa vision périphérique pour mieux savourer la torture d'un examen purement théorique de son Wonderbra.

Pendant ce temps, la chambre de Hayley s'emplissait peu à peu de collections complètes de cadeaux promotionnels. Chaque fois qu'ils se rendaient dans un fast-food, Ed achetait de façon compulsive le nombre de menus nécessaires pour obtenir toute la collection de ce qui était offert en cadeau. Passe encore quand on pouvait choisir les éléments qui manquaient à la collection en achetant le menu. Là où ça devenait gênant, c'est quand le cadeau était emballé et qu'on ne le découvrait qu'après. Ed continuait à acheter des menus jusqu'à ce qu'ils tombent sur l'élément souhaité. Peu importe le temps que ça prenait. Un jour, ils passèrent cinq heures chez Lucky Leprechaun parce qu'ils n'avaient trouvé que quatre des cinq champignons porte-bonheur offerts avec chaque menu Magic Meal (2,95 dollars seulement avec une boisson et des frites moyennes).

Une heure pour manger les trois premiers menus, ouvrir les emballages et découvrir qu'ils avaient deux des cinq champignons.

Une demi-heure pour acheter et jeter vingt autres menus et obtenir un troisième champignon.

Une demi-heure pour acheter et jeter trente autres menus et arriver à quatre.

C'est alors qu'Elaine avait tapé du poing sur la table. Il y avait des gens qui mouraient de faim. C'était obscène de jeter de la nourriture comme ça, pour gagner un maudit champignon. Si Ed voulait continuer, il n'avait qu'à prépayer autant de menus qu'il le faudrait et venir les manger plus tard.

Trois heures pour prépayer cinq cents menus Magic Meal et ouvrir cinq cents emballages avant de tomber sur le cinquième champignon porte-bonheur.

Ils ne mangeraient jamais tous ces menus prépayés, car Hayley dit que la seule pensée d'un Magic Meal lui donnait envie de gerber, et Ed était du même avis, alors il décida de les donner à des SDF. Sur le moment, on aurait pu penser que près de mille cinq cents dollars avaient été jetés par les fenêtres pour un stupide champignon en plastique. Ce qui montre bien à quel point on peut avoir les idées courtes. Il s'avéra qu'il n'avait été produit que vingt exemplaires de ce cinquième champignon, et que la collection complète était donc incroyablement rare. En une dizaine d'années, sa valeur atteignit cinquante mille dollars… et ce n'était *qu'une* des collections complètes qu'Ed avait réunies pour Hayley lorsqu'elle avait dix ans.

Des années plus tard, alors qu'elle était devenue millionnaire, les gens croyaient que Hayley avait démarré grâce à ses relations. Qu'avoir un beau-père multimilliardaire avait fait toute la différence. Hayley expliquait qu'Ed avait accompli deux choses pour elle. Premièrement, il lui avait offert beaucoup d'objets qui avaient bénéficié de la folie de la collectionnite, si bien que ces collections complètes avaient acquis une valeur énorme lorsqu'elle avait atteint ses vingt ans. Deuxièmement, il lui avait appris que si on veut quelque chose, il faut se donner à fond. Ne pas se soucier d'avoir l'air bête ; ne pas se soucier de ce que pensent les autres ; il faut simplement foncer.

Ed déclarait : « C'est une brave petite. »

En réalité, il se disait qu'il n'aurait jamais été assez fou pour acheter cinq cent cinquante-trois Magic Meals s'il n'avait pas été terriblement en manque de nichons.

Au fil des ans, évidemment, des accessoires qu'on aurait considérés comme un luxe inconcevable au début étaient devenus standards. Aujourd'hui, le chauffage est un accessoire standard dans toutes les voitures. Il fut un temps où on chauffait une brique au four et où on l'enveloppait dans une serviette. Aujourd'hui, il paraît évident d'avoir la radio dans sa voiture ; pourtant, certains se souviennent encore de l'époque où il fallait prendre le poste du salon et le poser sur le siège avant. De même, les premiers utilisateurs des soupapes n'auraient pu imaginer qu'un jour un écran vidéo à hauteur d'yeux constituerait un élément standard ; il aurait semblé inconcevable qu'on puisse choisir de visualiser le dos et la tête d'une partenaire virtuelle ou de mater un assortiment de seins allant de la mangue au melon. Au début, les utilisateurs étaient censés se débrouiller tout seuls. Alors rapidement, le CRT pour hommes eut son propre stock de magazines. Ensuite, Joe eut l'idée lumineuse de fournir lui-même les magazines, car il faisait une bonne affaire en passant une commande en gros, et de les ranger dans un compartiment secret. Il expérimenta la nouveauté à Kansas City et, constatant sa popularité, l'étendit à toutes ses installations. Cette option, aussi incroyable que ça puisse paraître, passait pour le nec plus ultra de la modernité en 2000.

Un produit plus sophistiqué aurait-il facilité la vie d'Ed Wilson, on ne le saura jamais. En l'état, précisément parce qu'il utilisait le dispositif beaucoup plus régulièrement que la plupart des clients, il fut l'un des premiers à ne plus se satisfaire de ses défauts. Vient un temps où baiser quelqu'un par-derrière sans rien d'autre à regarder qu'un mur perd de sa saveur ; vient un temps où même baiser quelqu'un par-derrière en contemplant un magazine fait plus de mal que de bien. Le magazine ne fait que souligner tous les éléments qui sont inaccessibles parce qu'il y a un mur qui vous en sépare.

Les études sur les babouins en captivité ont montré que les primates captifs passent leur frustration sur leurs congénères. Ed Wilson décida de passer sa frustration sur Roy.

Du point de vue de Soupapes & Cie, il n'aurait pas pu plus mal choisir.

7.
Une puissance supérieure

La grande percée

PARADOXALEMENT, ce qui propulsa les ennuis de Joe dans une autre dimension fut précisément la chose qui lui faisait penser que plus rien ne pouvait l'arrêter désormais, à savoir sa première grande percée.

Sa première percée, incontestablement, avait eu lieu lorsqu'il avait trouvé l'entreprise sur mille prête à adopter une approche novatrice du problème du harcèlement sexuel. Mais c'est une avancée pour laquelle il lui avait fallu trimer. Il avait dû écrire à un millier d'entreprises et faire face à toutes les formes possibles de refus de la part de neuf cent quatre-vingt-dix-neuf d'entre elles.

À l'inverse, sa première *grande* percée découla d'un événement fortuit ; il n'y était absolument pour rien.

Ce qui se produisit, c'est que Borelco, la société de Steve, commença à susciter la convoitise d'une grande firme. Steve avait bâti Borelco au fil des ans et ne voulait pas la voir avalée tout entière. Afin de parer cette acquisition, il engagea la fusion de Borelco avec une entreprise de taille comparable, Namier & Swanson, Inc. Bien entendu, toutes sortes de tractations furent entamées en vue d'harmoniser les conditions d'emploi au sein des deux entreprises.

Steve savait qu'une des choses que Borelco devrait conserver, comme composante de sa culture d'entreprise, c'était le système de soupapes, car les hommes qui s'étaient habitués au dispositif auraient très mal pris de devoir y renoncer après la fusion. Tout le projet aurait pris un mauvais départ. Mais ce n'était pas un sujet facile à aborder avec l'autre partie.

« Écoutez, Steve, dit Joe lorsqu'il lui exposa le problème. Si vous voulez mon avis, il est inutile d'aller volontairement vous attirer des ennuis. Si on y réfléchit, il va sans dire que toutes les parties concernées fournissent des toilettes à leurs collaborateurs, et personne ne va se donner la peine de préciser ce qu'ils sont censés faire dans ces sanitaires. Ce que je vous suggère, c'est d'expliquer que Borelco est un pionnier dans l'installation de toilettes respectueuses de la taille sur tous ses sites, que c'est un acquis dont vous êtes fier et que vous ne voulez pas qu'il se perde dans l'agitation de la fusion. Une fois les aménagements nécessaires effectués sur tous les anciens sites de NSI, déclarez simplement qu'il vous a paru plus efficace d'externaliser la mise en œuvre de votre politique de lutte contre le harcèlement sexuel et laissez-moi m'occuper du reste. »

Le résultat fut qu'ils étendirent le dispositif à NSI, doublant ainsi d'un coup l'activité de Joe.

Un effet secondaire de la fusion, dont Joe n'allait mesurer l'importance que beaucoup plus tard, fut que Steve commença à mesurer les avantages possibles d'une restructuration, pour ne pas dire d'un dégraissage, du personnel. Ça faisait un bail qu'il trouvait Roy un peu casse-bonbons ;

et maintenant, pour une raison ou une autre, il semblait y avoir des frictions entre le DRH et un des mecs les plus performants de la boîte. La fusion n'offrirait-elle pas une occasion de se débarrasser en douceur de Roy ? Hélas, le PDG de NSI trouvait lui aussi son chef des ressources humaines un peu casse-bonbons, et il fut le premier à faire tomber le couperet. Par rapport à Steve, il avait pris de l'avance, et quand la fusion avait été évoquée, une réduction stratégique des effectifs était la première chose à laquelle il avait pensé. Par conséquent, Steve fut contraint non seulement de conserver Roy, mais aussi de lui confier une plus grande équipe à qui refourguer des M&M's bleus. Il avait raté le coche cette fois. Mais l'idée faisait son chemin.

Six mois environ après la fusion, il vint à l'esprit de quelqu'un que BNSI, comme on l'appelait maintenant, faisait désormais le poids face à la société qui l'avait au départ menacé de rachat. Ils fusionnèrent donc avec Vesey Syndicates, formant ainsi BNSV, et apportèrent une fois encore dans leur trousseau les toilettes respectueuses de la taille et l'externalisation de la lutte contre le harcèlement sexuel. Puis BNSV fusionna avec Sinclair Products, et BNSVS conserva les soupapes, et le concept se propagea à travers tout le pays sans que Joe ait eu à lever le petit doigt.

Il n'eut absolument rien à faire, hormis assurer l'approvisionnement. Cela le contraignit naturellement à ne pas relâcher ses efforts, mais ce n'était rien par rapport à ceux qu'il aurait dû fournir pour conquérir autant de marchés à partir de rien.

Ce qu'il faut bien comprendre, c'est que chaque fusion s'accompagnait d'une restructuration complète. Des employés devenus superflus se faisaient virer ; les gens avaient d'autres chats à fouetter que l'harmonisation de la politique de lutte contre le harcèlement sexuel. Et si de nouveaux visages apparaissaient, les autres n'y prêtaient guère attention car ils avaient d'autres choses en tête. Sans compter que face à de tels bouleversements, personne n'allait remettre en question des travaux dans les WC pour handicapés. C'était le cadet de leurs soucis. Contrairement aux clients attirés par le bouche à oreille, qui nécessitaient un long travail de persuasion après qu'on eut mis un pied dans la porte, cette brochette d'entreprises tombait toute cuite dans son escarcelle.

À ce stade, évidemment, Joe n'était plus en mesure de tout porter sur ses épaules. Il s'était mis en quête de la personne sur mille capable de vendre un produit novateur à des gens dont on pouvait s'attendre à ce qu'ils se montrent de prime abord peu réceptifs, voire hostiles. Il ne cherchait pas des champions – l'expérience lui avait appris que ce n'était pas un travail pour les divas. Il cherchait des gens ayant une véritable compréhension du dilemme auquel est confronté l'employeur moderne. Il cherchait des gens ayant une véritable compréhension du dilemme auquel sont confrontées les femmes qui tentent de financer leurs études ou d'élever seules leur famille. Des gens ayant un véritable désir de les aider à résoudre ces dilemmes.

Il n'était pas entièrement satisfait de l'équipe qu'il avait recrutée jusque-là, mais un bon businessman tire le meilleur parti de ce qu'il a sous la main. On doit prendre les gens comme ils sont, pas comme on voudrait qu'ils soient. Un bon businessman le sait et agit en conséquence.

Bref, il avait embauché trois commerciaux ainsi que du personnel chargé du recrutement, si bien qu'il fut à même de tirer profit de sa grande percée lorsqu'elle survint. La première fusion eut lieu juste un an après que Steve eut validé la période d'essai, et deux ans plus tard, Joe avait des installations dans les cinquante États de l'Union.

L'aspect positif, c'est que Joe n'aurait plus jamais à se soucier de sa trésorerie. Qui plus est, Soupapes & Cie était désormais l'agence d'intérim attitrée d'une des plus grandes sociétés américaines, ce qui lui conférait une crédibilité qu'elle n'avait pas lorsque sa clientèle se résumait à quelques petites entreprises relativement obscures. Les gens faisaient appel à Soupapes & Cie juste pour trouver une intérimaire. On ne pouvait que s'en réjouir, sachant que cela offrait une protection supplémentaire contre l'éventuelle ghettoïsation du personnel bifonctionnel. Sans parler de la possibilité de faire passer le mot si l'opportunité se présentait.

L'aspect négatif, c'est que Steve avait enfin réussi à faire subir un dégraissage à Roy. Il avait à nouveau vu ses plans déjoués lors de la deuxième fusion : quelqu'un avait *encore* dégainé plus vite que lui et c'était *encore* le boulet d'un autre qui s'était fait lourder. La troisième fois, on ne l'y reprit plus. À peine les deux entreprises avaient-elles uni leurs forces que Steve laissa entendre de manière détournée qu'il n'aurait pas le cœur brisé s'il devait se séparer de Roy. Joe observait les événements en coulisse, sans se douter que l'issue de la bataille aurait un impact sur lui ; à titre personnel, il ne se souciait guère de savoir qui gérait les ressources humaines, du moment qu'on n'interférait pas avec l'externalisation des intérimaires. En cela, il commettait une grave erreur.

Roy se défendit vaillamment, mais il savait qu'il était temps d'en finir. Il en était à six paquets par jour ; ça ne pouvait pas continuer comme ça. Alors il donna son préavis, accepta une grosse indemnité et rentra ruminer chez lui. Bizarrement, l'incident survenu deux ans auparavant ne cessait de le hanter. Il n'avait plus rien à perdre en en parlant, et un soir, alors qu'il avait un peu trop bu, il mentionna l'épisode à son beau-frère.

Cela aussi aurait pu n'avoir aucune conséquence néfaste pour Joe, à un détail près.

Lorsque Walter avait quitté l'armée en revenant du Vietnam, il s'était d'abord dit qu'il en avait marre de tuer des gens.

Puis il avait changé d'avis.

L'étau se resserre

UN JOUR, JOE ÉTAIT ASSIS dans son box habituel au fond de Stan's Grill, devant un burger grillé au feu de bois et une Budweiser glacée. La journée avait été longue, et dans ces moments-là, il aimait venir chez Stan pour décompresser. Le restaurant était quasiment vide ; c'était presque toujours le cas, une des raisons pour lesquelles Joe l'appréciait, même si ça ne faisait probablement pas le bonheur de Stan.

Joe était sur le point de commander une autre bière quand un inconnu entra. Il regarda autour de lui, puis traversa la salle d'un pas ferme et régulier et s'arrêta à la table de Joe.

« Vous permettez ? » demanda l'inconnu.

Joe observa la salle et toutes ses tables vides, puis leva les yeux vers le type.

« Que se passe-t-il ? » demanda-t-il.

L'inconnu sortit une pièce d'identité de sa poche intérieure. « Walter Pike. FBI. »

Putain de merde, se dit Joe. « Je vous en prie », répondit-il.

L'inconnu semblait savoir tout ce qu'il y avait à savoir sur Soupapes & Cie. Les noms, les lieux, les dates… la totale. Par ailleurs, il semblait posséder une terrifiante maîtrise de la législation. Il n'arrêtait pas de pointer diverses irrégularités dans les services fournis.

Ne sachant que répondre, Joe répétait en boucle : « Vraiment ? Je l'ignorais. » C'était la pure vérité, car il entretenait avec la loi des rapports volontairement distants, mais, curieusement, l'inconnu semblait contrarié.

« Écoutez, Joe, dit finalement Walter. Vous ne semblez pas comprendre la gravité de la situation. Vous êtes dans les ennuis jusqu'au cou. Vous exploitez ce service à travers tous les États-Unis, ce qui veut dire que non seulement vous enfreignez la réglementation fédérale sur environ vingt-cinq points, mais que vous commettez également dans les huit cent quatre-vingt-douze infractions au niveau des États et des collectivités locales.

— Euh, fit Joe.

— Vous êtes dans un sacré pétrin, mon pote », lâcha Walter avant d'énumérer les diverses lois qu'il avait transgressées de manière flagrante.

Walter avait beaucoup regardé la série policière *Dragnet* étant enfant ; il savait exactement comment s'y prendre pour qu'un criminel se sente en dessous de tout.

Joe enfonça ses mains dans ses poches et attendit que ça se termine. Quand on se lance dans une activité novatrice, ce genre de désagrément n'est jamais à exclure. On s'y engage en connaissance de cause. L'essentiel est d'être au clair dès le départ sur ce qui compte réellement.

Un vieil adage dit à peu près ceci :

Donnez-moi la patience de supporter ce qui ne peut être changé, le courage de changer ce qui peut l'être et la sagesse de distinguer l'un de l'autre.

Avec leurs cinquante États, les États-Unis d'Amérique possèdent l'un des systèmes juridiques les plus compliqués au monde. On n'y changera rien ; il faut vivre avec. Du fait même de cette complexité, la maîtrise de ce système juridique nécessite une formation extrêmement poussée, si bien que les juristes américains sont parmi les plus chers du monde. On n'y changera rien non plus. Par conséquent, au début, quand on se lance, on n'a pas les moyens de se payer un juriste pour connaître les obligations légales. Quand on démarre une activité nouvelle, il existe toujours un risque que certains de ses aspects ne respectent pas la législation à la lettre. Mais si quelque chose se trouve tomber sous le coup de la loi, on n'a pas le moindre espoir de pouvoir rectifier le tir.

Ce qu'il faut, c'est avoir la sagesse de le reconnaître et la patience de l'accepter. Si on ne peut pas s'y faire, OK, il ne faut pas se lancer dans les affaires. Mais si on opte pour cette dernière solution, il faut peut-être se demander où en serait le pays si tout le monde avait attendu d'avoir le feu vert de la législation sous sa forme actuelle.

Ce dont il faut se souvenir, c'est que les lois sont écrites par des humains, avec tous les défauts et les imperfections que cela implique. Comme nous tous, ils font juste du mieux qu'ils peuvent. Ils ne sont pas prescients. Ce ne sont pas des génies. Ils ne peuvent pas prédire de quoi le monde sera fait demain, encore moins dans dix ans, encore moins dans je ne sais combien d'années, le temps qu'on se pointe avec son idée. En d'autres termes, certaines des lois en vigueur pourraient ne plus être adaptées au monde dans lequel cette idée permettra d'améliorer la vie des gens. Mais la seule façon de le savoir est de donner sa chance à son idée pour voir si elle prend.

Si elle marche relativement bien, on aura les moyens de se payer un juriste pour régler les détails juridiques qui auraient pu rester en suspens. Si elle marche extraordinairement bien, à tel point que certaines des plus grandes sociétés américaines l'intègrent à leur fonctionnement, on sera sans doute en mesure d'apporter à la législation les petits ajustements nécessaires pour la faire concorder avec les besoins des gens. Si elle ne marche pas très bien, ou si elle marche très bien mais que les préjugés font obstacle à une réforme législative, on pourra toujours se retirer aux îles Caïmans avec les profits qu'on aura réussi à amasser entre-temps. Les îles Caïmans possèdent de magnifiques plages de sable blanc baignées d'une eau turquoise, et si on n'est pas content de passer l'automne de sa vie dans un tel cadre, c'est qu'on est manifestement le genre d'individu qui ne sera jamais heureux nulle part et qu'on peut aussi bien aller en prison, pour ce que ça changera.

C'est ainsi que Joe avait considéré la question de la législation lorsqu'il avait démarré. Désormais, bien sûr, la plupart de ses clients présumaient sans doute qu'il avait réglé toutes les formalités avant de se lancer ; ils seraient probablement assez contrariés d'apprendre qu'ils avaient été mêlés à une entreprise qui n'était pas tout à fait légale. Mais certains de ces clients avaient une énorme force de frappe. S'ils décidaient qu'un dispositif était essentiel au bon déroulement de leurs opérations, ils pourraient affronter la législation de façon beaucoup plus efficace que Joe.

Même contrariés, ils ne se laisseraient pas dominer par leurs émotions ; ils détermineraient la valeur du service en question et prendraient des mesures en conséquence. Et Joe était prêt à parier qu'aucun de ses clients n'aurait envie de revenir au temps des directives que personne ne lisait, des ateliers de groupe embarrassants et des procès pour harcèlement sexuel, au temps où on ne savait jamais où et quand l'épée de Damoclès allait tomber et où la plus insignifiante des employées pouvait soudain réclamer des millions en dommages et intérêts.

Cependant, il n'y a aucun intérêt à se mettre gratuitement à dos un agent du FBI. On a beau prendre avec philosophie le fait d'enfreindre la réglementation fédérale, si un agent du FBI commence à entrer dans les détails, c'est la moindre des politesses que de faire preuve de contrition.

« Mince, fit Joe. C'est terrible. »

Quelque chose dans l'expression de Walter lui fit penser qu'il ne semblait pas suffisamment contrit.

Parfois, le mieux est de simplement dire la vérité.

« Ce que je me demande, dit Joe, c'est ce qu'auraient fait nos Pères fondateurs.

— Que voulez-vous dire ? demanda Walter.

— Eh bien, la raison pour laquelle nous avons fait la Révolution, au départ, c'était “Pas de taxation sans représentation”, n'est-ce pas ?

— En effet, dit Walter.

— Mais si on y réfléchit, ce n'était qu'une partie d'un problème plus vaste, à savoir que le peuple était gouverné par des lois dont il n'était pas l'auteur. Le fait est, Walter, que l'écrasante majorité des lois de ce pays ont été écrites alors que vous et moi n'étions même pas nés, par des gens qui ne pouvaient pas nous représenter, puisque nous n'existions pas. Je ne sais pas si vous le savez, mais Thomas Jefferson a dit que chaque génération devrait créer ses propres lois au lieu d'être liée par celles de ses parents.

— J'ignorais que Jefferson avait dit ça, répondit Walter.

— Beaucoup l'ignorent », dit Joe. Il l'avait appris en cours d'histoire en classe de première, à une époque où le cours s'intitulait encore « Américanisme contre communisme », et il ne l'avait jamais oublié. « Et pour tout dire, poursuivit-il, on voit bien pourquoi ça devrait être le cas. Si vos parents ressemblaient un tant soit peu aux miens, ils étaient sans doute assez conservateurs sur les questions sexuelles. Ce qu'avait compris Jefferson, c'est qu'il faut faire coïncider les lois avec la situation du moment.

— Écoutez, c'est très intéressant, dit Walter, mais…

— Par ailleurs, les Sudistes avaient parfaitement le droit de faire sécession, ajouta Joe, entraîné par association d'idées vers l'autre sujet qu'il avait retenu de la classe de première. Si on y réfléchit, ils avaient tout autant le droit de prendre leur indépendance que les colonies quand elles ont rompu avec l'Angleterre. La seule véritable différence, c'est qu'ils étaient sur le même continent. Bon, vous n'allez pas me dire qu'on devrait écrire à la reine d'Angleterre pour s'excuser et lui expliquer que c'était un fâcheux malentendu. Vous n'allez pas me dire que l'État d'Hawaï peut faire sécession parce qu'il est perdu dans le Pacifique. Non, monsieur. Ce qui ne veut pas dire que l'esclavage ne soit pas un mal terrible. Je ne pense pas une seconde que Lincoln n'ait pas été un grand homme, je dis seulement qu'il faut parfois garder la tête froide et ne pas se laisser emporter par le discours de Gettysburg.

— Je vois ce que vous voulez dire, concéda Walter. Et je dois avouer que je n'avais jamais vu ça sous cet angle. Mais en tout état de cause, la loi, c'est la loi.

— Je suis d'accord avec vous, dit Joe. Je fais juste remarquer que quand Thomas Jefferson défend un autre point de vue, on peut se demander si on ne s'est pas égarés en chemin. Si on n'a pas jeté le bébé avec l'eau du bain. Si on a su séparer le bon grain de l'ivraie.

— Écoutez, Joe, dit Walter. Peut-être que vous avez raison, peut-être pas. Ce n'est pas à moi d'en juger. Ce n'est pas moi qui fais les lois ; ce n'est pas mon rôle. Mon rôle, c'est de faire appliquer la loi en son état actuel.

— J'en suis bien conscient, Walter, dit Joe. Je sais que vous ne faites que votre travail.

— En même temps, il est parfois nécessaire, dans l'intérêt de la sécurité nationale, d'adopter une vision plus large. »

Dès qu'il entendit ces mots, Joe sut qu'il était tiré d'affaire pour l'instant. Il finirait peut-être un jour en prison, mais au moins, Walter n'allait pas l'y traîner dans l'immédiat.

« Stan, lança-t-il, mets-nous deux autres bières. »

Quand les bières arrivèrent, Walter dit :

« Vous avez raison sur un point. C'est vrai que les temps ont changé. C'est pourquoi je pense que tout *ça* peut apporter une immense contribution à la nation tout entière.

— Comment ça ? demanda Joe.

— Eh bien, qu'on le veuille ou non, les pulsions sexuelles des hommes de pouvoir sont l'un de nos pires cauchemars en matière de sécurité nationale. Elles exposent les individus concernés à des pressions auxquelles il n'est pas souhaitable qu'une personne de ce niveau soit soumise. Chantage. Coercition. Extorsion. Autrefois, quand la presse savait encore se tenir, ce n'était pas trop grave. JFK pouvait faire tout ce qui lui chantait et la presse détournait les yeux. Aujourd'hui, les choses sont totalement différentes.

— Je ne vous le fais pas dire, observa Joe.

— Si vous voulez mon avis, dit Walter, en intégrant l'anonymat à votre programme, vous avez sans le vouloir mis en place une caractéristique qui pourrait le rendre extrêmement utile pour les hommes de pouvoir. On n'aurait plus à se soucier de quelle fille untel a fréquenté et de ce qu'elle risque de raconter. Car voyez-vous, le problème n'est pas que *quelqu'un* sache avec qui le type a fricoté ; dans l'intérêt de la sécurité nationale, le FBI doit être tenu informé à tout moment. Le problème, c'est d'empêcher la *fille* de le savoir. »

Walter eut un sourire désabusé. « Ne le prenez pas mal, Joe, mais vous m'accorderez que votre produit n'est pas à la hauteur de Marilyn Monroe. Cependant, comme je le disais, les temps ont changé. Nos dirigeants actuels sont conscients qu'ils ne peuvent plus prendre les libertés que les hommes de leur stature pouvaient se permettre il y a vingt ou trente ans, et je pense que les avantages de votre programme vont le rendre très attractif. Alors si nous pouvons coopérer pour mettre en place un système qui apporte une solution efficace à ce problème, je peux vous assurer que nous trouverons un moyen de contourner les diverses lois que vous enfreignez actuellement. »

En réalité, les agents du FBI considèrent avec nostalgie les relations intimes qu'entretenaient leur premier directeur, J. Edgar Hoover, et le Bureau ovale. Dans l'idéal, le FBI devrait maintenir ce niveau de proximité avec le Président. Dans l'idéal, le FBI devrait tout bonnement établir ce genre de relations avec tous les détenteurs de fonctions officielles, aussi bien au niveau local que national. Et il serait encore plus idéal que le FBI ait des rapports aussi étroits avec tous les habitants du pays.

Dès que Walter avait commencé à enquêter sur Soupapes & Cie, il lui était justement apparu que cet idéal était beaucoup moins inatteignable qu'il le croyait jusqu'alors. Si le FBI avait ses entrées dans une agence de recrutement de cette nature, il élèverait inévitablement cette proximité à un niveau jusque-là inespéré. Et bien sûr, le Bureau fédéral disposait de toutes sortes de moyens d'élargir la clientèle de l'agence à des secteurs où l'étroitesse des liens constituait une priorité.

Joe hésita. D'un côté, on lui offrait une porte de sortie facile. Avec le FBI à ses côtés, il n'aurait plus à se soucier de la législation. Ou, plus exactement, il pourrait continuer à ne pas s'en soucier, avec l'assurance que le FBI avait la situation en main. Et votre avocat aura beau être un crack du barreau, quel que soit le prix que vous le payez, il ne vous apportera jamais une telle garantie.

D'un autre côté, il avait l'habitude d'être seul maître à bord. S'il laissait entrer le FBI, celui-ci pourrait se mettre à exiger des choses qu'il ne serait pas en mesure de refuser. Walter parlait déjà avec désinvolture d'en finir avec un élément absolument essentiel pour l'intégrité de l'entreprise : l'anonymat que Joe avait garanti à ses clients comme à ses employées. Naturellement, il n'avait pas été possible de mettre le système en place sans expliquer la nature du service aux utilisateurs potentiels ; mais savoir à qui le service est offert et qui l'utilise effectivement sont deux choses extrêmement différentes. Le logiciel générait des opportunités et les proposait aux participants, qui pouvaient accepter ou refuser l'offre comme bon leur semblait. Ni Joe ni personne ne savait ce qu'ils décidaient de faire ; personne à part les participants eux-mêmes.

En même temps, avait-il vraiment le choix ?

« Quelque chose vous chiffonne ? » s'enquit Walter. Un agent du FBI sait quand faire une démonstration de force et quand donner un peu de mou. Si on essaie de convaincre quelqu'un d'entamer une coopération à long terme avec le Bureau fédéral, mieux vaut généralement lui laisser croire qu'il prend la décision de son propre chef.

« C'est juste que…, fit Joe.

— Juste que quoi ? dit Walter. Rappelez-vous que je suis là pour vous aider. Le Bureau estime que vous faites un travail très important, Joe. Le problème, c'est que vous êtes allé un peu vite en besogne. Une société libre n'est possible que si chacun respecte les règles. On ne peut pas laisser les gens prendre la législation à la légère, Joe. C'est là que nous intervenons.

— C'est juste que l'anonymat est vraiment indispensable au produit, répliqua Joe. Les gens qui l'utilisent accordent leur confiance à Soupapes & Cie. Ils comptent sur nous pour préserver leur anonymat. Après tout, s'ils voulaient, ils pourraient toujours trouver satisfaction ailleurs.

L'anonymat est notre principal argument de vente. Si on revient sur cet anonymat, à mon avis, on trompe le client. Ce n'est pas ma conception des affaires.

— Je suis ravi que vous abordiez la question, répondit Walter. Il est important de mettre les choses à plat. Nous ne pouvons pas nous permettre de fonder notre collaboration sur des malentendus. »

Joe, à qui tout ça ne disait rien qui vaille, fit signe à Stan d'apporter deux autres Budweiser.

« Je vais vous dire comment je vois les choses, Joe, reprit Walter. Selon moi, l'anonymat a sa place dans le secteur privé, à moins bien sûr qu'un individu soit source d'inquiétude. Auquel cas, nous devrons naturellement garder un œil sur ses mouvements. Mais au sein du secteur public, d'autres règles s'appliquent. Cependant, il ne faut pas se focaliser sur cette seule question. Permettez que je vous explique en quoi je pense que vous pouvez apporter une réelle contribution, et voyons si cela vous tente.

— OK, dégainez, dit Joe avant de se souvenir qu'il parlait à un homme armé. Enfin, je veux dire…

— Ne vous en faites pas, répondit Walter en riant. Nous sommes formés à n'avoir recours à la violence qu'en tout dernier ressort. Vous n'avez absolument rien à craindre. Vous êtes entre de bonnes mains. »

Joe eut un sourire en demi-teinte.

« Laissez-moi vous expliquer la situation, dit Walter. Voyez-vous, Joe, vous ne comprenez pas ce que c'est pour les gens qui exercent des fonctions officielles. Je ne parle pas seulement de ceux qui font la une des journaux, de ceux qui ont des pulsions sexuelles incontrôlables. En un sens, ceux-là sont le cadet de nos soucis. Dans les faits, tous ceux qui occupent ce genre de charge sont soumis à une pression constante. Ils entrent en fonction en pensant se retrouver en position de pouvoir, et ils découvrent qu'ils sont constamment obligés d'apaiser les gens. Ceux qui nous inquiètent *vraiment*, au FBI, ce sont ceux qui refoulent tout ça. On ne sait jamais quand ni comment ils vont exploser. Dans mon optique, un service tel que le vôtre pourrait offrir une soupape de sécurité à des gens qui risqueraient sinon de commettre de gros dégâts, sans pour autant les exposer à des individus sans scrupule qui tireraient profiter de ce besoin.

— Je n'en doute pas, dit Joe. Le problème, c'est juste que je ne suis pas très à l'aise avec le fait d'introduire une dimension de surveillance…

— Ce que je veux dire, poursuivit Walter, c'est que dans le contexte du secteur public, l'anonymat n'est pas viable. Un suivi adéquat est indispensable. Mais ce que j'aimerais que vous vous demandiez, c'est si le bienfait obtenu en mettant ce service à la disposition de ces individus vulnérables ne compense pas le sacrifice de cette caractéristique du produit. »

Joe soupira.

« Je comprends ce que vous dites, Walter. Mais il s'agit d'une rupture radicale avec la philosophie de Soupapes & Cie telle que je la conçois.

— J'entends bien, dit Walter. Mais n'oubliez pas qu'en l'état actuel des choses, vous pourriez légalement être contraint de mettre la clé sous la porte demain. Maintenir ce service sous sa forme existante n'est pas réellement une option à l'heure actuelle. »

Joe termina sa bière et reposa la canette.

« Ce qu'il faut bien comprendre, enchaîna Walter, c'est que le Bureau identifierait des lieux appropriés pour ces installations. Nous fournirions toute une série de sites auxquels vous, en tant qu'entrepreneur privé, auriez sinon du mal à accéder. »

Un bon agent du FBI sait quand ses paroles font mouche. Walter sentait que la discussion commençait à pencher en sa faveur.

« C'est pourquoi je vous conseille de ne pas vous focaliser sur un seul point, dit-il d'un ton persuasif. En fin de compte, nous vous offrons la possibilité de ne plus vous préoccuper des questions juridiques et de développer tout le potentiel de votre produit. »

Arrive un moment où il faut se rendre à l'évidence : les choses ne se passent pas toujours comme prévu. Bon gré mal gré, Joe commençait à se faire à l'idée qu'un tel moment était venu. Et comparée à plusieurs peines concomitantes de réclusion à perpétuité, l'offre n'était pas sans attrait.

« C'est une occasion rare de servir votre pays tout en faisant des profits, conclut Walter.

— Banco, dit Joe. Et vous savez, Walter, mon cas est moins grave qu'il n'y paraît.

— Vraiment ? dit Walter. Pourquoi donc ?

— Eh bien, au moins, je n'enfreins pas la loi sur l'égalité des chances. »

Un bien pour un bien

JOE N'ÉTAIT PAS TOUT À FAIT à l'aise à l'idée de laisser le FBI accéder à des informations jusque-là strictement confidentielles. Pendant environ un mois, il se surprit à rentrer tôt le soir et à consacrer du temps à des fantasmes dont un homme d'affaires prospère se passe normalement très bien. Un homme d'affaires prospère n'a normalement pas besoin de revisiter *Les Aventures de Superdick*, quelle que soit l'intensité de l'excitation que ce film a pu lui procurer en classe de cinquième. Il n'a pas besoin de se réconforter avec l'histoire d'un superhéros fou de sexe, drogué par un mauvais génie, et des superpouvoirs de sa bite de trente-trois centimètres dopée à la kryptonite. Mais, curieusement, aucun des fantasmes plus raffinés que Joe avait élaborés au fil des ans ne semblait le soulager.

Toutefois, au bout d'un certain temps, Joe commença à entrevoir le bien-fondé des paroles de Walter. Il commença à comprendre qu'une synergie entre Soupapes & Cie et le FBI pourrait s'avérer fructueuse.

Joe coopéra étroitement avec Walter à l'introduction des soupapes dans le secteur public et put constater par lui-même que, dans bien des cas, cela faisait toute la différence. Notamment pour quelqu'un qui se montrait certes indélicat sur le plan sexuel, mais qui était à d'autres égards le meilleur candidat. Une installation réalisée à point nommé fit des miracles pour un homme dont les deux précédentes campagnes avaient été entachées par des attaques de la pire espèce visant à le traîner dans la boue. Ce candidat s'était engagé à nettoyer trois rivières polluées, un projet auquel Joe tenait beaucoup, et pour une fois, sa campagne demeura axée sur les questions de fond plutôt que sur des détails personnels scabreux. Sur les questions de fond, il n'y avait pas photo, et il remporta l'élection haut la main. Il y avait donc de quoi être satisfait.

Par ailleurs, cela permit à Joe de développer les WC respectueux de la taille dans des proportions qu'il n'aurait pu atteindre seul avant des années. Et encore. Il avait des installations dans les capitales de quarante-neuf États, sans parler de Washington et de New York. L'important n'était pas seulement le nombre de bâtiments concernés ; c'était ce qu'il symbolisait. Cela envoyait un message à la population. Un gouvernement élu doit représenter *tous* les citoyens. S'il oublie les gens de petite taille, c'est que quelque chose ne tourne vraiment pas rond.

Alors Joe s'efforça de ne pas penser à ce que le FBI pouvait manigancer, et de se concentrer sur les aspects positifs. Il se disait que ce qu'on fait une fois adulte n'est pas toujours ce qu'on avait imaginé étant enfant. Petit, on imagine toujours qu'on va devenir astronaute, ou footballeur, ou quelque chose du genre ; on ne comprend pas pourquoi tant de gens passent leur vie à faire des choses ennuyeuses comme vendre des aspirateurs. Une fois adulte, on doit faire face à certaines réalités financières. Bien sûr. Mais on doit aussi admettre qu'il existe différentes manières d'apporter sa contribution. Personne ne rêve de travailler dans les égouts quand il sera grand ; et pourtant, nous mourrions tous de maladies horribles si personne ne faisait carrière là-dedans. Eh bien, Joe avait trouvé un moyen d'assainir le monde dans un domaine tout aussi important. Et, ce faisant, il avait également trouvé un moyen de rendre le monde plus accueillant pour les gens qui étaient nés petits alors qu'ils n'avaient rien demandé.

Parfois, quand il se sentait mal à l'aise, il repensait à Ian, toujours en train de lire des livres sur John Foster Dulles à KC (comme les gens du coin appellent Kansas City). À moins qu'un nouveau héros ait supplanté JFD. Ce que Joe se disait, c'est qu'il avait croisé Ian l'espace d'un instant et poursuivi son chemin. Mais Ian continuait à être petit jour après jour ; c'est un truc avec lequel il devait vivre au quotidien. Et la principale chose avec laquelle il devait vivre, c'est d'être sans cesse catalogué par les autres comme petit. Et ça, quand on y pense, c'est assez stupide. Joe faisait un mètre soixante-dix-huit. Quand il se sentait seul, est-ce qu'il cherchait des gens qui faisaient la même taille parce qu'ils auraient forcément plein de choses en commun ? Bien sûr que non. Et ce n'était pas une petite excentricité propre à Joe. *Personne* ne cherche des gens de la même taille pour se faire des amis. Car faire la même taille est sans doute la chose la moins intéressante qu'on puisse avoir en commun. Donc, si la taille qu'on fait devient un élément significatif en dessous d'une certaine hauteur, et si ça devient un point commun avec les autres personnes de cette taille, il n'y a pas besoin d'être un génie pour comprendre que le facteur déterminant n'est pas la taille. C'est la perception que les autres ont de cette taille.

Ce que Joe se disait, c'est qu'on peut difficilement changer les perceptions des gens. Mais au moins, certains groupes désavantagés obtiennent quelques compensations. Alors que là, avez-vous déjà entendu parler d'un mec embauché pour être le nain de service ? Jamais.

Joe n'avait d'autre choix que de rester sur la touche pendant que Walter faisait de son mieux pour promouvoir les relations entre le FBI et les candidats à des fonctions politiques. Mais pour ce qui était d'installer des équipements appropriés, c'était une autre affaire. En réalité, dès que Walter avait esquissé les nouvelles opportunités qui allaient s'offrir, Joe avait repensé de fond en comble la nature même de ces équipements. Une telle occasion d'exercer un impact n'était pas près de se représenter.

Quand on est un homme d'idées, on ne cesse pas d'avoir des idées parce qu'on n'a plus de problèmes de trésorerie. On continue à avoir de nouvelles idées, et quand on a une idée, on a envie de la voir se réaliser. L'une des nouvelles idées de Joe était un distributeur de billets respectueux de la taille. Il pourrait y avoir un écran et un clavier réglables en hauteur selon les préférences, et non pas une mais deux fentes pour la carte et les billets à différents niveaux. Il pourrait y avoir un genre de gadget qui ajusterait automatiquement l'écran selon la fente dans laquelle on introduirait sa carte, bien que ça nécessite sans doute une programmation assez chiadée. Ou alors, l'écran pourrait simplement se régler avec un système manuel, un bouton ou une poignée ou que sais-je, et l'utilisateur pourrait sélectionner la fente voulue dans un menu.

Malheureusement, Joe n'arrivait pas à trouver une façon de justifier la chose auprès des clients.

Il décida alors de faire comme bon lui semblait. Il n'allait même pas essayer de parlementer. Il allait juste se lancer et advienne que pourra. Si on installe des toilettes et des distributeurs de billets respectueux de la taille dans les bâtiments officiels, ça envoie un message aux entreprises. Celles-ci peuvent choisir d'ignorer ce message. Mais au moins, elles ne peuvent pas dire qu'elles ne l'ont pas entendu.

C'est ainsi que Joe s'accommodait de la situation. Après tout, il avait mis un pied dans la politique, et les gens qui s'impliquent en politique se rendent vite compte que tout ne peut pas être exactement comme ils le voudraient. Ils doivent se contenter de faire le bien dans les domaines où ils n'ont pas les mains liées, car ils ne peuvent évidemment pas faire grand-chose lorsque leurs mains sont liées. Et il est inévitable qu'elles le soient par moments. C'est ce que Joe découvrit en travaillant avec Walter. Une découverte gênante à bien des égards, mais dont il fallait s'accommoder.

Walter, en revanche, était sacrément content de la tournure que prenaient les événements. Premièrement, il servait son pays du mieux qu'il pouvait. Deuxièmement, cette nouvelle initiative ne pouvait pas faire de mal à sa carrière. Et troisièmement, il avait la satisfaction de voir le FBI porter un coup fatal à l'un de ses plus vieux et plus mortels ennemis.

Quand Walter était entré au FBI, l'institution se battait sur plusieurs fronts. Le communisme demeurait une menace pour la sécurité nationale et était pris très au sérieux. La drogue faisait des ravages. Sans compter le crime organisé. Le FBI n'avait tout simplement pas les effectifs pour affronter la CIA, et il allait en payer le prix. Tandis que l'attention du Bureau était occupée ailleurs, la sphère d'influence de sa concurrente s'étendait à pas de géant. Naturellement, la CIA était à certains égards sa propre pire ennemie ; il suffisait de lire les journaux pour voir que c'était foirage sur foirage, et encore, les journaux ne rapportaient pas la moitié de ce que ces guignols faisaient. On aurait pu croire que ce n'était qu'une question de temps avant que les opérations soient confiées à une organisation qui savait ce qu'elle faisait. Malheureusement, ça ne fonctionnait pas comme ça.

Mais la roue tourne. Si la surveillance menée au niveau des soupapes, avec le degré de contrôle que cela impliquait, devenait une réalité, le FBI pourrait enfin maîtriser une des plus grandes menaces existantes pour la sécurité nationale.

8.

L'avenir est à nous

Concurrence

LA COLLABORATION DE JOE avec le FBI fut un facteur clé dans l'expansion des activités de Soupapes & Cie. Paradoxalement, pourtant, ce qui propulsa l'entreprise dans une tout autre dimension fut l'apparition soudaine de la concurrence.

Au début, Joe s'était donné beaucoup de mal pour mettre en évidence la différence entre le dispositif de soupapes et la prostitution. Face à ce concept tellement nouveau, c'est ce qui venait aussitôt à l'esprit des gens, et il fallait vraiment préparer le terrain pour leur permettre de bien comprendre la différence entre les deux.

Il s'avéra évidemment que certaines des soupapes les plus efficaces avaient fait carrière dans les secteurs plus traditionnels du sexe tarifé. Étrangement, il était plus facile pour quelqu'un justifiant de ce genre d'expérience d'acquérir quelques compétences en bureautique, que pour quelqu'un justifiant d'une expérience de secrétariat d'élargir son répertoire dans l'autre sens.

Avec le recul, ce n'était peut-être pas si surprenant. Les femmes qui venaient, mettons, de l'administratif gagnaient beaucoup plus qu'avant, mais elles devaient aussi s'habituer à des conditions de travail qui représentaient toute une série de nouveaux défis. Les femmes qui faisaient le chemin en sens inverse avaient tendance à considérer les choses différemment. Certaines voyaient en réalité leur paie diminuer. D'autres parvenaient seulement à la maintenir au même niveau. Et il se pouvait qu'elles aient à faire plus d'heures pour y arriver. En d'autres termes, ce qu'elles cherchaient avant tout n'était pas un gain financier. Ce qu'elles cherchaient se rapprochait plutôt de tout ce que Joe avait initialement présenté comme les principaux attraits de cet emploi.

Comme une femme l'expliqua par la suite, elle avait débuté dans une agence d'escorts parce que ça payait bien ; elle avait ensuite constitué sa propre clientèle et ça payait encore mieux. Mais quelque chose dans ce mode de vie vous pousse à dépenser l'argent dès qu'il est gagné, voire même avant ; à un moment, elle avait accumulé pas loin de trente mille dollars de dettes. On voudrait économiser, mais on ne le fait jamais, et de temps en temps, en se regardant dans le miroir au réveil, on constate qu'on a une sale gueule et on comprend que l'argent va continuer à filer, mais qu'un jour ou l'autre, il va cesser de rentrer. Le problème, c'est que ce n'est pas facile de trouver un autre métier qui paye assez pour qu'on puisse même l'envisager.

Pour cette femme, les soupapes constituaient donc une parfaite reconversion. À dix-sept ans, elle détestait l'idée d'un travail de bureau, mais à vingt-sept ans, elle percevait l'attrait d'un job assorti d'une assurance maladie, d'une assurance retraite et d'une relative garantie d'avoir encore un emploi à trente-sept, quarante-sept ou même cinquante-sept ans. Viendrait forcément un temps où le volet « soupape » du poste serait supprimé pour cause d'ancienneté, mais d'ici là, elle serait qualifiée pour occuper un poste à responsabilité classique. Par ailleurs, les revenus élevés empochés pendant ce pan de sa vie professionnelle seraient pris en compte pour sa pension de retraite.

Et ce n'est pas tout. Indépendamment des retombées financières à long terme, son travail de soupape était à bien des égards beaucoup moins stressant que ce qu'elle faisait avant. Une des choses qui finissent par vous taper sur le système, c'est d'être obligée d'avoir des interactions sociales avec des gens qu'on ne fréquenterait pas si on avait le choix. Sans parler de devoir assister au déshabillage d'hommes physiquement peu attirants : on s'en lasse *très* rapidement. Soupapes & Cie retirait ce facteur de l'équation. Ce n'est qu'une fois qu'il avait disparu qu'on se rendait compte du temps qu'on avait passé avec un sourire de façade plaqué sur le visage.

Au début, quand personne n'avait entendu parler de Soupapes & Cie, les femmes qui auraient pu être intéressées par ce genre d'évolution professionnelle ignoraient que ça existait. Par conséquent, le recrutement était incroyablement laborieux, et même une fois le contrat signé, les recrues nécessitaient un degré d'accompagnement psychologique qui ne correspondait pas vraiment à l'esprit dans lequel on les avait embauchées. Ensuite, quand la nouvelle commença à se répandre, les choses s'améliorèrent considérablement. Soupapes & Cie se mit à attirer des candidates qui avaient déjà surmonté leurs éventuelles réticences à fournir un service comportant une dimension sexuelle. Les effectifs continuaient à croître régulièrement, mais les frais d'accompagnement se stabilisèrent. Le ratio entre le temps consacré au recrutement et le nombre de candidatures couronnées de succès diminua radicalement. À bien des égards, ce fut une évolution bénéfique.

Mais on sait ce que c'est, chaque médaille a son revers. Alors que se propageait dans l'industrie du sexe la nouvelle de cette opportunité offerte aux femmes qui se souciaient de leur avenir, elle parvint également aux oreilles de personnes ayant d'autres idées en tête.

Certains ne tardèrent pas à comprendre qu'il devait bien y avoir des opportunités pour plus d'un opérateur dans ce nouveau secteur. Naturellement, ils apportèrent avec eux leurs idées préconçues, des idées forgées dans un secteur doté de sa propre échelle de valeurs. Venant de cet univers, ils n'étaient pas toujours en mesure d'apprécier ce que Joe avait tenté d'accomplir. Ils avaient généralement tendance à se focaliser sur des considérations financières et, dans bien des cas, à se méprendre sur ce qu'ils voyaient, négligeant la valeur de ce système au-delà de son aspect financier.

Le premier challenger de Joe fut un homme qui avait débuté dans les agences d'escorts. Ray en possédait dans dix grandes villes, et c'est à la lumière de cette expérience qu'il interpréta automatiquement le concept de soupape.

En premier lieu, avant d'avoir eu le temps de l'étudier en détail, il pensa juste que ce business pourrait régler un problème auquel tout responsable d'une agence d'escorts se trouve tôt ou tard confronté. Le problème, fondamentalement, c'est qu'on a affaire à une marchandise hautement périssable. Toutes les filles ont une date limite de vente, mais hélas, elles n'ont pas toujours la lucidité nécessaire pour reconnaître qu'elles l'ont atteinte et prendre les mesures qui s'imposent sans l'intervention d'un tiers. Personne ne veut blesser personne, mais quand on a une agence et une réputation à préserver, il faut tôt ou tard prendre le temps de les forcer à regarder la réalité en face.

Ça peut être un processus difficile, surtout si la personne en question va devoir procéder à des réajustements financiers. Il n'est jamais agréable de voir une femme partir en sachant qu'elle va devoir faire des compromis. Il n'est jamais agréable de voir une femme arriver avec la vie devant elle, en sachant les choix qu'elle va éventuellement devoir faire d'ici quelques années. Il y a évidemment des personnes qui prennent les précautions requises pour ne pas avoir à effectuer ce genre de choix le moment venu, mais celles-ci sont plutôt minoritaires, et on n'y peut hélas pas grand-chose.

Bref, ce qui vint d'abord à l'esprit de Ray, c'est qu'une agence de soupapes pouvait être un moyen de transférer les filles en douceur dans un environnement moins soumis au facteur temps. Un environnement moins intolérant à la détérioration physique qu'une agence d'escorts. Autrement dit, une opportunité pour les filles de capitaliser sur leur expérience tout en acquérant de nouvelles compétences. C'était une façon plus humaine de traiter un problème inéluctable tout en faisant des affaires. En prenant soin d'elle, une fille peut conserver un corps de vingt-cinq ans jusqu'à la trentaine bien tassée ; le problème, c'est que le visage est la première chose à vieillir. Mais voilà que désormais, une fille qui prenait soin d'elle pouvait continuer à en profiter, et permettre à son agence d'en faire autant, bien après l'âge auquel elle aurait normalement dû commencer à faire preuve de réalisme.

Ray créa donc une agence dotée de succursales dans les grandes villes où il opérait déjà. Il avait de nombreux contacts dans le monde de l'entreprise, et il put leur proposer ce service à un prix très compétitif, n'ayant pas de frais de recrutement, d'accompagnement ou autres. Seule ombre au tableau : il ne parvint pas à intégrer les soupapes au sein du personnel aussi bien que Joe, car il aurait été très facile de repérer les collaboratrices qui se rendaient aux toilettes sept ou huit fois par jour. Il ne parvint jamais non plus à maîtriser les subtilités de la gestion des employées bifonctionnelles. Il commit très tôt l'erreur d'embaucher une soupape réceptionniste. Étant extrêmement sollicitée en tant que soupape, celle-ci devait s'absenter du standard à peu près toutes les heures, au grand dam de l'entreprise.

Au bout d'un moment, il décida que le jeu n'en valait pas la chandelle.

Naturellement, Joe eut vent de la naissance de cette agence. Certaines des filles recrutées par Soupapes & Cie avaient débuté chez Soupapes Escorts, lui offrant ainsi un bon aperçu de ce que son rival avait à offrir. Franchement, ça ne l'inquiéta pas outre mesure. Il n'y avait vraiment pas de quoi. Il était parfaitement évident que ce type ne faisait pas le poids.

Quand Mel se lança, en revanche, il possédait deux ou trois agences d'escorts, mais avait également d'autres centres d'intérêt. Par conséquent, il fut capable de percevoir une différence fondamentale entre le travail d'escort-girl et celui de soupape qui était curieusement passée inaperçue. Une escort-girl doit avoir de la personnalité pour réussir ; la soupape, quant à elle, garde sa personnalité de son côté du mur.

Puis Mel se pencha sur l'aspect économique de la chose, et il n'en crut vraiment pas ses yeux. En effet, des chefs d'entreprise apparemment sains d'esprit déboursaient des centaines de milliers de dollars, parfois même des millions, pour fournir à leur personnel des chattes en accès aléatoire. Il additionnait les chiffres en répétant : J'y crois pas. Il finit pourtant par y croire. Et dès qu'il y crut, il sut qu'il y avait de l'argent à se faire.

Le gaspillage au sein du système était si prodigieux que le premier quidam maîtrisant le b.a.-ba des affaires pouvait le réduire de cinquante pour cent et continuer à engranger des profits obscènes.

Car la première chose qui sauta aux yeux de Mel, c'est que le type qui avait imaginé tout ça avait confondu deux questions totalement distinctes.

La première était la protection de l'anonymat des hommes qui profitaient du dispositif. C'était un élément précieux, il n'y avait pas de débat là-dessus. Au lieu de laisser les hommes sortir au péril de leur santé et de leur réputation, tout était soigneusement cloisonné pour qu'un exutoire leur soit offert dans un environnement protégé. S'il y a une chose à retenir, c'est qu'on ne doit jamais confier sa santé ou sa réputation au genre de personne prête à fournir des services sexuels tarifés. C'est une bonne règle de base. Et c'était la première fois que Mel rencontrait un dispositif qui tente un minimum de résoudre ce problème.

Mais la protection de l'anonymat du personnel chargé d'offrir ce service était une tout autre affaire. D'un point de vue purement business, il n'y avait absolument aucun avantage à en tirer. En d'autres termes, il était inutile de consacrer du temps et de l'argent au recrutement de collaboratrices hautement qualifiées pour les intégrer au dispositif moyennant des salaires extravagants. En éliminant cette contrainte, on pouvait proposer un réservoir de talents spécialisés déjà en poste et constamment disponibles tout au long de la journée.

Ce faisant, on était aussitôt en mesure de ratisser beaucoup plus large. Car on pouvait alors fournir ce service dans un immeuble de bureaux abritant une multitude de clients, dont beaucoup de petites entreprises pour qui il n'aurait pas été pratique de compter une soupape parmi ses collaborateurs.

Ce que le type qui avait inventé le dispositif n'avait apparemment pas réalisé, c'est le nombre de chattes partout disponibles, ni leur prix extrêmement abordable. À tous les coups, ce type sortait d'un milieu relativement privilégié et ne comprenait pas les difficultés auxquelles se heurtaient de nombreuses candidates. Prenez une femme qui est parvenue à immigrer aux États-Unis ; dans son pays, elle n'aurait même pas de toilettes chez elle, mais ici, elle dispose de toutes sortes de commodités que vous et moi considérons comme normales. Une personne comme elle s'estimerait heureuse de toucher le salaire minimum pour une semaine de quarante heures, surtout si elle passe le plus clair de son temps à attendre qu'on vienne la voir. Bref, si cette personne est disposée à travailler, on doit lui donner une chance de voler de ses propres ailes, car c'est l'esprit même de ce pays.

Ceci étant dit, si on avait la possibilité de proposer le dispositif à la demande, il fallait se pencher sur l'équation économique. Et ce que Mel se dit, c'est que celle de Soupapes & Cie était totalement aberrante. Beaucoup d'entreprises mettent une cantine à la disposition du personnel, et certaines subventionnent même les repas, mais ce qui est sûr, c'est qu'elles ne les fournissent pas gratuitement.

Autrement dit, il y avait largement de quoi transposer ce service dans la colonne crédit du bilan. Par exemple, on pouvait proposer un abonnement mensuel donnant droit à un certain nombre d'utilisations du dispositif. Les types qui, pour une raison ou une autre, ressentaient le besoin d'y recourir abondamment, pouvaient payer en conséquence, ceux qui n'étaient pas intéressés pouvaient s'en dispenser.

Plus Mel y pensait, plus le potentiel follement sous-exploité du système lui sautait aux yeux et le laissait sur le cul. Toutes les professionnelles savent que les michetons aiment essayer des choses qu'ils n'obtiennent pas forcément à la maison. De nos jours, les mecs vont sur Internet, ils découvrent qu'il n'y a pas que la chatte dans la vie, il y a aussi la sodo, la double péné, leur copine ne veut pas, alors ils s'attendent à obtenir ce genre de services. Pourquoi un homme d'affaires irait-il *pénaliser* ces attentes alors qu'il pourrait se faire un max de blé ? Ouvrez les yeux, les gars.

Alors il élabora une offre de service simplifiée et beaucoup d'entreprises intéressées par le concept mais peu enclines à se mettre en frais estimèrent qu'elles y trouvaient leur compte.

Il n'y a pas que l'argent dans la vie

CERTAINS SE SENTIRAIENT MENACÉS par ce genre de chose. On dispose d'un monopole sur un produit novateur qui aide les entreprises à éviter les écueils du harcèlement sexuel. On part en voyage d'affaires. Au retour, on découvre non seulement qu'on n'a plus le monopole, mais que quelqu'un propose un service rudimentaire pour deux fois moins cher. Beaucoup trouveraient ça très, très menaçant.

C'est quand survient ce genre d'événement qu'on découvre qui on est vraiment. Lorsque Joe revint de voyage d'affaires et qu'un de ses acolytes, Mitch, lui annonça la nouvelle, il était évident que ce dernier était inquiet.

« Je n'ai pas besoin de te dire ce que ça signifie, dit Mitch. Beaucoup de gens vont trouver l'offre très alléchante. Surtout le concept de faire payer les mecs pour utiliser le service, ça va se vendre comme des petits pains.

— Laisse-moi jeter un œil à mon courrier, répondit Joe comme si Mitch ne lui avait rien annoncé de plus grave que la mort d'une plante verte. Au cas où il y aurait un truc important. »

Il se rendit dans son bureau et commença à ouvrir des enveloppes, et le plus intéressant, c'est qu'il ne se sentait absolument pas menacé. Ce qu'il ressentait, c'était du soulagement. Quand il raconterait l'histoire des années plus tard, les gens auraient du mal à croire qu'on puisse éprouver un tel sentiment quand un concurrent dont on ne soupçonnait même pas l'existence débarque en réduisant les prix de moitié. C'est parce que la plupart n'ont pas une vue d'ensemble, ils ne voient pas plus loin que le bout de leur nez.

La plupart des gens ne pensent jamais au fait qu'on n'a qu'une vie et qu'une entreprise n'est qu'un élément de cette vie. Si on ne réfléchit pas à la place qu'occupe l'entreprise dans notre existence, on se réveille un jour en comprenant qu'on a sacrifié sa vie sur l'autel du profit. Seulement voilà, il y a des limites à la quantité d'argent qu'on peut dépenser, et il faut se souvenir que la seule chose qu'on ne peut pas racheter, même avec tout l'or du monde, c'est le temps. Un milliard de dollars ne permettront pas de racheter une seule minute.

D'un point de vue strictement financier, rien ne vaut un monopole. Si les gens veulent le produit, ils doivent venir vers vous, et c'est vous qui fixez le prix.

Mais du point de vue de ce qu'on attend de la vie, ça dépend du monopole.

Si on a le monopole sur un produit de prestige, un produit qui nous vaut d'être considéré avec respect, tout va comme sur des roulettes. On a également le monopole sur ce prestige et à nous la belle vie.

Mais si on a le monopole sur un produit que les gens regardent de travers, c'est une autre paire de manches. S'il s'agit d'un produit qui s'attire facilement les foudres, les foudres tomberont toujours au même endroit. Sur nous.

Qu'importent les précautions qu'on a pu prendre pour veiller à ce que le produit n'ait pas d'effets indésirables. Les gens continueront à l'associer à tous les effets indésirables qu'il aurait eus si ces précautions n'avaient pas été prises. Inutile de tenter de les raisonner ; d'ailleurs, on n'en aura même pas la possibilité. Ils se forgeront une opinion à partir de leurs préjugés sans même tendre une oreille, et la seule chose à faire est d'apprendre à vivre avec.

Admettons que quelqu'un arrive avec un produit similaire, mais dépouillé de toutes les caractéristiques qui y ont été intégrées pour prévenir les effets indésirables. Ce produit étant moins cher, beaucoup de gens vont être tentés. Beaucoup de gens vont apprendre à leurs dépens ce que ça signifie d'avoir un véritable réseau de prostitution au cœur même de leur entreprise. Beaucoup de gens vont découvrir, mais trop tard, quel impact ça a sur le moral du personnel. Ils comprendront ce que ça fait, de travailler au quotidien dans un environnement aussi dégradant.

Peu à peu, le bruit commencera à courir.

Et bientôt, on sera en mesure de montrer quel horrible merdier voit le jour quand on rogne sur les coûts. Le fait qu'on facture *deux fois plus* montre qu'on offre un produit de qualité, une BMW plutôt qu'une Datsun.

Ce que Joe comprit, en réalité, c'est que l'apparition de cette raclure dans le secteur était ce qui manquait à son entreprise pour assurer sa respectabilité. Face à l'autre, Soupapes & Cie n'apparaîtrait pas seulement comme un moindre mal. Elle serait perçue comme la défenseuse des valeurs familiales, des pratiques responsables, de l'éthique d'entreprise. Les sociétés qui avaient peut-être hésité à ouvrir leur porte à Joe par crainte du qu'en-dira-t-on allaient maintenant l'appeler, *lui*. Car on avait beau dire, il offrait un produit sur lequel plus aucune entreprise ne pouvait se permettre de faire l'impasse. Désormais, elles pourraient enfin l'admettre.

Joe comprit qu'il tenait là sa chance de devenir une entreprise comme les autres. Car, avouons-le, personne n'a envie d'être un paria. Personne n'a envie d'être quelqu'un avec qui on ne peut pas se permettre d'être vu en public. Personne n'a envie de devoir prendre rendez-vous à une heure où il n'y a que les femmes de ménage. Personne n'a envie de mentir sur ce qu'il fait.

Joe sut que grâce à ce rapiat, on allait enfin lui lâcher la grappe. Ça faisait pas loin de quatre ans qu'il prenait tout sur lui. Il avait presque trente-sept ans. S'il menait bien sa barque, il n'y avait pas de raison pour qu'il ne soit pas un chef d'entreprise respectable jusqu'à la fin de sa vie.

Et ça, ça n'a pas de prix. Une fois qu'on possède assez d'argent pour pouvoir acheter tout ce qu'on veut sans se préoccuper de combien ça coûte, on n'a pas besoin d'en amasser encore plus. On n'a pas besoin de rafler l'intégralité du marché américain ; si on l'avait, on ne saurait pas quoi en faire. Une fois qu'on a l'argent dont a besoin, on peut commencer à penser à toutes les autres choses qui comptent. Par exemple, supposons qu'on puisse apparaître en couverture de *Newsweek* ou de *Time* en tant qu'entrepreneur de l'année ? Supposons qu'on puisse obtenir un diplôme honorifique de Harvard ? Ces choses-là ne s'achètent pas. On doit les mériter en étant perçu comme un individu exceptionnel. Il ne suffit pas d'*être* exceptionnel, encore faut-il être reconnu en tant que tel. Et voilà que ce fumier lui apportait une vie honorable sur un plateau.

Franchement, merci, mon pote. Adios amigos et hasta la vista.

Quand il eut fini de parcourir son courrier, Joe sortit de son bureau et s'employa à rassurer Mitch. Il ne mentionna pas le diplôme honorifique de Harvard, qui n'aurait sans doute pas eu le même poids à ses yeux – Mitch était un brave garçon, mais il avait une vision limitée. En revanche, il lui fit un speech exaltant sur les BMW et les Datsun, faisant remarquer que les gens n'avaient jamais pleinement apprécié la BMW jusqu'à l'apparition de la Datsun. De même, *Playboy* n'avait jamais semblé intellectuel et de bon ton jusqu'à l'arrivée de *Hustler*.

« C'est pas faux, dit Mitch.

— Mitch, dit Joe, tu sais ce que tu vas faire ?

— Je t'écoute, dit Mitch.

— Tu vas aller acheter un numéro de *Playboy* et de *Hustler* et tu vas les lire en les comparant. Regarde le genre d'annonceurs qu'ils attirent. Regarde le genre d'articles qu'ils publient. Et demande-toi à quel genre de lecteurs chaque magazine s'adresse. Puis demande-toi quel genre d'implications ça a pour nous. Si tu es encore inquiet, reviens me voir et on en discutera.

— OK, dit Mitch. Tu veux que je le fasse tout de suite ?

— Exactement, dit Joe. Prends donc ton après-midi et on en reparlera demain. »

La principale raison pour laquelle Joe lui avait suggéré ça, c'est qu'il pensait que ça ferait du bien à Mitch de passer l'après-midi à lire des magazines récréatifs et à être payé pour ça. Mitch avait tendance à prendre les choses trop au sérieux. Le business du divertissement, c'est avant tout un business, et quand on bosse dedans, c'est facile d'oublier que c'est censé être amusant. Si on perd de vue cet aspect, on a tôt fait de perdre le contact avec ceux qui constituent notre gagne-pain.

Joe se disait donc qu'un peu de lecture récréative aiderait Mitch à décompresser et à arrêter de se stresser pour une chose qui n'en valait pas la peine.

Quelqu'un à qui parler

JOE AVAIT BEAU ne pas se sentir stressé par ce nouvel état de fait, il se rendit compte au fil des heures qu'il aurait aimé avoir quelqu'un à qui parler, quelqu'un qui n'y voie pas non plus un sujet d'inquiétude.

À présent qu'il avait renvoyé Mitch chez lui, il eut soudain l'idée d'inviter Lucille à dîner. Il lui téléphona et elle répondit OK de ce ton détaché qui le déstabilisait encore depuis toutes ces années. Depuis le temps qu'il la connaissait, il ne l'avait jamais invitée chez lui.

Dès que l'argent n'avait plus été un problème, Joe avait acheté un penthouse. Il l'avait meublé de cuir noir et de chrome, ce qui lui donnait une allure assez classe, et il s'était payé une excellente chaîne hi-fi, au cas où il ramènerait quelqu'un et voudrait mettre de la musique. Il n'avait pas eu l'occasion d'y passer beaucoup de temps, mais c'était un bon investissement. Et quand, en revenant de voyage, il se rendait à cette prestigieuse adresse, prenait l'ascenseur jusqu'au dernier étage et passait la porte, il lui arrivait de se dire : C'est à moi, en se souvenant de l'époque où il vivait dans un mobile home crasseux. L'appartement n'avait jamais le temps d'être crasseux, car une femme de ménage passait deux fois par semaine.

Il emmena Lucille dîner dans un restaurant, et à la fin du repas, il se dit soudain : Bon, advienne que pourra, et il lui demanda si elle voulait venir chez lui, écouter de la musique.

« Avec plaisir », dit Lucille.

Ils rentrèrent donc ensemble au penthouse. Pour l'instant, Joe n'avait acheté que deux disques : un CD de Miles Davis dont la pochette disait que c'était un classique, et un autre du musicien de jazz brésilien Carlos Jobim. C'était le mec qui avait écrit « The Girl from Ipanema », ainsi que d'autres chansons que Joe n'avait jamais entendues. La plupart étaient en portugais, ce qui expliquait sans doute pourquoi il ne les reconnaissait pas. Si on met de la musique pour créer une ambiance, il faut éviter d'acheter le genre de choses estampillées musique lounge ; ce qu'il faut, c'est chercher des disques qui sonnent comme de la musique lounge tout en étant de la vraie musique. C'est ce qui rendait celui de Miles Davis idéal, surtout si on baissait le son au maximum.

Lucille s'assit sur le canapé en cuir noir.

« Qu'est-ce que je vous sers ? demanda Joe.

— Un Coca light », dit Lucille.

Le cœur de Joe se serra. Il croyait avoir pensé à tout. La première chose qu'il avait faite en emménageant avait été de garnir le bar de tous les alcools connus du genre humain, sans regarder à la dépense. Et il croyait avoir prévu toutes les boissons non alcoolisées. Il avait six variétés d'eau minérale, plate ou gazeuse ; il avait du tonic, de l'eau de Seltz et de la limonade ; il avait des jus de fruits à ne plus savoir qu'en faire. Il avait du Coca, du Pepsi, du Canada Dry et du 7 Up. Il avait même du Mountain Dew. Ce n'est peut-être pas la boisson la plus branchée pour la plupart des gens, mais bon. Quand on est devenu millionnaire à la force du poignet, on a le droit de faire ce qu'on veut chez soi. Bref, quoi qu'il en soit, il n'avait pas pensé à acheter de boissons light.

« Lucille, dit-il. Je suis vraiment désolé, mais il se trouve que je suis à court de Coca light. Voulez-vous un Perrier ? Nature, citron, citron vert ? Un Perrier citron vert sur de la glace pilée ? Qu'est-ce que vous en dites ?

— Je vais prendre un scotch avec des glaçons », dit Lucille en croisant les jambes.

Elle portait une robe blanche sans manches. Sans être bâtie comme Dolly Parton, Lucille possédait indéniablement des atouts qui n'étaient pas mis à profit dans ses fonctions actuelles. Joe sentit son regard dériver vers le bas. Il le força illico à poursuivre son chemin, comme s'il était tombé par hasard sur ses seins en faisant un tour vers, euh, l'ourlet de sa robe, avant de revenir vers son visage.

« Je vous apporte ça tout de suite », dit-il en se dirigeant vers le bar.

Il revint avec deux verres de scotch, une assiette de fromage et de crackers et un bol de cacahuètes.

Joe commençait à comprendre qu'il était face à un dilemme auquel personne n'avait été confronté dans l'histoire de l'humanité. Que dit-on à quelqu'un avec qui il y a une chance sur cinq qu'on ait eu un rapport étroit de type ventro-dorsal à travers le mur de toilettes pour handicapés ? Passe encore quand on discute de choses et d'autres, comme quand ils se retrouvaient pour déjeuner ou pour dîner. Mais quand on est assis chez soi sur un canapé, avec de la musique lounge en fond sonore ? Le moindre geste donnera l'impression qu'on croit que c'est gagné d'avance, car il y a une chance sur cinq qu'on se soit déjà introduit par la porte de derrière et, que ce soit le cas ou non, parce que la personne a donné son accord pour ce genre de visite.

Avec n'importe qui d'autre que Lucille, il n'aurait pas été totalement injustifié de croire certaines choses gagnées d'avance, compte tenu du fait qu'elle avait accepté de le raccompagner chez lui. Mais Lucille cachait bien son jeu. Avec elle, on ne savait jamais à quoi s'en tenir.

Joe but une gorgée de whisky et avala une cacahuète.

La prostitution est dégradante pour toutes les parties concernées, mais il faut bien reconnaître qu'un homme qui passe un certain temps à fréquenter les putes doit certainement développer des aptitudes relationnelles. Alors que toute l'idée des soupapes était d'offrir une transaction purement physique, sans la moindre interaction sociale ; c'est ce qui permettait d'éviter d'empoisonner l'atmosphère du bureau. Par conséquent, quelle que soit la fréquence à laquelle on trouvait un exutoire à ses besoins physiques, on n'était pas plus avancé en termes de conversation avec les membres du sexe opposé.

Joe était en train de cogiter à tout cela tout en bavardant poliment avec Lucille quand celle-ci demanda : « C'est quoi, ce bruit ? »

On entendait une sorte de gémissement aigu qui venait du fond de l'appartement.

« Oh, c'est Elroy, répondit Joe. On peut parfois manquer de compagnie à force de vivre seul, alors j'ai décidé de prendre un chien. Des gens le promènent quand je suis en déplacement. Comme ça, je ne rentre pas dans un appartement vide. J'ai pensé qu'il valait mieux le laisser dans le bureau au cas où vous n'aimeriez pas les chiens.

— Je n'ai rien contre les chiens, dit Lucille. Vous feriez mieux de le laisser sortir. Il n'a pas l'air content. »

Joe alla ouvrir la porte du bureau et Elroy fit cinq ou six bonds à hauteur d'épaule pour lui dire bonjour avant de se précipiter dans le salon et d'aboyer frénétiquement sur Lucille.

« C'est pas bientôt fini ? » gronda Joe.

Ouaf ! Ouaf ! Ouaf !

« Elroy, je te préviens, dit Joe. Si tu continues comme ça, tu retournes directement dans le bureau. Alors tu ne diras pas que je ne t'ai pas prévenu. »

Ouaf ! Ouaf ! Ouaf !

Soudain, Elroy repéra le coin du tapis. Il se jeta dessus et se mit à le mordiller en grognant.

« Hé ! s'exclama Joe. C'est un tapis à trois mille dollars, Elroy. »

Grrrrrr.

« Je vais chercher sa balle », dit Joe. Il farfouilla dans le tiroir du guéridon et en sortit une balle de tennis grisâtre. « Elroy ! Elroy ! Viens voir ! »

Grrrrrr. Grrrrrr. Grrrrrr.

Joe lança la balle en direction d'Elroy. Celui-ci bondit, attrapa la balle et se mit à courir dans la pièce comme un dératé.

« Elroy ! Hé ! Par ici, mon gars ! »

Elroy se précipita vers lui avec la balle. Joe la saisit et tenta de la lui arracher.

Grrrrrr. Grrrrrr.

La queue d'Elroy tournoyait comme une hélice. Si un chien avait les propriétés aérodynamiques d'un hélicoptère, il aurait décollé.

« Sacré nom d'un chien, dit Joe. Pour qui tu te prends, espèce d'affreux clébard ? »

Il parvint à reprendre possession de la balle.

Ouaf ! Ouaf ! Ouaf ! Ouaf !

« C'est quoi, comme race ? » s'enquit Lucille.

Joe projeta la balle dans un coin d'un bref mouvement du poignet. Elroy alla la chercher.

« Je ne pourrais pas vous dire, répondit-il. Un genre de bâtard. Je crois qu'il a un peu de basset. À quoi sert un pedigree qu'il faut payer des centaines de dollars ? Ce qui compte, selon moi, c'est la personnalité. »

De retour avec la balle, Elroy sautait comme un cabri. Un chien n'a pas la maîtrise du langage ; il ne peut pas dire « Tralalalalè-reu, je parie que tu aimerais bien avoir une vieille balle de tennis crade et baveuse, toi aussi », du moins pas en ces termes. Il est obligé de sauter en l'air et d'agiter la queue pour faire passer le message.

Grrr. Grrr. Grrr.

« En fait, je l'ai sauvé de la fourrière, dit Joe en récupérant la balle et en la lançant. Ce que je me suis dit, c'est que même si je ne suis pas souvent là et que quelqu'un d'autre doit s'en occuper, au moins, il n'est pas mort. Et il a plutôt la belle vie. »

Elroy prit la balle et disparut avec derrière le canapé.

Grrrrrrrrrrr.

Joe leva les yeux au ciel. « Elroy, comment veux-tu qu'on discute si tu fais un tel boucan ? »

Grrrrrr.

« C'est vous qui avez choisi son nom, ou c'est la fourrière ? demanda Lucille.

— C'est moi qui ai eu l'idée, répondit Joe. C'est un genre d'hommage à Elvis, parce que ça commence par "El" et parce qu'Elvis était le King et qu'Elroy signifie "le roi" en espagnol. Ça m'a semblé convenir, parce qu'à la seconde où je l'ai vu, j'ai pensé à la chanson "You ain't nothin' but a hound dog". Je ne crois pas qu'il ait une goutte de sang de chien de chasse, c'est juste quelque chose dans son allure qui m'a fait penser à ça.

— Je vois, dit Lucille. Apparemment, ça lui va bien. »

Grrrrrr ouaf ! Grrrrrrr ouaf !

« Non, à la fourrière, ils avaient un système complètement différent », poursuivit Joe. Allez savoir pourquoi, il se sentait maintenant plus à l'aise ; il n'y a rien de tel qu'un adorable animal pour briser la glace. Maintenant qu'il était plus détendu, ses yeux étaient seulement *conscients* des éléments « partoniens » de l'anatomie de Lucille, au lieu de se focaliser sur eux comme sur des cibles ornées d'invisibles cercles concentriques. Il mit ses mains dans ses poches, s'approcha de la table et prit son verre.

« À la fourrière, ils avaient dix noms qu'ils utilisaient à tour de rôle, il y avait les noms des sept nains, plus Snoopy, plus les deux chiens des *101 Dalmatiens*, et quand ils avaient fait toute la liste, ils recommençaient, si bien qu'on avait Atchoum II à moins qu'Atchoum I ait été adopté ou piqué, auquel cas le nom était à nouveau disponible.

— Eh ben, fit Lucille, c'est déprimant.

— À qui le dites-vous, acquiesça Joe.

— Et ce n'est pas très pratique, quand même. Si on prend les sept nains plus Snoopy plus Pongo, ça fait neuf noms de garçon et un seul nom de fille.

— Je me suis posé la question, dit Joe. J'ai discuté avec la réceptionniste pendant qu'ils faisaient les papiers. Elle m'a dit que ça dépendait de qui accueillait les chiens. Il y en a qui considèrent que Snoopy est unisexe et qui attribuent indifféremment les noms dans l'ordre où ils arrivent, et il y en a d'autres qui font une fixation là-dessus et donnent à toutes les femelles le nom de la dalmatienne.

— Perdita, précisa Lucille.

— C'est ça. Perdita I, Perdita II, Perdita III, parfois ils avaient vingt-cinq Perdita à la fois.

— Je n'ai jamais entendu un truc pareil, dit Lucille. Franchement, on se pose des questions, parfois. »

Joe but une gorgée de whisky. La discussion semblait ne mener nulle part. Soudain, il se dit : Si je n'avais pas été là, les mecs aux quatre coins du pays seraient encore obligés d'avoir ce genre de conversation chaque fois qu'ils ont besoin d'un exutoire à leurs pulsions physiques, on en serait encore là où on en était il y a quatre ans !

Certes, il ne passait pas un moment désagréable, mais imaginez ce que ç'aurait été s'il n'avait pas eu d'alternative. Il n'avait pas besoin de l'imaginer, car il était passé par là. Il savait ce que c'était. Tout le monde savait ce que c'était.

Si je meurs demain, j'aurai apporté ma contribution, songea-t-il.

Il se mit à parler à Lucille du type qui proposait un service au rabais. Il réitéra son commentaire sur les BMW et les Datsun et évoqua en plaisantant le diplôme honorifique de Harvard.

« Je ne pense pas qu'il y ait des raisons de vous inquiéter », dit calmement Lucille.

Joe en était convaincu, mais ça faisait du bien d'entendre quelqu'un d'autre le dire, surtout après avoir regardé les pieds nickelés de son staff paniquer en silence.

« En fait, je pense que ce type n'a pas bien réfléchi. Si vous voulez mon avis, il y a beaucoup de conséquences qu'il n'a même pas envisagées. Tant qu'on dispose du dispositif de soupapes complet, on peut exclure toute possibilité de contact indésirable. Si une soupape a des liens de parenté avec un membre du personnel, on peut garantir que le logiciel ne les apparie jamais. Et lui, comment va-t-il y parvenir ? Si j'ai bien compris, il propose un service à la demande ; ça ne sera pas généré par ordinateur, puisqu'un type pourra se pointer à n'importe quelle heure du jour ou de la nuit, du moment qu'il est prêt à payer. Ça revient à chercher les ennuis. Tôt ou tard, quelqu'un va accidentellement payer pour avoir des rapports avec quelqu'un de sa famille. Désolée, Joe, mais c'est mal, tout simplement. Aucune entreprise honorable ne voudra être associée à ce genre de chose. Je ne dis pas qu'il ne trouvera pas un marché ; il y a probablement des gens qui se précipiteront là-dessus pour réduire les coûts sans penser aux conséquences. Mais il y a beaucoup d'entreprises qui n'en voudront pas pour tout l'or du monde. »

Ouah, se dit Joe. Il se remémora ce qui l'avait d'emblée attiré chez Lucille. Elle était sacrément futée. Son argument était excellent. Il s'avérerait bien utile quand les clients commenceraient à demander comment cet autre type parvenait à pratiquer des prix aussi bas. D'après lui, c'était quasiment imparable.

Ce qui était vraiment génial, c'est que ça permettait de positionner Soupapes & Cie comme le défenseur des valeurs familiales. Tous les chemins mènent à Rome, mais certains sont plus boueux que d'autres…

Lucille jeta un regard impérieux autour de la pièce, comme pour dire : Comment quelqu'un d'aussi répugnant peut-il vivre sur la même planète. Il fallait bien l'admettre : cette fille avait de la classe.

Notamment parce que Joe y passait peu de temps, il n'y avait pas tellement de livres dans la pièce. Sur les étagères en verre et en chrome situées sur le même mur que le système audio intégré se trouvaient seulement les deux CD et quelques livres de poche. Pour réussir en affaires, il faut faire le meilleur usage possible de son temps ; il ne faut pas oublier que quand on aura fait son beurre, on aura *plein* de temps à rattraper. Imaginez toutes les heures qu'il faudra tuer en maison de retraite ; un jour, on sera content d'avoir gardé des choses à faire. Mais il y a des moments où le travail est tellement stressant qu'il faut se ressaisir ; si on ne se force pas à se détendre, on finira par prendre les mauvaises décisions. Mieux vaut passer deux heures à lire tranquillement – du moins ça ne peut pas faire de mal – que courir dans tous les sens à se battre contre des moulins à vent.

C'est ainsi que Joe voyait les choses, et comme il avait passé beaucoup de temps dans des avions depuis un an et quelques, il avait fini par en consacrer pas mal à la lecture. S'il finissait un livre à l'aller, il le laissait généralement à l'hôtel, mais s'il le rapportait chez lui, il le posait sur une des étagères pour donner au salon un air habité.

Lucille contemplait les étagères sans faire de commentaires. Soudain, son regard fusa de l'autre côté.

« Oh, vous avez l'*Encyclopædia Britannica* ! » s'exclama-t-elle.

En tant qu'ancien VRP, Joe avait pu obtenir un bon prix. C'était une somme, mais on ne sait jamais quand on va devoir chercher une info ; lorsqu'on a un emploi du temps de dingue, ce n'est pas si mal d'avoir une encyclopédie chez soi. Internet est une chose merveilleuse, mais ça multiplie par un million le risque de tomber sur des études inventées et des détails fantaisistes ; quand on a besoin de la stricte vérité sur un domaine de recherche dont on a un peu trop précipitamment esquissé les grandes lignes à un client, la *Britannica*, grâce à son équipe d'experts accrédités, offre une foule de références bibliographiques difficiles à réfuter par le simple recours aux farfelus de Wikipédia. Mais si on la consulte, il est essentiel de rester concentré ; les économies apparemment réalisées grâce à un abonnement en ligne ou à un CD, avec le risque concomitant de se laisser distraire par des contenus classés X, peuvent aisément s'avérer illusoires.

Lucille se leva et se dirigea vers le meuble bas dont les deux étagères accueillaient exclusivement l'ouvrage. Elle sortit un volume de la *Micropædia* et le feuilleta.

« J'adore cette vieillerie, dit-elle. Quand j'étais petite, je me disais que ce serait merveilleux d'en avoir une à moi. Ça sent tellement bon. Une bonne odeur de cuir à l'extérieur, et à l'intérieur, ça sent toujours le papier neuf, comme si on était la première personne à l'ouvrir à cette page-là. »

Sachant à quel point il était rare que Joe ait à la consulter, c'était probablement le cas. « Je vois ce que vous voulez dire, répondit-il. Parfois, je l'ouvre au hasard juste pour voir ce qui est écrit. »

Lucille lisait la page, un sourire aux lèvres. « On apprend tous les jours quelque chose de nouveau, dit-elle. Si je peux me permettre, combien ça coûte ? »

Les habitudes ont la vie dure. Les vendeurs de *Britannica* considèrent le prix de l'encyclopédie comme une information confidentielle à ne dévoiler qu'aux clients qui se sont montrés dignes de confiance. « Oh, j'ai fait une bonne affaire, dit Joe. J'ignore combien ils demandent de nos jours. »

Lucille s'assit sur le meuble. Elle croisa les jambes d'un de ces mouvements qui vous incitent à siffler en votre for intérieur. Puis elle ouvrit le volume à une autre page. « Tous ces gens dont on n'a jamais entendu parler, dit-elle. Tous ces faits. Ça donne envie de se pelotonner et de lire pendant des heures. »

Tout commercial sait que ce métier est une question de probabilité. Joe comprit soudain qu'il avait devant lui exactement le type de client qu'il avait passé des mois à chercher en vain. Si à Eureka, dans le Missouri, une personne sur vingt avait eu ce genre d'attitude, il n'aurait jamais arrêté de vendre des encyclopédies. Toute sa vie aurait été différente.

Un commercial doit regarder la réalité en face ; c'est un des aspects les plus tristes de ce métier. Car force est de constater que bien des choses sont telles qu'elles sont parce qu'on ne peut pas gagner sa vie en faisant appel au bon côté de la nature humaine. À ses débuts, Joe avait été fier de vendre la *Britannica* ; les aspirateurs avaient été son deuxième choix, les soupapes, le troisième. Nous vivons dans un monde où on se rabat sur son troisième ou quatrième ou cinquième choix, car il n'y a tout simplement pas d'argent à se faire avec le premier. De temps à autre, on entrevoit ce que le monde serait non pas si nous étions tous parfaits, mais si un peu plus de gens étaient juste un peu meilleurs. On entrevoit un monde où on pourrait s'en sortir peut-être pas avec son premier choix, mais avec celui qui vient juste après.

Elroy sortit de derrière le canapé en gémissant doucement. Il vint se poster à côté de Joe et lâcha la balle de tennis par terre d'un geste incitateur.

Joe la poussa légèrement du pied. Elroy la ramassa en grognant et en remuant la queue.

Joe enfonça de nouveau ses mains dans ses poches. Secoue-toi, Joe, se dit-il. On ne choisit pas d'être ce qu'on est. L'évolution a conduit le chien à être excité par une balle, mais allez savoir pourquoi, elle a amené relativement peu de gens à être excités par l'*Encyclopædia Britannica*. Elle a conduit l'homme lambda à s'intéresser au sexe davantage que la femme lambda. On doit gagner sa vie dans un monde qu'on n'a pas créé, avec des gens devenus tels qu'ils sont au gré de l'évolution. Tout ce qu'on peut faire, c'est essayer du mieux qu'on peut d'accroître le volume net du bonheur humain.

Je sais, concéda-t-il, mais…

Mais rien, trancha-t-il. Bien sûr, ce serait chouette qu'il y ait plus de gens comme Lucille, mais c'est une femme hors du commun.

Il se souvint du baratin qu'il sortait au début sur le fait qu'il cherchait une femme sur mille. Pas de doute, c'était Lucille.

À vrai dire, il avait un peu le bourdon.

Lucille leva les yeux. « Il y a quelque chose qui ne va pas ? demanda-t-elle.

— Non, pas vraiment », répondit-il. Il s'assit sur le meuble de l'autre côté de l'encyclopédie ouverte. « On vit dans un drôle de monde », ajouta-t-il.

Elroy lâcha la balle par terre d'un geste plein d'espoir. Joe n'avait pas le cœur à se prendre au jeu. Lucille la ramassa précautionneusement entre le pouce et l'index et la lança loin d'elle ; Elroy se jeta éperdument à sa poursuite.

Tout le monde a des moments de découragement. L'important, c'est ce qu'on en fait. Considérant d'un air morose la page qu'il voyait à l'envers, Joe songeait aux valeurs familiales.

Parfois, notre propre esprit recèle plus de mystère pour nous que l'inconnu le plus énigmatique.

Il était assis là à penser : Il faut prendre les gens comme ils sont. Non comme ils devraient être. C'est ce qui fait la réussite d'un businessman.

C'est alors qu'il se dit : Mais s'ils ne sont pas comme ils devraient être, c'est parce qu'il y a tant d'obstacles sur leur chemin. La plupart des gens voudraient se comporter comme il faut. Mais c'est dur. Plus leur désir de bien faire est sincère, plus il importe de les aider. Ils doivent accepter ce qu'ils sont et apprendre à vivre avec s'ils veulent avoir la moindre chance de s'améliorer.

Et soudain, il eut une idée absolument géniale.

Un nouveau coup de génie

L'IDÉE DE JOE ÉTAIT si audacieuse que seul un génie ou un fou aurait pu l'avoir.

Cette idée était la suivante : et si ça avait été une erreur de se cantonner dès le départ à un milieu laïc ?

Les événements allaient prouver qu'il n'était pas fou.

Il avait commis une erreur. Une grossière erreur.

Mais il fallait du génie pour le reconnaître.

Pour être honnête, la vente est avant tout affaire de ciblage.

C'est une question de probabilité.

Cibler, cibler, cibler, cibler.

Certaines personnes diront toujours non.

Bien sûr, un bon commercial saura transformer ça en oui. Certes. La question est de savoir combien de temps il faut pour transformer un non en oui. Un bon commercial choisit les gens susceptibles de dire oui sans lui faire perdre son temps.

Bref, en toute innocence, Joe s'était imaginé qu'un milieu très chrétien ne serait pas réceptif au type de produit qu'il avait à offrir.

Comme il le raconta par la suite, il pouvait rétrospectivement s'en mordre les doigts.

Une chose qu'on apprend dans la vente, c'est à ne jamais tenir quoi que ce soit pour acquis.

Il était loin d'avoir atteint la saturation dans le type d'entreprises par lequel il avait commencé, mais une chose qu'on apprend dans la vente, c'est à anticiper.

Le temps ne s'arrête pas.

Quatre ans auparavant, il avait le champ libre ; et voilà que sans crier gare, El Grippe-sou venait marcher sur ses plates-bandes. Il était temps de chercher de plus verts pâturages.

Eh bien, s'il y avait un segment du marché où El Grigou n'avait pas l'ombre d'une chance de trouver preneur, c'était dans cette partie du pays où les gens étaient attachés aux valeurs familiales.

Joe démarcha donc deux sociétés qui ne figuraient pas sur sa liste initiale.

Pour ce faire, il avança la plupart de ses arguments habituels, mais laissa de côté les histoires de babouins.

Au lieu de cela, il fit valoir qu'une jeune fille élevée au sein d'une famille chrétienne ne devrait pas faire l'objet de comportements déplacés ni être soumise à la tentation au bureau. Une entreprise est tenue de préserver la pureté de son personnel féminin. Dans le même temps, nous avons affaire à des êtres humains faillibles. Un homme peut chercher à bien se comporter et ne pas y arriver. Une entreprise est également tenue de protéger les hommes de son staff qui, tout en s'efforçant de suivre la voie du Christ, subissent la faiblesse de la chair. Que vaut-il mieux : laisser un homme fréquenter des prostituées au péril de sa santé et de celle de sa famille, au péril de sa réputation – sachant que s'il est démasqué, sa disgrâce entraînera une chute aussi rapide que soudaine ? Ou lui fournir un exutoire, une solution hygiénique à ces faiblesses charnelles ?

Ces derniers temps, Joe avançait à ses clients laïcs qu'un nombre incalculable d'heures-personnes étaient englouties par le fléau de la cyberpornographie, faisant ainsi du service offert par Soupapes & Cie un outil indispensable pour sauvegarder la productivité. Cet argument s'avéra étonnamment adaptable au contexte chrétien.

« Souvenez-vous, disait-il, qui commet l'adultère en son cœur est aussi adultère que s'il avait commis l'acte. Mais un homme en proie à des pensées impures est attiré encore et encore vers la source du poison. Ne vaut-il pas mieux qu'un homme commette un seul acte impur pendant quelques minutes, plutôt que de souiller son esprit pendant des heures d'affilée ? S'il ne peut résister à la tentation, ne vaut-il pas mieux forniquer une fois dans sa chair que des centaines de fois dans son cœur ? »

Par ces mots, il parvint à convaincre les deux sociétés qu'il avait démarchées. Il put ensuite dire aux autres prospects qu'il connaissait au moins deux entreprises très attachées aux valeurs chrétiennes qui avaient mis en œuvre son dispositif.

« Regardez Marie-Madeleine, disait-il. Que celui qui n'a jamais péché jette la première pierre. »

Et encore un autre

CETTE FOIS, C'EST AU COURS d'une de ses tractations avec la communauté chrétienne que lui vint une idée absolument époustouflante dans sa simplicité.

Il va sans dire que la vaste majorité des entreprises affichant des valeurs chrétiennes se montreraient toujours hostiles à un dispositif qui acceptait la nature déchue de l'homme et tentait d'y remédier. C'est ce à quoi il faut s'attendre de la part de gens fondamentalement conservateurs. Joe avançait naturellement sur la pointe des pieds, se fiant aux allusions lancées, à un nom lâché lors d'une conversation apparemment anodine. Dans l'ensemble, il parvint à éviter les firmes dont il n'y avait rien à tirer, et à se concentrer sur celles où il avait quelques chances de réussite. Mais comme tout commercial le sait, on ne peut pas gagner à tous les coups.

Un jour, il avait rendez-vous avec un homme qui, à en croire les ragots, était un client potentiel.

Bizarrement, l'homme n'eut pas la réaction escomptée. Il se contenta de fixer Joe.

« C'est vrai ? finit-il par lâcher.

— Parole de scout, répondit Joe.

— Je n'ai jamais entendu parler d'une telle chose, dit l'homme.

— Évidemment, c'est un concept assez nouveau, dit Joe. Il pourrait être mal interprété. La confidentialité est l'une des garanties que nous apportons à nos clients. C'est pourquoi, en apparence, Soupapes & Cie n'est qu'une agence de recrutement comme les autres.

— Et les gens font appel à vous ? Vous exercez depuis longtemps ?

— Depuis quatre ans, dit Joe. Assez longtemps pour que des plagiaires surgissent un peu partout. D'ailleurs, si je peux me permettre une remarque, il est particulièrement important pour une entreprise chrétienne de ne pas se contenter d'imitations au rabais. Bien sûr, vous trouverez moins cher ailleurs, mais l'argent n'est pas tout. J'imagine que je n'ai pas besoin de vous rappeler que l'idéal chrétien du pardon et de la charité semble plus souvent piétiné qu'observé. Comme le dit le Notre-Père, pardonne-nous nos offenses comme nous pardonnons à ceux qui nous ont offensés. Mais si quelqu'un est connu pour avoir péché, l'attitude des autres pécheurs peut parfois être le plus grand obstacle à son retour sur le droit chemin. »

Jim évita son regard. Jusqu'à cet instant, il espérait sans doute que Joe n'avait pas entendu les rumeurs à son sujet ; maintenant, il se doutait probablement que si.

« Pour proposer des tarifs aussi bas, les plagiaires ne peuvent faire des bénéfices qu'en utilisant le matériau le moins cher. Des Mexicaines, des Nicaraguayennes, il n'y a rien de mal à ça, bien sûr, mais vous voyez ce que je veux dire. Et croyez-moi, c'est de ça qu'on parle. Tandis que

Soupapes & Cie a toujours eu pour principe de ne faire appel qu'à du personnel haut de gamme. Ce qui veut dire que vous ne verrez pas des personnes se balader dans vos locaux en attirant l'attention sur elles. Elles ressembleront exactement à vos autres collaboratrices.

— Mais dans ce cas, dit Jim, vous voulez dire… qu'il est impossible de les différencier ?

— C'est exactement ce que je veux dire, répondit Joe.

— C'est épouvantable, dit Jim. Je savais que ça allait mal, mais pas à ce point-là. Où va l'Amérique ? »

Joe l'écoutait déjà avec philosophie en attendant que l'entretien se termine. Quand on est dans la vente, on sait si une piste ne mène nulle part.

« J'ai une fille de vingt ans qui vient de s'installer à New York, poursuivit Jim. Déjà, l'idée ne me plaisait pas trop. Mais maintenant, pour autant que je sache, elle travaille dans ce genre d'environnement…

— Eh bien, si c'est le cas, elle sera sans doute traitée avec beaucoup plus de respect qu'elle ne le serait dans un bureau qui n'a pas mis en œuvre ce dispositif, dit Joe. C'est exactement ce que j'essaie de vous expliquer.

— En ce qui me concerne, je serais prêt à payer le prix fort pour avoir la garantie qu'un tel dispositif n'a pas été mis en place », riposta Jim.

Et c'est là que Joe eut une idée géniale. « Eh bien, Jim, dit-il, si j'entends parler d'une société comme celle-là, je ne manquerai pas de vous en informer. »

Joe retourna à son motel. La légère déception d'avoir raté une vente était plus que compensée par l'excitation d'avoir eu une nouvelle idée, dont la simplicité tenait du génie.

Voici en quoi consistait cette idée. Imaginez qu'on offre à une société la possibilité de sous-traiter l'ensemble de ses ressources humaines à un entrepreneur indépendant, un entrepreneur qui garantisse un personnel à cent pour cent sans soupapes. Les États-Unis sont un pays où cohabitent une grande variété de points de vue ; il y a forcément des gens qui préfèrent travailler dans un environnement garanti sans soupapes, notamment s'ils ont été élevés par des fondamentalistes religieux. Or, partout où il y a du fanatisme, on peut être sûr qu'il y a de l'argent à se faire.

Cinq ans auparavant, il n'y aurait pas eu de marché pour répondre à cette préférence, puisque le concept même d'environnement avec soupapes n'existait pas. Joe avait créé un débouché pour un produit, il avait transformé en produit commercialisable une chose qui allait auparavant de soi, rien qu'en donnant naissance au produit opposé ! Or, si un débouché avait été créé entièrement grâce à lui, ce n'était que justice que Joe soit le premier à en tirer profit.

Naturellement, certains rétorqueraient sans doute qu'il existait déjà de nombreuses agences de recrutement honorables qui n'avaient jamais participé au placement de soupapes et ne le feraient jamais. Quiconque voulait rester à l'écart de la prévention proactive du harcèlement sexuel n'avait qu'à s'adresser à Manpower, Kelly et consorts, et se dire qu'il n'y avait absolument rien à craindre.

Ce qui montrait bien à quel point ils se fourvoyaient. Bien sûr, on peut aller chez Manpower et obtenir le type de produit qu'ils ont toujours proposé. Mais ce qu'on n'obtiendra pas, c'est le genre de garde-fous que quelqu'un qui est dans le secteur des soupapes depuis le début va automatiquement intégrer au produit.

Car voyez-vous, si on offre une garantie en béton qu'aucun exutoire physique ne sera fourni aux individus débordants d'énergie motrice, et croyez-moi, il y en a tout autant au sein de la communauté chrétienne que partout ailleurs, un employeur responsable doit veiller à ce que ces employés-là soient protégés d'une autre manière.

Bon, mettons qu'une jeune femme, pour une raison ou une autre, n'aime pas l'idée de travailler dans une entreprise où il y a des soupapes. Elle n'a aucune objection à ce qu'on pourvoie à certaines fonctions physiologiques, elle ne s'insurge pas contre le fait qu'il y ait des toilettes dans le bâtiment, mais elle n'apprécie pas qu'on subvienne à d'autres besoins physiques. Bien.

Dans ce cas, il n'y a absolument aucune raison qu'elle ne soit pas disposée à faire quelques concessions à une entreprise qui serait prête à lui offrir le type d'environnement dans lequel elle souhaite travailler. Afin de protéger la société qui répond à ses exigences, prenant au passage un risque non négligeable, elle devrait accepter de signer une décharge certifiant qu'aucune poursuite pour harcèlement sexuel ne sera intentée contre des individus ou contre la boîte si elle subit un quelconque comportement qui aurait pu être évité par la mise à disposition d'un exutoire.

Pour dire les choses autrement, une entreprise appliquant une politique anti-soupapes se doit d'engager des employées prêtes à lui apporter ce genre d'assurance en échange du cadre de travail plus conservateur qu'elle leur offre.

C'est là qu'une agence de recrutement dotée d'une filiale spécialisée en soupapes possède un sérieux avantage. Quand on a passé autant de temps que Joe à parler à des gens révulsés d'horreur à la seule *idée* d'une soupape, on est bien placé pour savoir qu'il existe un marché pour un produit capable de garantir que le personnel n'aura jamais l'ombre d'une chance d'en côtoyer une. Très franchement, ça avait été stressant à l'époque ; c'est déjà décourageant de rater une vente, alors ne parlons pas du genre de regards que les gens nous lancent quand on a transgressé un de leurs tabous socio-sexuels. Mais grâce à cela, il mesurait maintenant la violence des sentiments que pouvait susciter le produit d'origine ; il était conscient de la quantité de personnes prêtes à tous les sacrifices pour éviter de l'utiliser.

Or, quand les gens éprouvent des sentiments aussi violents à l'égard d'une chose, on peut être sûr qu'il y a de l'argent à se faire. Mais Manpower, Kelly et les autres agences plus traditionnelles ignoraient jusqu'à l'existence de cette chose.

Par conséquent, Joe disposait d'un avantage concurrentiel. Il y aurait une fenêtre d'opportunité, juste au moment où les soupapes commenceraient à être connues du public, où les esprits s'échaufferaient et où une entreprise déjà bien avancée sur les implications d'un environnement sans soupapes serait prête à saisir la balle au bond.

Joe faisait les cent pas dans sa chambre d'hôtel. Joe, fit-il, je crois que tu tiens quelque chose.

Un grand sourire aux lèvres, il arpentait la pièce en se disant : Oh putain oh putain.

La beauté de la chose, bien sûr, c'est que ça consoliderait son positionnement de défenseur des valeurs familiales. Les gens verraient qu'il voulait simplement faire de cette planète un monde meilleur. Car quoi qu'on en dise, il n'y a pas que l'argent dans la vie. Mais la beauté de la chose, c'est que d'une manière ou d'une autre, il allait malgré tout se faire un sacré paquet de fric.

Il décida d'appeler Domino's pour commander une pizza.

Pour faire fortune, il faut être en mesure d'accomplir deux choses apparemment contradictoires. D'un côté, il faut être capable de se comporter avec aisance de la même façon que les gens riches. Grands restaurants, bons vins, voitures de sport, il faut savoir faire comme si tout ça allait de soi. D'un autre côté, on ne peut pas se permettre de se couper de ses racines. Car en fin de compte, c'est sur les gens ordinaires, avec toutes leurs forces et leurs limitations, que se battit la fortune. Si on perd ça de vue, on ne restera pas riche bien longtemps.

Tu sais quoi, se dit-il en faisant les cent pas en attendant que la pizza arrive. En fait, je crois que cette concurrence imprévue est une bonne chose. Car si ce type n'avait pas débarqué, j'aurais sûrement sombré dans la routine au lieu d'ouvrir de nouveaux marchés. À mon avis, il m'a fait cadeau de deux créneaux complètement inédits qu'un mec comme lui serait incapable d'exploiter.

Il se dirigea vers la fenêtre et ouvrit les rideaux.

Le motel était une construction assez récente près d'une sortie de l'I-95. De là, la vue qu'il avait aurait pu se trouver dans n'importe quel endroit du pays. Il voyait un McDonald's, un 7-Eleven, une Waffle House et un TCBY.

Chacune de ces enseignes représentait une idée que quelqu'un avait dû avoir, une idée dont la valeur était sans doute loin d'être évidente à l'époque. D'ailleurs, à quand remontaient les 7-Eleven ? À un moment donné, ouvrir un magasin de sept heures du matin à onze heures du soir avait été une réelle innovation, une chose à laquelle personne n'avait pensé auparavant. Les gens avaient probablement dit : « Qui paierait un tel prix à onze heures du soir alors qu'il suffit d'attendre pour aller à l'épicerie le lendemain ? » Ou : « OK, il y en a peut-être qui iront s'ils ont besoin d'un truc en urgence, mais comment un magasin est-il censé vivre de ce qu'il encaisse entre sept et neuf heures du matin et six et onze heures du soir ? » Eh bien, la réponse est devant vous, les gars.

Ou prenez la Waffle House. Quand un mec avait sorti cette idée, tout le monde avait dû s'esclaffer en disant que *personne* ne voudrait manger des gaufres après onze heures du matin grand maximum, avait-on jamais vu un Américain manger des gaufres en dehors du petit déjeuner ?

Rien ne vaut la sensation d'avoir eu une idée dont tout le monde prévoyait l'échec, d'avoir persisté et d'en avoir fait une réussite. Et pourtant, c'est fou comme la chance joue un grand rôle là-dedans.

Si je n'étais pas allé au 7-Eleven à pied ce jour-là et si je n'avais pas vu ce héron, je vendrais peut-être encore des aspirateurs à l'heure qu'il est, se dit-il.

Jusque-là, tu as eu de la chance, Joe. Tu as déjà réussi ce que tu as entrepris. Mais rien n'est jamais acquis. On peut avoir de la chance ou de la malchance. Tu ne peux pas te reposer sur tes lauriers.

Le ciel s'assombrissait, mais il ne faisait pas encore nuit. À l'ouest, l'or fondu du soleil couchant glissait entre les collines, et dans la vallée obscurcie, les arches jaunes de McDo, le 7-Eleven, la Waffle House et le TCBY brillaient dans la lumière dorée. Haut dans le ciel, un vol d'oies filait vers le sud en formation en V, et sur l'autoroute, les voitures et les camions fonçaient dans les deux sens.

Il se revit sur la plage, tôt le matin, en train d'observer les pélicans. Un pélican fait ce qu'il est destiné à faire. Un bécasseau fait ce qu'il est destiné à faire. Une oie se dirige d'instinct vers le sud dans une formation en V constituée d'autres oies se dirigeant d'instinct vers le sud. Elle ne va pas faire un tour sur la plage pour expérimenter le mode de vie d'un bécasseau. Elle fait ce qu'elle est destinée à faire.

Mais le problème, avec les animaux, c'est qu'ils vivent dans un monde incroyablement beau sans s'en rendre compte. Ça peut être le plus beau matin du monde, mais l'oiseau sera occupé à chercher des vers, inconscient de la beauté qui l'entoure. Alors qu'un être humain peut s'arrêter au bord de la route, regarder autour de lui et se dire : Qu'est-ce que je fais de ma vie ?

Nous avons tous le choix, songea Joe. Chacun d'entre nous a le choix. Regarde ces centaines de personnes qui roulent dans les deux sens sur l'I-95. Chacune d'entre elles pourrait s'arrêter au bord de la route. Rien ne les empêche de se garer sur le bas-côté, d'admirer ce magnifique coucher de soleil et de décider de suivre une autre voie.

Il se dit : Un animal ne peut pas décider d'être quelqu'un de meilleur. Il ne connaît pas la différence entre le bien et le mal, et ça ne veut peut-être rien dire pour lui d'être meilleur. Il doit seulement faire ce qui lui vient instinctivement. Alors que parfois, ce qui vient instinctivement aux humains peut être mal. C'est pourquoi il est important de se souvenir qu'il n'y a pas que la réussite dans la vie. Bien sûr, quand on fait quelque chose, il faut le faire de son mieux. Mais il faut aussi être une bonne personne. Ça non plus, il ne faut pas croire que ça va de soi.

Regarde Ian, se dit Joe. Voilà un mec qui n'a jamais fait de mal à une mouche ; un jour, il est assis dans le bus sans rien demander à personne, pressé de lire la page trois de *L'Anthologie de l'humour de John Foster Dulles*, et voilà que tout d'un coup, un mec de Keene dans le New Hampshire lui pose une question en faisant gratuitement allusion à sa taille. Au lieu de lui balancer une réponse cinglante, ce qui n'aurait vraiment pas été difficile, le mec répond tranquillement à sa question. Si ça, ce n'est pas tendre l'autre joue, je ne sais pas ce que c'est. Pas de doute, c'est quelqu'un de mieux que moi. Et de loin. J'ai peut-être contribué à sensibiliser le public au besoin d'installations respectueuses de la taille, mais j'ai encore un gros travail à faire sur moi. Un très gros travail.

Il était toujours planté devant la fenêtre. Le 7-Eleven, la Waffle House et le TCBY étaient maintenant plongés dans l'ombre.

Soudain – était-ce le fait du hasard ou des mystérieux rouages d'une puissance supérieure –, il eut envie de pisser un coup. Il se rendit dans la salle de bains et un grand sourire éclaira alors son visage. Sur le mur, un panneau indiquait : POUR PLUS DE CONFORT ET DE COMMODITÉ, CES TOILETTES ADJUSTA™ S'ADAPTENT À VOTRE TAILLE. POUR

VOTRE SÉCURITÉ, VEUILLEZ SUIVRE LES INSTRUCTIONS CI-DESSOUS. Sous les instructions, il était inscrit en rouge : NE PAS LAISSER LES ENFANTS JOUER AVEC L'ADJUSTA™. L'ADJUSTA™ N'EST PAS UN JOUET. TOUT ABUS EST PASSIBLE D'UNE AMENDE DE 200 $.

Joe appuya sur le bouton de réglage de la hauteur et l'Adjusta descendit en ronronnant jusqu'à une dizaine de centimètres du sol. Il n'était manifestement pas connecté à un dispositif de soupape et n'avait donc pas besoin de s'enfoncer plus bas ; il avait été installé pour servir de WC, point barre. Joe appuya sur le bouton de réglage du siège et le trou se rétrécit jusqu'au point où un enfant de deux ans aurait pu s'asseoir sans risquer de tomber dedans. Dément.

Joe continua à appuyer sur les boutons pour faire monter, descendre, rétrécir et élargir l'Adjusta, parce que bon sang, c'était lui qui avait *inventé* ce maudit engin. Ça lui réchauffait le cœur de l'avoir trouvé là sans s'y attendre. Parce que c'était une grande chaîne de motels. Dans tous les États-Unis, des gens prendraient une chambre et, qu'ils aient des enfants en bas âge ou qu'ils se trouvent eux-mêmes être un peu courts sur pattes, ils y trouveraient des sanitaires qui ne les discrimineraient pas. En plus, il était évident que les gamins allaient s'éclater en les essayant. Quoi qu'ait décrété la direction du motel.

Puis il se souvint de la raison qui l'avait amené là. Il soulagea sa vessie et était en train de refermer sa braguette quand quelque chose lui vint à l'esprit. Lorsqu'on est un homme d'idées, on ne sait jamais quand la prochaine idée va se pointer. Ça peut se produire aux moments les plus insensés, à des moments où la dernière chose à laquelle on s'imaginerait penser, c'est de trouver des moyens d'améliorer le sort de ses semblables.

Ce qu'il se dit soudain, c'est qu'il avait conçu un WC qui descendait, et qu'il avait ensuite amélioré le produit avec un siège qui rétrécissait. Ça ne lui avait jamais traversé l'esprit de concevoir un siège capable de s'agrandir.

Tu sais, Joe, se dit-il. Il y a une chose que tu peux faire. Une chose à laquelle tu peux t'atteler immédiatement, avant de commencer à lancer ton produit sur de nouveaux marchés sous une forme qui n'est peut-être pas adaptée.

Car ce qui lui était venu à l'esprit en repensant à cet incident survenu dans le bus quelques années plus tôt, c'est qu'il avait été trop enclin à juger le mec à la bedaine. Il était gros, et alors ? Était-ce un crime ? De quel droit se permettait-il de condamner autrui ? Soixante pour cent des Américains sont obèses. Peut-être plus. Allait-il s'amuser à condamner soixante pour cent de la population ?

Car vois-tu, Joe, ça ne sert à rien de dire que beaucoup d'autres gens pensent la même chose. Tu es désormais dans une position où ce genre d'attitude a des conséquences. Tu as bien vu le mal que ce mec avait à trouver une place à sa taille. Ça aurait pu être l'occasion pour toi de repenser sérieusement le produit. Mais non, il a fallu que tu introduises des améliorations qui allaient profiter à une personne sur quatorze mille, sans même penser à celles qui auraient pu être utiles à soixante pour cent de la population. Eh bien, je te le dis tout net, Joe, ce n'est pas seulement un manque de sens moral, c'est un manque de sens des affaires. Et te voilà, prêt à aller t'implanter dans les États traditionalistes du Sud – région qui a *largement* plus que sa part d'individus XXL –, et au lieu de prendre les précautions qui s'imposent, tu es sur le point de faire exactement ce que tu as fait quand tu as débuté et que tu ne savais pas ce que tu faisais. Foncer tête baissée sans prendre le temps de réfléchir.

Parfois, il faut être dur avec soi-même. C'est facile de se trouver des excuses ; parfois, il faut savoir les refuser. Joe retourna dans la chambre et se remit à faire les cent pas.

Pour ce qui était des WC, bien sûr, il n'était pas totalement vrai que l'Adjusta ne profitait qu'à une petite minorité de la population. Mais il suffisait de regarder autour de soi pour voir qu'il y avait beaucoup de gens dont les besoins n'étaient pas pris en compte. Pas besoin d'être un génie pour comprendre que quand on a des cuisses de cent vingt centimètres de circonférence, un siège avec une largeur maximale de quarante centimètres et un bord de sept centimètres ne fait vraiment pas l'affaire. En fait, si on y réfléchit, le concept même de *bord* ressemble à une impasse. Ce qu'il faut, du moins dans les toilettes publiques, c'est un banc avec un trou au milieu. Un trou *ajustable* pour s'adapter aux personnes de petite taille. C'est évident quand on y pense, mais parfois, le génie ne tient qu'à cela : repérer une chose évidente quand on y pense, mais à laquelle personne n'avait jamais pensé.

Joe faisait toujours les cent pas quand autre chose lui vint à l'esprit. Allez savoir pourquoi, il venait juste de se souvenir d'une émission sur les sumos qu'il avait vue sur la chaîne Discovery des années auparavant. Un détail répugnant de la vie des lutteurs lui était resté en mémoire, à savoir que ces mecs étaient tellement gros qu'ils ne pouvaient pas s'essuyer ; c'est à un autre petit veinard qu'incombait cette tâche.

Bon, c'est peut-être répugnant, mais il faut bien reconnaître que contrairement à nous, les Japonais n'ont pas honte de leurs corps, si bien qu'ils ont trouvé une solution au problème. Dans notre société, en revanche, les gens sont tellement dégoûtés par ce genre de réalités que même les fabricants de WC ne veulent pas y penser. Parce que, si on y réfléchit, il n'y aurait rien de plus facile que d'équiper toutes les chiottes d'une sorte de pommeau de douche à l'envers, afin qu'on puisse se nettoyer là-dessous en appuyant sur un bouton, sans même avoir à tendre le bras. Mais, dans notre société, on considère que les problèmes d'hygiène des gens ayant une taille supérieure à la moyenne sont précisément *leur* problème. On pourrait croire qu'on aurait *honte* de condamner nos concitoyens à une hygiène douteuse dans les toilettes publiques. Mais ça ne fonctionne pas ainsi. Ce qu'on fait, c'est qu'on commence par fournir des installations inadaptées, et *ensuite*, on reproche aux gros de ne pas atteindre le niveau d'hygiène auquel on ne peut parvenir qu'avec des installations adaptées.

Plus Joe réfléchissait, plus il était sidéré de n'y avoir jamais pensé avant. Au lieu de se pencher sérieusement sur les problèmes des individus obèses, dans la mesure où ces problèmes avaient un impact sur son propre secteur d'activité, il s'était contenté de persifler. Eh bien, selon toute vraisemblance, ce persiflage lui avait coûté des sommes indécentes en manque à gagner. Force était de constater qu'avec ce genre d'attitude il l'avait bien cherché. Car plus il y pensait, plus il se rendait compte que le secteur du XXL avait des implications non négligeables sur le marché des soupapes.

Qu'on le veuille ou non, Joe, nous vivons dans une société où la graisse n'est pas perçue comme un attrait physique. Si soixante pour cent de la population sont perçus comme physiquement peu attirants, ça engendre *forcément* une grande frustration sexuelle, et cette frustration peut faire de gros dégâts dans un environnement de travail.

Dehors, il faisait nuit. Là où l'autoroute serpentait entre les collines, on ne voyait que l'éclat blanc des phares et la lueur rouge des feux arrière des voitures roulant dans les deux sens.

D'ailleurs, ça ne relève pas que de considérations purement économiques. Bien sûr, un meilleur environnement de travail est important pour améliorer le bilan d'une boîte. Mais ce n'est pas seulement une question d'argent. Car en fin de compte, si une catégorie d'individus est perçue comme physiquement peu attirante, une proportion démesurée d'entre eux va *de toute façon* se tourner vers le sexe tarifé pour obtenir satisfaction. Avec tous les risques que cela implique. Eh bien, si des gens sont *déjà* désavantagés par leur apparence, il n'est tout simplement pas juste qu'ils soient *encore plus* désavantagés en se retrouvant à la merci de prostituées et de macs. En tant que société, nous ne devrions pas forcer des individus en surpoids à choisir entre la privation sexuelle et le déshonneur. Nous ne devrions pas *alourdir* leur fardeau, mais, au contraire, faire notre possible pour l'alléger.

Le McDonald's, le TCBY, la Waffle House et le 7-Eleven étaient tout illuminés, et les parkings sur lesquels ils se trouvaient étaient éclairés par de grands réverbères dont la lumière jaunâtre tombait çà et là sur les voitures disséminées.

Et puis, il y a d'autres cas de figure dont il faut tenir compte. Et si quelqu'un prend du poids *après* s'être marié ? Il est évident que ça va créer des tensions au sein du couple. Les époux ont peut-être toutes sortes de choses en commun, c'est peut-être la seule petite source de friction. Si on arrive à la supprimer, on rend service à tout le monde.

Les oies étaient déjà quatre-vingts kilomètres plus loin, s'élançant rapidement vers le sud dans le doux ciel nocturne.

À toi de prendre tes responsabilités et d'agir. Vient un moment où on ne peut plus se contenter de prendre. Vient un moment où il faut commencer à rendre un peu de ce qu'on a reçu.

Joe s'arrêta devant la fenêtre. Tout en haut dans le ciel noir brillait une étoile solitaire.

À l'avenir, je vais essayer d'être plus attentionné, se jura-t-il. Je vais essayer d'être quelqu'un de meilleur. Je vais faire en sorte que ma réussite agisse en faveur du bien. En fin de compte, tout ce qu'on peut faire, c'est essayer. Tout ce qu'on peut, c'est faire de son mieux.

La morale de l'histoire

LES OPINIONS SERONT PROBABLEMENT toujours divisées quant à la valeur ultime de la contribution de Joe. Il est peu probable que quiconque trouve quelque chose à redire à l'Adjusta ; en revanche, nombreux sont ceux qui auraient une meilleure estime de Joe si les sanitaires respectueux de la taille avaient été son seul titre de gloire. Les soupapes semblent condamnées à susciter la controverse.

La portée limitée du programme, qui se concentre sur les besoins présumés des hommes hétérosexuels, a suscité de vives inquiétudes parmi les femmes hétérosexuelles et la communauté LGBT. Beaucoup craignent que la remise en cause manifeste d'avancées durement acquises dans le domaine de la sexualité compromette gravement la perspective d'une véritable égalité au vingt et unième siècle.

D'autres interrogent les fondements mêmes de l'entreprise.

Étant donné qu'une grande avocate spécialisée dans les contentieux et une juge à la Cour suprême sont passées par les soupapes pour gravir les échelons, il est clair que ce programme offre de réelles opportunités aux personnes méritantes. Qui plus est, l'heureux mariage d'une ancienne soupape avec l'un des hommes les plus riches du pays, de son propre aveu grand utilisateur de soupapes, montre que ce dispositif ne nuit pas nécessairement à la vie privée des participants. Et même les plus farouches opposants au programme reconnaissent que les scandales sexuels de la fin du vingtième siècle semblent appartenir au passé. Les soupapes ont accompli exactement ce que Walter, l'agent du FBI, avait espéré qu'elles accompliraient : elles ont retiré le couvercle de la cocotte-minute. D'ailleurs, certains au sein du département de la sécurité intérieure ont exprimé une admiration sans réserve pour ce dispositif de protection de notre démocratie en péril.

Cependant, les soupapes qui ont réussi étaient toutes des personnes assez exceptionnelles. La quête de « la femme sur mille » menée par Joe à l'origine était pertinente. Il aurait pu y ajouter la quête de « l'homme sur mille » capable de voir ce travail sous le même jour : en dépit de plusieurs campagnes médiatiques destinées à rééduquer le public, la plupart des hommes restent mal à l'aise à l'idée que des femmes de leur famille apportent ce genre de contribution à leur environnement professionnel. Certains détracteurs soutiennent que le nombre considérable de femmes impliquées dans ce programme fait inévitablement peser une pression sur celles qui ne sont pas exceptionnelles et dont on ne peut exiger qu'elles le soient. Certains sont même allés jusqu'à prétendre que ce programme n'aurait jamais dû être décriminalisé.

Il existe dans la psyché américaine un fond de puritanisme qui remonte aux Pères pèlerins, et cette empreinte a été une véritable bénédiction pour les criminels depuis des temps immémoriaux. Ce que les détracteurs ne veulent pas admettre, c'est que s'il existe une demande pour un service et qu'on criminalise ce service, les seules à en tirer profit sont les organisations criminelles. Mais il se trouve que Joe travaillait main dans la main avec Walter Pike, et chacun sait que le crime organisé n'a aucune chance de réussir lorsque le FBI est sur le coup.

Joe avait cessé de se préoccuper des obligations légales, ou plutôt, dès que Walter et lui avaient conclu leur deal, il avait cessé de penser qu'il devrait un jour *commencer* à se préoccuper des obligations légales. Et, de fait, il n'avait aucun souci à se faire.

Walter ne tarissait pas d'éloges sur son démarchage auprès de la communauté chrétienne. Il soutenait également son projet de développer un service destiné aux personnes mal à l'aise avec le concept de soupape. Il répétait que Joe n'avait rien à craindre, et il s'avéra qu'il n'avait qu'une parole.

Exiger un strict respect de la législation au détriment des lois que sont l'état de nécessité, l'instinct de conservation, la défense de notre pays face au danger reviendrait à sacrifier de façon absurde la fin au profit des moyens. Personne ne l'avait mieux exprimé que Thomas Jefferson, et Walter vouait une admiration sans bornes au troisième président des États-Unis. Cependant, rien ne sert d'aller chercher les ennuis. Personne au FBI n'aime enfreindre inutilement la loi. À long terme, si la législation en place s'avère inadéquate, le plus simple est de s'en débarrasser et de la remplacer par quelque chose de plus réaliste. Il suffit de savoir à qui s'adresser.

Il y a des projets de loi qui permettraient à tout le monde de vivre mieux, mais qui constitueraient un suicide politique pour quiconque serait surpris à les voter, et *a fortiori* à les proposer.

Tous les politiciens le savent. Heureusement, au fil des ans, on a trouvé des moyens pour contourner l'un des inconvénients du système démocratique. Par exemple, une bonne façon d'éluder le problème du vote est d'accoler le texte en question à un autre projet législatif pour lequel *tout le monde* voudrait être vu en train de voter, comme le soutien aux victimes d'un ouragan. C'est un bon exemple, à vrai dire, car c'est le genre de loi dont chacun est conscient qu'il faut l'adopter sans délai, et qu'il serait inconvenant de la retarder en pinaillant sur tel ou tel amendement.

Reste la position délicate du politicien qui doit apposer sa signature en bas du texte à accoler. Une méthode a fait ses preuves pour contourner ce problème ; elle consiste à formuler l'amendement de telle manière qu'il ne mentionne pas spécifiquement la chose qui constituerait un suicide politique. Un politicien chevronné sait comment s'exprimer de façon que la série d'événements visée entre dans le cadre de la loi, sans paraître avoir anticipé quoi que ce soit de la sorte.

Lorsqu'il en va de la sécurité nationale, un homme dévoué au bien de son pays accomplira des choses qu'il ne ferait pas par intérêt purement personnel. Un collaborateur du sénateur Johnson rédigea un amendement relatif aux distributeurs de boissons et à la réduction du stress sur le lieu de travail, afin d'être prêt à le dégainer à la première occasion. Il y ajouta la distribution de lait à l'école par simple précaution.

Il arrive que Dame Nature ne se montre pas aussi capricieuse que nous l'aimerions. Curieusement, il ne se produisit aucune inondation ou autre catastrophe naturelle d'envergure suffisante pour faire la une des journaux nationaux. L'homme commençait à se dire qu'il allait devoir accoler son texte à un projet de loi sur la pêche et les forêts, ce qui était toujours une possibilité ; parfois, on peut s'en tirer en le glissant dans quelque chose de tellement barbant que personne ne le lira. Fort heureusement, un petit ouragan débarqua juste à temps du golfe du Mexique. L'amendement sur les distributeurs de boissons et la distribution de lait à l'école fut rapidement ajouté à la loi de soutien aux victimes de l'ouragan Ethel, qui fut adoptée en urgence par égard pour les personnes concernées.

Comme le dit un vieux proverbe chinois : La politique est l'art du possible.

C'est vrai dans une certaine mesure. Mais il y a autre chose qu'il est important de garder en mémoire. Nul ne l'a mieux formulé que le père de notre nation, alors laissons George Washington avoir le dernier mot.

En Amérique, tout est possible.

Remerciements

À David Levene, pour m'avoir fait découvrir *Les Producteurs*.
À Mel Brooks, pour avoir écrit « Le Printemps de Hitler ».
Je suis particulièrement reconnaissante à Jeffrey Yang et à l'équipe de New Directions pour leur soutien enthousiaste, ainsi qu'à Edward Orloff pour ses excellents conseils ; j'aimerais que plus d'agents soient comme lui.

Du même auteur
aux éditions Robert Laffont

Le Dernier Samouraï, trad. Pierre Guglielmina, 2008

Cet ouvrage a été achevé d'imprimer sur Roto-Page
par l'Imprimerie Floch à Mayenne en novembre 2023
N° d'édition : 17486/01 – N° d'impression : 103633
Imprimé en France